LA SPOSA BIANCA DI OUSMANE

ROMANZO di

MARIAMA BÂ

Tradotto da
Antonella Beri

Giovane Africa Edizioni

© 1981 - N.E.A.S. - DAKAR
Titolo dell'edizione originale:
Un chant écarlate
Pubblicato da N.E.A.S. - DAKAR

Tradotto da
Antonella Beri

© Copyright 2014
Giovane Africa Edizioni di Fatou Ndiaye
Via Valtriani, 5 - 56025 Pontedera (Pisa)
Tel. e Fax: 0587 53222
www.giovaneafricaedizioni.it
giovaneafricaedizioni@gmail.com
cecconigiuseppe@gmail.com

Supplemento al giornale di cultura africana "Il Sole"
Aut. Trib. di Pisa n° 5/12 del 29/2/2012

ISBN: 978-88-97707-32-5

Finito di stampare nel mese di Luglio 2016
da PUNTOWEB, Ariccia (Roma)

I

Con l'agitarsi dei primi raggi di sole, il quartiere d'Usine Niari Talli[1] si scrollava di dosso il torpore della notte. Le ultime ombre si dissolvevano, restituendo forma e colore a ogni cosa.

A quest'ora del giorno Ousmane non dormiva più. Con gli occhi semichiusi, ancora prigioniero di un piacevole assopimento letargico, nella sua mente associava i rumori a gesti precisi...

Trass! trass! trass! i passi di Yaye[2] Khady!

Trass! trass! trass! passi risoluti in direzione della finestra...

Un colpo, un altro colpo, diversi colpi si susseguivano e ogni volta, il perentorio ripetersi del suo diminutivo: «Ossou!»

«Ossou! Ossou!» A ritmi irregolari il martellante richiamo seguitava, provocando in lui degli *uhm* a intermittenza che a mano a mano divenivano sempre più netti, aiutandolo a vincere le ultime resistenze all'inerzia.

Così Ousmane finì col liberarsi dal groviglio di coperte, sbadigliò, si stirò, sbadigliò ancora, s'infilò i sandali e aprì la porta.

Si diresse quindi verso la stanza da bagno, un angolo della casa protetto da lastre di zinco arrugginito, tappezzato con pietre di color nero.

L'acqua intiepidita dalla madre rese più gradevole il suo bagno mattutino, poiché il vento gelido, battendo contro la parete, gli paralizzava le dita. Mentre si strofinava il corpo, sentiva il cuore battere un po' più svelto: un nuovo anno scolastico stava per iniziare.

Per inaugurare quella giornata, scelse di indossare il completo africano in *lagos*[3] ricamato che gli aveva portato fortuna all'esa-

---

1. Quartiere di Grand-Dakar il cui nome deriva dalle due strade parallele che lo attraversano e dal vicino Biscottificio.

2. Mamma/madre.

3. Tessuto di pizzo.

me di maturità e sostituì i sandali con un paio di scarpe chiuse. Come al solito, a quell'ora, il padre non era più in casa: si trovava alla moschea per unirsi alla recita delle preghiere.

In cortile, Yaye Khady era intenta a razionare il pane per la colazione. Con la coda dell'occhio cominciò a ispezionare la "folta criniera" del figlio maggiore:

«Non fai colazione? Il *Kinkéliba*[4] è caldo».

Ousmane declinò l'invito.

«Sai bene, Yaye, che non prendo niente al mattino, quando ho lezione».

Yaye Khady alzò le spalle:

«Hai cambiato scuola! Puoi anche cambiare abitudini!». Breve dialogo tra una madre premurosa e un figlio impaziente. Così Ousmane s'incamminò per la sua strada.

La strada! Ritmi! Colori! Le due carreggiate che percorrevano il quartiere erano già gremite di gente. Per riuscire a risparmiare sul costo del trasporto, quale spesa gravosa per i suoi genitori, Ousmane aveva accettato di non prendere mai il pullman.

Decise di fare una stima della lunghezza relativa al nuovo percorso: «Allora, regolerò i miei passi, rallentandoli o accelerandoli, in base al tempo che avrò a disposizione!»

Quest'anno l'itinerario si allungava: «Beh! Mi alzerò prima del solito, non appena sentirò tintinnare il coperchio del *satala ndiapou*[5] di mio padre, invece di stare ad aspettare i rumori nasali emessi da mio fratello o il "trass, trass" provocato delle ciabatte di Yaye Khady.

Ousmane era abituato a camminare. Con più di dieci anni di scuola alle spalle, oramai aveva capito qual era il segreto per vincere le distanze: poteva dimenticare i chilometri da percorrere "flirtando" con la strada.

---

4. Foglie di Combretto usate per preparare il tè della prima colazione.

5. Bollitore per le abluzioni

La strada! Vita e luce! Con lei, Ousmane aveva instaurato un rapporto di perfetta amicizia! Era diventato sensibile ai suoi bisogni e poteva elencarne le particolarità. Individuandone le miserie, riusciva sempre a intuire alla perfezione il suo umore tanto mutevole quanto lo erano le ore e le stagioni.

Quale essenziale *trait d'union* della città, con la solita imperturbabilità, la strada accettava la convivenza di catapecchie e alloggi sontuosi...

Chissà cosa nascondevano quei muri scalcinati ai meandri della strada! Quale storia avevano da raccontare quelle facciate rovinate dal passare degli anni! La modesta abitazione e la superba dimora potevano ospitare allo stesso modo l'armonia famigliare o conoscere entrambe il regno della discordia e dell'animosità.

Persiane socchiuse nella loro intimità! Tetti di paglia! Tegole color rosa! Pietre fessurate! Recinzioni ricoperte di fiori! Portoni in ferro battuto! Baracche sgangherate! Muri in terra cruda! Mattoni rossi delle facciate! Lamento di foglie accartocciate dal vento! E Ousmane continuava a camminare.

Sotto lo stesso lampione, ogni mattina, il forsennato tendeva la mano reclamando l'elemosina. Il luccichio delle pupille, in quello sguardo tormentato, metteva a disagio, così Ousmane cercava di sfuggire al suo spettro contemplando il cielo.

Il cielo! Un'immensità in cui ovattate nuvole purpuree e dorate si rincorrevano veloci nel loro continuo sovrapporsi.

Dove andavano gli stormi di uccelli sostituendosi in quello spazio infinito agli altri ormai già lontani del giorno prima? Sarebbero morti in cattività oppure sarebbero rimasti vittime delle intemperie?

Ousmane continuava a camminare. Impressionanti brutture si manifestavano lungo la strada, dove bambini, da soli o in gruppo, sfilavano con i loro vestiti stracciati! Quei corpi trementi dal freddo di novembre, con gli occhi imploranti e i volti sfigurati

5

dalla fame, assalivano il cuore dei passanti, mentre alcuni ciechi provavano ad animare le loro tenebre intonando commoventi litanie. Monchi, gobbi, minorati senza una gamba, ognuno di loro con la sua menomazione cercava conforto nella generosità della strada: l'infermità in bella mostra suscita la pietà, e la stessa pietà smuove il gesto caritatevole che aiuta a lenire la miseria. Ousmane avanzava e la strada davanti a lui si presentava ora spianata, ora dissestata. Dignitosa o volgare, civettuola o polverosa, animata o calma, la strada si estendeva, serpeggiava, si allargava e poi si restringeva.

Ousmane ricordava… Le lezioni della sua infanzia!... Gli insegnanti che, nel susseguirsi uno dopo l'altro, gli avevano permesso di diplomarsi!

L'amore per il sacrificio, glielo avevano trasmesso loro e gli avevano mostrato come trovare, con pazienza e impegno, la chiave del successo.

Suo padre, Djibril Guèye, aveva contribuito al suo risultato scolastico, ispirando in lui una propensione verso la fatica e l'umiltà senza dover tuttavia rinunciare all'ambizione.

«Soltanto il lavoro nobilita l'uomo!», ripeteva senza sosta, mantenendo fede alla filosofia di un'infanzia ostile trascorsa nella *Dahra*[6] , sotto la guida di un marabout[7] tirannico.

«La lezione quotidiana sulle leggi divine non aveva spento nel nostro maestro la brama per i beni terreni!» ammetteva deluso Djibril Guèye, «nei suoi insegnamenti non prevaleva di certo l'educazione religiosa. I giovani *talibé*[8] venivano avviati soprattutto alla mendicità».

L'ultima guerra aveva sorpreso Djibril Guèye nella "dahra" dove aveva il compito di redigere le *alouha*[9] al posto del suo edu-

---

6. Convitto d'insegnamento coranico.

7. Maestro coranico al quale vengono affidati i bambini per l'educazione religiosa.

8. Parola wolof attribuita ai bambini iniziati alla lettura del Corano.

9. Lavagna, tavoletta.

catore. Il nonno di Ousmane, terminati gli studi coranici del figlio, aveva preteso di lasciarlo laggiù "per tutta la vita".

A quel tempo la parola di un padre sul destino dei propri figli aveva un peso considerevole rispetto a quanto accade oggi. I bambini, come pure gli adulti, si piegavano alle esigenze della famiglia, anche se queste talvolta andavano contro i loro interessi.

Ma la guerra, con il conseguente reclutamento in massa di fucilieri senegalesi[10], aveva liberato Djibril Guèye dalla sottomissione al marabout. Sciogliendolo dal giuramento fatto al padre, poteva spostare i suoi orizzonti oltre le serate trascorse a leggere davanti al fuoco. Djibril Guèye si rendeva conto che nuove voci inondavano la terra e che quelle voci potevano intonarsi attraverso la venerazione di Dio.

Era ritornato dalla guerra con una gamba più corta dell'altra e numerose onorificenze. Così, il titolo di anziano combattente gli consentiva di avere alcuni privilegi nei rapporti con l'uomo Bianco: la sua invalidità e la gratitudine dimostrata nei suoi confronti dall'amministrazione coloniale, gli avevano permesso di occupare un piccolo appezzamento nel quartiere di Grand-Dakar.

Senza un lavoro, trascorreva la maggior parte del tempo a raccontare la "sua" guerra e a imprecare contro i tedeschi, quei *Toubab*[11] che odiavano i Neri e serbavano rancore verso i francesi.

Lui parteggiava per gli amici d'oltremare «Lui, che aveva visitato Parigi». Quella opportunità gli procurava parecchie simpatie e inoltre, l'ammirazione e la generosità da parte di un correligionario gli avevano assicurato una moglie giovane e bella, Yaye Khady Diop.

Ousmane continuava a camminare e a poco a poco la distanza si riduceva.

Quella mattina, frugando tra i suoi ricordi in fermento, ri-

---

10. Soldati reclutati in diversi territori del Sénégal.

11. I bianchi: con questo dispregiativo, i senegalesi indicano gli europei.

cercava il motivo per il quale, da bambino, provava un'infinita ammirazione nei confronti del padre. Per la sua bontà? Per il suo senso caritatevole? Per la sua profonda devozione all'Islam? Forse, più banalmente, secondo il suo modo di vedere infantile, per lo scintillio di quelle numerose medaglie che Yaye Khady appuntava con cura sul suo *boubou*[12] bianco inamidato, che il padre usava esibire, ogni tre mesi, per andare a ritirare la pensione da ex combattente.

A mano a mano che cresceva, si rendeva conto che quell'ammirazione si consolidava, legittimata dal comportamento del padre:

«I figli, crescendo, imparano a distinguere l'onestà dall'inganno, il senso della responsabilità con la profusione dei rimproveri e l'affetto protettivo nella severità di uno sguardo. I figli, crescendo, giudicano i propri genitori ed emettono il loro verdetto, talvolta senza alcuna possibilità d'appello…»

Ousmane, più di ogni altra cosa, sapeva apprezzare in suo padre il fatto che fosse riuscito a resistere alla tentazione di prendere altre mogli. Djibril Guèye era cosciente degli esigui mezzi di sussistenza a sua disposizione, subordinati alla riscossione trimestrale della pensione. Tuttavia, come molti altri, avrebbe potuto concedersi, con facilità, altre tre mogli e guadagnarsi così i loro appezzamenti di terreno. Il suo modo di comportarsi gli permetteva di sfuggire ai tumulti interiori che, al contrario, tormentavano il suo vicino Pathé Ngon, dopo l'abduzione dell'Imam durante la preghiera del venerdì:

«Essere retti come lo è il giogo della bilancia nel sostenere i suoi piatti! Dosare i complimenti e i rimproveri! Donarsi equamente! Misurare gesti e comportamenti! Spartire ogni cosa con imparzialità!»

«Queste sono le rigide prescrizioni da rispettare» commentava Ousseynou, figlio maggiore di Pathé Ngom. Attraverso le con-

---

12. Lunga tunica africana/caftan

fidenze fatte da Ousseynou, suo "frère de case"[13], Ousmane aveva acquisito dettagli precisi sul modo di vivere in poligamia:

«Ogni due giorni ciascuna moglie doveva occuparsi della spesa per l'intera concessione[14]. La donna aveva l'ardua responsabilità di trasformare tale spesa nei diversi pasti. Spesso si ritrovava a elemosinare per soddisfare i gusti gastronomici del *Borom Keur*[15] e per riuscire a salvaguardare la sua reputazione, metteva le cose migliori nel piatto degli adulti. La spartizione del contenuto della pentola non favoriva di certo i bambini, ai quali restava solo la possibilità di afferrare con le dita le ossa dentro al couscous o il poco riso rimasto».

Ousseynou si stupiva che la famiglia Guèye mangiasse lentamente, perché a casa sua i bambini non masticavano affatto, anzi ingoiavano per "avvantaggiarsi" il più possibile, sfidando le "copiose manciate" dei temuti fratelli più grandi che si aggiudicavano invece le parti migliori. Nessuno però osava protestare per paura di essere trattato come un *siskatt*[16].

Nella concessione di Pathé Ngom, Ousmane aveva assistito a scene drammatiche, scaturite dalla rivalità tra mogli. I figli, sostenendo la propria madre, rimanevano coinvolti nelle loro dispute, arrivando a condividere il loro forte risentimento. Durante simili "faccia a faccia" un catino con l'acqua sporca, un fornello malgascio[17] con relativa brace, dei cocci di bottiglia, una pentola con l'acqua bollente, una schiumaiola o un pestello fungevano da armi.

Ousmane sorrise:

«Grazie a Dio, Yaye Khady è l'unica *Djêgue*[18] della nostra

---

13. Persona che è stata circoncisa nello stesso momento e ha subito le prove di virilità nella stessa capanna

14. Terreno sul quale sono riunite le diverse case di una famiglia allargata

15. Padrone di casa.

16. Colui che disdegna condividere il cibo con gli altri.

17. Tipico fornello a carbone del popolo malgascio

18. Signora.

concessione! All'interno del cortile, il suo sguardo severo vigila dappertutto, mentre le sue mani, rispettose solo dei suoi ordini, strofinano, raschiano, rassettano e aggiustano ogni cosa! Tutti i giorni si prospetta per lei una sequenza di laboriose incombenze che dura sino a sera, per poi ricominciare senza sosta, alle prime ore del giorno seguente».

Yaye Khady, era una donna giovane e sana. Non si lamentava né di trasportare i catini colmi d'acqua dalla fontana pubblica, né del fumo pungente del fuoco che le faceva arrossire gli occhi e neppure di faticare spazzando con una scopa dal manico troppo corto!

Ousmane sorrise di nuovo:

«Di certo la vita non è sempre facile, in ogni caso all'interno della baracca regnano l'affetto e l'armonia». Grazie alle maternità non troppo ravvicinate o, per meglio dire, "alla maniera degli elefanti"[19], come mormorava la gente in tutto il quartiere, Yaye Khady, contrariamente alle altre donne più prolifiche di lei, si era fatta ancora più bella. Non aveva nulla da invidiare alle amiche che avevano avuto delle figlie femmine come primogenite, perché Ousmane, molto presto, aveva accettato di essere "le sue gambe e le sue braccia", aiutandola a rifornirsi di carbone e di acqua. Per di più, era anche in grado di scegliere i condimenti e sapeva agire d'astuzia con l'amico di gioco Ousseynou, non facendosi notare quando sostituiva la madre nelle faccende domestiche. Le frequenti chiacchierate tra madre e figlio avevano instaurato in loro una complicità che li appagava completamente.

---

19. Per dire ogni cinque anni.

II

Djibril Guèye non apprezzava affatto il ruolo del figlio a fianco di Yaye Khady e per questo non perdeva mai occasione per rimproverare la moglie, quando sorprendeva Ousmane a sventolare il fuoco per ravvivarlo o a raccogliere l'immondizia.

«Non vorrai trasformare questo ragazzo in una femminuccia spero!», ripeteva infuriato.

Djibril Guèye pensava continuamente a come poter "salvare" il figlio, tuttavia il ricordo del martirio subìto nella *dahra* non lo incoraggiava a cercare aiuto nella scuola coranica. Davanti ai suoi occhi rivedeva molto chiaramente l'ambigua promiscuità e la lunga frusta scivolare sulla schiena nuda dei giovani *talibé* immobilizzati da "quattro tipi senza scrupoli".

La scuola francese dei *Toubab* lo allettava. Inoltre, la sua ambizione nel voler temprare il carattere del proprio figlio si dimostrò essere la fortuna di Ousmane. Così, anno dopo anno Ousmane imparò ad aprirsi un varco nella giungla rigogliosa di conoscenza della scuola dei Bianchi. Ogni mattina, con i suoi accessori scolastici e i libri annodati saldamente dentro un vecchio foulard, Ousmane correva per arrivare in orario, dopo aver svolto qualche lavoro domestico, lontano dallo sguardo del padre già impegnato alla moschea per recitare le preghiere dell'alba.

Di notte invece il tempo gli apparteneva. La luce emanata dalla lampada appoggiata a terra, gli permetteva di "gustarsi" le prime lezioni. Terminato il gesso, adoperava un pezzo di carbone per scrivere nuove frasi sugli assi della baracca, sfruttando le parole appena imparate.

Oramai anche le quattro operazioni aritmetiche impiegate e ricontrollate ogni giorno non avevano più segreti per lui.

Di notte, la voglia di dimostrarsi incline alla lettura lo manteneva sveglio. Alcuni ragazzi gentili e più grandi di lui lo aiutavano nelle ricerche, così Ousmane riusciva a portare a casa buoni voti, quale risultato di un notevole sforzo, al servizio di un'intelligenza eccezionale.

Ousmane ricordava... L'età dell'esame d'ingresso in prima liceo:

«Oh! La bellezza e l'eleganza di Ouleymatou Ngom! Non smettevo mai di ammirarla». Quando i loro sguardi s'incrociavano, Ousmane provava una gioia immensa, il cuore gli batteva più veloce e il ritmo del respiro accelerava. Si premurava di offrirle il suo aiuto per risolvere un problema o per applicare una regola grammaticale. Qualche volta, durante quegli incontri, le loro dita arrivavano a sfiorarsi, ma velocemente, troppo velocemente, a parere d'Ousmane, Ouleymatou ritirava la mano, facendo una smorfia di disapprovazione con la bocca.

Durante il gioco notturno del *langa-bouri*[1] Ouleymatou faceva in modo di andare a cercare l'oggetto nascosto nella stessa direzione di Seydou Niang, altro *frère de case* di Ousseynou. Quel suo nuovo atteggiamento cominciava a insospettire Ousmane. Così, messo alle strette, l'amico Ousseynou finì per ammettere: «A mia sorella Ouleymatou non interessa un ragazzo che pulisce casa, porta secchi d'acqua e puzza di pesce essiccato».

Quelle parole ferirono profondamente Ousmane e le lacrime alleate della giovane età, così impossibili da trattenere, velarono i suoi occhi.

Gli spasmi della gelosia lo torturavano, tuttavia possedeva un'alta concezione della dignità, frutto dell'esaltazione da parte del padre dei suoi antenati.

Autentico *Lébou*[2], era stato un Guèye tra coloro che avevano reso celebre Capo Verde, tra coloro che avevano dominato il mare per conquistare la ricchezza e tra coloro che avevano saputo comunicare con i *rab* e i *tour*[3].

L'amico *griot*[4] del padre, Lamane Mboup, dopo aver elencato la lunga stirpe dei Guèye, non tralasciava mai di rimarcare la prodezza di quell'intraprendente antenato che era riuscito a sedurre una *rab*. E l'antenato si risvegliò, all'alba delle sue prime nozze, in un cortile invaso da recipienti ricolmi di *lâkh*[5] fumante, durante la festa della moglie invisibile.

---

1. Gioco che consiste nel ritrovare un oggetto nascosto

2. Comunità senegalese che vive nella penisola di Capo Verde.

3. Creature invisibili dal potere nefasto o benefico.

4. Detentore dell'arte della parola e della musica; Tali competenze erano trasmesse tra generazioni.

5. Pasta di miglio bagnata con latte cagliato.

Che cos'era Ouleymatou, se paragonata alle mogli *rab* delle quali si decantavano la bellezza limpida come un chiaro di luna, i grandi occhi lucenti e i lunghi capelli di seta che ricoprivano loro le spalle e le anche?

E inoltre, lui conosceva le prove alle quali era stato sottoposto il padre nella *dahra*. Djibril Guèye gli aveva raccontato la sua disavventura vissuta in una notte buia e tempestosa. Al ritorno da un villaggio, attardatosi per sostituire i suoi vestiti stracciati e trovare del cibo, aveva sbagliato strada. Il vento gli sferzava le orecchie e lui lottava disperatamente contro le ombre e il terreno intriso di pioggia. I brandelli della tunica, svolazzando intorno al suo corpo smagrito, lo consegnavano al freddo. Avanzando nel buio, aveva urtato contro alcune "pietre" o almeno, così credeva.

Improvvisamente, la luce accecante di un lampo lo fece tremare: stava vagando nel cimitero del villaggio ed era completamente circondato da tombe. Allora Djibril si accovacciò a terra, chiuse gli occhi e sino all'alba si affidò alla sua conoscenza del corano, per cercare protezione.

La penosa condizione in quei vestiti stracciati e inzuppati, la febbre che gli faceva pulsare le tempie e i piedi ricoperti di melma non gli impedirono di ripiombare ancora nell'ennesima tormenta, sotto i colpi della frusta del maestro...

E dunque lui, suo figlio, avrebbe dovuto piangersi addosso perché una "ragazzina" fingeva di non volerlo e preferiva "l'ultimo della classe"?

Riuscì a dominarsi. La sua volontà e il suo orgoglio soffocarono quella passione sul nascere.

Ousmane ricordava... e intanto continuava a camminare. Al pensiero di quel sentimento portato dal vento, come la prima infanzia alla quale lui stesso apparteneva, scosse la testa.

...Né Ouleymatou, né Ousseynou erano riusciti a superare il test d'ingresso della prima liceo, al contrario, il suo successo e la conseguente borsa di studio avevano portato maggior tranquillità nel bilancio familiare. Alle due stanze della loro baracca fu annessa una cameretta tutta per lui, poi con il passare del tempo fu istallato anche un rubinetto per alleviare il lavoro di Yaye Khady e, infine, l'elettricità.

I sette anni trascorsi al liceo non avevano in alcun modo scalfito la sua dedizione per il lavoro; ma quel lavoro non ancora impellente e la

13

sua sete di conoscenza lo spingevano, quella mattina, verso l'Università. La beffarda indifferenza di Ouleymatou aveva affievolito in Ousmane ogni possibile interesse verso altre ragazze. Da quella delusione era nata l'accanita determinazione nel voler soffocare dentro di sé ogni accenno a qualunque propensione amorosa. Paragonava ogni donna a Ouleymatou, tanto sprezzante ed egoista, quanto pretenziosa e insensibile. Ogni tentazione lo infastidiva. Immaginava le risate ipocrite nutrirsi dei pettegolezzi sul suo conto, così cercava di prendere le distanze da qualunque offensiva diceria: «È lui il ragazzo che si occupa delle faccende di casa e va a comprare il pesce essiccato!»

Anche quando si sentiva emozionato, trincerava i suoi sentimenti dietro una gelida corazza per proteggersi dagli sguardi insistenti delle ragazze. Quell'atteggiamento non rappresentava una fuga, ma era dovuto alla mancanza di fiducia nei confronti degli altri. Con le compagne si dimostrava un amico servizievole ed educato, qualche volta persino premuroso, ma mai "interessato". Cercava di non fissare le sue interlocutrici per paura di essere additato come il piccolo mancato seduttore incapace di prendere l'iniziativa.

Diffidente e idealista, Ousmane temeva gli imbrogli che invece divertivano i ragazzi del quartiere.

Le avventure e le disavventure dei suoi compagni accrescevano la sua intransigenza. Le donne, volubili e irresponsabili, pronte a mentire e a tradire, non lo interessavano.

Essendo credente e interessato soltanto alla lettura, i compagni lo avevano soprannominato "il sacerdote"! Ma loro ignoravano il fallimento del suo primo approccio amoroso e i tormenti che aveva dovuto subire.

Ousseynou, che condivideva il suo segreto, da perfetta *kharit*[6] non lasciò trapelare mai quella storia.

---

6. Metà, amica.

III

Poteva Ousmane Guèye considerare i passatempi trascorsi con la nipote di Zia Kiné, una donna del quartiere in buoni rapporti con Yaye Khady, come una relazione amorosa?

Uscendo dal liceo, vedeva passare la nipote con un cestino annerito sotto braccio, nei pressi del campo del carbonaio. A ogni ora del giorno e della notte la ragazzina si presentava da Yaye Khady, assediandole la casa. Le sue visite miravano a ottenere prestiti di diversa natura: una moneta, un pezzo di pesce essiccato, un po' di sale o soltanto un pizzico di pepe.

Se la nipote arrivava con una bottiglia, a Ousmane spettava certo un compito poco piacevole: bisognava infilare l'imbuto nel collo della bottiglia e versarci dell'olio, dell'aceto oppure della candeggina. Tutti prodotti rigorosamente "imprestati" poiché il commerciante, il Moro, stava pranzando, cenando, magari pregando oppure aveva già chiuso la bottega.

Ousmane non seppe mai comprendere il motivo per cui la madre si lasciasse raggirare in quel modo da Zia Kiné. Quella donna possedeva l'arte del non spendere e dell'approvvigionarsi direttamente dalle scorte di Yaye Khady.

Passava a trovare Yaye Khady quando era sicura di trovarla da sola. Djibril Guèye non apprezzava per niente le sue maniere da parassita. Era in grado di lagnarsi a sufficienza per riuscire a impietosire. Essendo la terza di tre mogli, doveva scontrarsi con le altre più anziane di lei che si coalizzavano durante i battibecchi, sfruttando a loro favore quella "esperienza da vecchie racchie" e da "bisbetiche" che lei non possedeva.

«Quelli che mi assillano di più sono i loro figli. Non so dove stare, mi rimproverano persino per la sabbia del cortile che calpesto e per l'aria che respiro». Zia Kiné enfatizzava di proposito l'intensità delle sofferenze e delle umiliazioni subite per riuscire a commuovere, così Yaye Khady seguitava a consolarla, a consigliarla e a imprestarle ogni cosa.

Nel frattempo, il *boubou* che la nipote aveva portato via il giorno prima fasciato nella carta di giornale e che sarebbe servito da modello al venditore di stoffe *Toucouleur*[1], tardava ad arrivare.

Così domani Ousmane dovrà andare di nuovo a recuperarlo, ma troverà la porta di casa di Zia Kiné chiusa. E allora la nipote, seduta sulla soglia, con malizia gli spiegherà:

«Mia zia è andata a un battesimo. Si è messa un boubou verde con i fiori gialli e si è incipriata il viso: come sta bene con quel boubou verde!»

Il *boubou* verde! Ousmane intuisce: il *boubou* di Yaye Khady. Allora dovrà tornare indietro a mani vuote e dire alla madre:

«Zia Kiné non era in casa».

Quale ragazzo ben educato, Ousmane non voleva certo essere considerato una spia o un "rovina amicizie". Quindi Zia Kiné poteva certo sfilare indossando, a suo piacimento, i boubou di Yaye Khady! Ousmane decise di non rivelare mai l'uso di quelle vesti.

A ogni incontro Ousmane stuzzicava la nipote della vicina. Chiacchierando con lei lungo la strada, riusciva a leggere nel suo sguardo infantile la venerazione che provava. Lo intuiva mentre camminavano. La lasciava indietro, le teneva la mano, dosando il suo potere di seduzione, così la piccola innamorata, incantata, acconsentiva ai suoi desideri.

Tuttavia Ousmane ebbe il buon gusto di non oltrepassare i limiti dalla decenza. Da bravo e coscienzioso ragazzo qual era, fu in grado di trattenersi, ancor meglio, cambiò strada, stanco di quei giochi che compiacevano i suoi sensi, ma che lasciavano indifferente il suo cuore.

Da anni ormai, Ousmane Guèye sembrava essere diventato immune alla passione. Aveva imparato a sfuggire a qualunque

---

1. Un'etnia dell'Africa Occidentale.

trappola, alle occhiate insistenti e a ogni sistema ben congeniato per catturarlo, poiché le ombre della diffidenza avevano da tempo oscurato il suo cielo. Ma poi, dissipate le ombre, un improvviso chiarore illuminò l'orizzonte: l'amicizia con una nuova compagna bianca, Mireille de La Vallée, aveva contraddistinto, con sua soddisfazione, l'ultimo anno di liceo. Si erano avvicinati grazie alla comune passione per la filosofia e allo stesso spirito critico: dopo le lezioni parlavano senza sosta sul quel marciapiede, dove Mireille, per tornare a casa, restava in attesa dell'auto del padre, un diplomatico al servizio del Primo Ministro.

Durante la prova orale di lingua moderna all'esame di maturità, l'agitazione impediva a Ousmane di aprir bocca. Le risposte apparivano chiare nella sua mente, ma le parole giuste per formularle, seppur conosciute, sembravano sfuggirgli. Si ritrovò così impietrito.

Di fronte a lui, in un angolo della stanza, sottratta allo sguardo vigile dell'esaminatore, Mireille seguiva l'interrogazione, aspettando il suo turno per essere "fatta a pezzi".

Non appena Ousmane si bloccava su una parola, ricercandola invano nella mente traditrice, Mireille la mimava arrotondando o distendendo gli angoli della bocca nella speranza di soccorrerlo visivamente. Allora Ousmane si aggrappava di nuovo alla memoria, riprendeva il discorso e ritrovava il coraggio.

Si potrebbe dire che la giovane bianca lo ispirasse, che i suoi occhi, penetranti e volitivi, fossero in grado di riportare la sua mente alla piena lucidità.

E come si suol dire, *Noblesse oblige!* Ousmane con discrezione prese il posto della ragazza nell'angolo della stanza e come aveva fatto lei prima di lui, accorse in suo aiuto servendosi della stessa mimica.

All'uscita, si ritrovarono a ridere maliziosamente per il loro stratagemma. Alla pubblicazione dei risultati, la fortuna aveva sorriso ai due ragazzi: entrambi erano stati promossi con lode.

Nessun rimorso, nessuna vergogna. Sapevano bene che il loro successo dipendeva dalle prove a coefficiente elevato. Si felicitarono tra loro, confrontando le risposte date alle diverse domande, verificando i punti in cui avevano sbagliato e scoprendo che, nell'ultima domanda della prova di matematica, Mireille si era ritrovata in leggero svantaggio. Felici, si separarono per le vacanze senza alcuna formalità, a parte la banale stretta di mano e il volto sorridente per la riuscita.

Ma il destino restava a guardare, iniziando frattanto a tessere le sue trame.

Il Ministero per l'Istruzione Nazionale e la Cultura offrì a Ousmane Guèye una borsa di studio in Francia per preparare il test d'ingresso alla Scuola Normale Superiore, ma Ousmane scelse di rimanere a Dakar. Senza esitazione alcuna, il senso della famiglia, prevaleva su ogni ambizione e ogni curiosità. Djibril Guèye stava invecchiando e Yaye Khady, nella sua infinita dolcezza, avrebbe accettato malvolentieri la sua assenza, per di più il fratello e le sorelle avevano ancora bisogno di una guida.

Ouleymatou, informata della riuscita scolastica di Ousmane, grazie alla quale avrebbe raggiunto le più alte sfere della conoscenza, cominciò ad abbozzare qualche sorriso, simulando incontri casuali per riuscire a riconquistarlo. Ma a certe *avances*, Ousmane rispondeva con gelida cortesia. Riuscì a mantenersi indifferente, tanto più che, svanita l'euforia del successo, cominciò a rendersi conto che nei suoi pensieri avanzava con insistenza il ricordo di Mireille. Ousmane credeva che quel ricordo fosse legato ai momenti dell'esame, ma quei momenti piano piano cominciarono a svanire, lasciando crescere il pensiero della giovane a dismisura. La sua mente era usurpata dalla figura di quel corpo pallido, da quelle labbra che si arrotondavano e stendevano per toglierlo dall'imbarazzo. Mireille, che faceva ondeggiare i suoi capelli di seta dorata, con i suoi occhi cerulei e il fremito delle lunghe ciglia, ora gli sorrideva, lo guardava.

Gli bastava trattenere il fiato, chiudere gli occhi per riavvertire il contatto ovattato di quella mano morbida timidamente abbandonata nella sua. Quella voce dai toni seducenti gli sussurrava all'orecchio e lo illudeva.

Ousmane si sorprese a preferire la solitudine ai discorsi chiassosi. Rimuginare tra i ricordi! Sottrarsi alle visite noiose e rumorose dei compagni! Tutto, al di fuori di Mireille, gli appariva privo d'interesse! Quanto era futile Ouleymatou, in confronto alla nuova compagna di classe, così intelligente!

Quel ricordo delicato e profumato lo accompagnava dappertutto. Era il suo bene, il suo segreto che prendeva forma a suo piacimento. Quel cognome preceduto dalla particella nobiliare *de*, tramutava la giovane bianca nella sua "principessa".

La ragione, sua alleata da sempre, lo metteva in guardia dall'immaginazione che faceva vacillare i suoi propositi di castità e d'indifferenza. Eppure Ousmane si lasciava dominare dal sogno e inebriare dalla follia. Che importava! Lasciarsi andare dopo il pesante lavoro di ripasso! Lasciarsi andare dopo gli sforzi massacranti per non confondere le formule! Lasciarsi andare e approfittare avidamente della compagnia discreta di quell'amica invisibile e angelica, che accorreva prontamente a ogni suo richiamo! Lasciarsi andare... a maggior ragione, poiché era certo di non rivederla mai più! Nel profondo dei suoi sogni oramai consueti, al centro dei suoi desideri, le labbra sottili fremevano.

IV

La mattina del rientro a scuola, Ousmane varcò il portone del palazzo della Facoltà di Lettere e Scienze Umanistiche.

L'ambiente vibrava già per gli schiamazzi e una chioma bionda si stava agitando. Tutto di un tratto, quel sogno nascosto nel profondo del suo cuore, custodito con tanta tenerezza, si materializzava. L'immagine aveva oltrepassato i confini più oscuri e ora si muoveva.

La nuca dalla pelle perlata che Ousmane scorgeva era proprio quella di Mireille. L'aveva baciata tante di quelle volte in sogno, che non poteva dimenticarne la forma gracile e le movenze armoniose. Quel profilo, avrebbe potuto riconoscerlo anche al buio, dato che lo aveva ridisegnato mille volte durante i tre mesi di vacanza.

La sua acconciatura d'oro puro vibrava! Il secondo appena trascorso gli parve un'eternità, per l'immensità di quell'emozione, per quell'incontro ritenuto impossibile.

Andarle incontro. Ma come muoversi? Le gambe esitavano e il cuore batteva forte.

«Coraggio!» A passi misurati. E così ogni passo lo avvicinava alla meta, lentamente, ma definitivamente. Ousmane procedeva, a passi misurati, certo, ma comunque avanzava.

Allungava la mano e poi la ritirava giungendo infine al suo obiettivo: una spalla candida, che si era liberata dall'usurpazione di quei capelli rilucenti come il fuoco. E alla fine il palmo della mano di Ousmane conquistò teneramente quella piccola parte di pelle e vi trovò pace.

Si potrebbe pensare a choc incredibili dovuti a un impeto di felicità. Si potrebbe pensare che ciò accada solo in ambienti sfarzosi. Ma la felicità nasce dal nulla e si nutre di nulla. A lei si attribuisce un valore enorme, perché la sua conquista sembra reclamare oltremodo quel valore. Eppure, la felicità può mostrarsi così, semplicemente, in un anfiteatro universitario. La testa ruota lateralmente! Il profilo di un volto! Fluidi magnetici si raggiungono per ricreare l'unità. Nasce la coppia e la storia di ogni tempo prende forma. Un uomo e una donna, qui, insieme. Un uomo e una donna, altrove!

Una stretta di mano! Nel disagio di quegli occhi blu increduli, Ousmane riscoprì la propria emozione. Lo stupore di Mireille, il suo evidente turbamento e le sue guance arrossite, diedero a Ousmane la speranza di non essere stato il solo a immaginare, a desiderare. Forse anche Mireille, come lui, aveva avvertito lo stesso colpo al cuore? Lei era lì. Perché era lì? Anche lei si era rifiutata di andare in Francia... come lui? Si era concessa un'occasione per rivederlo? Ousmane Guèye le stava parlando.

E gli occhi cerulei di Mireille si socchiusero per la felicità. E le guance rosee accolsero con discrezione il fluire di umide stille di pianto. E Ousmane Guèye, che rifiutava ogni avventura sentimentale, ora acconsentiva. E Ousmane Guèye, che diffidava delle donne, ora si stava abbandonando a una donna, addirittura bianca. Il tempo di una stretta di mano, di un battito di ciglia!

Improvvisamente, la forza genuina dell'amore e l'oscuro fremito della passione avevano travolto i loro cuori e incatenato le loro anime! Nell'incoscienza, i due giovani si accingevano a condividere quella nuova indissolubile realtà!

Forse un giorno, altri innamorati con più immaginazione di Mireille e Ousmane inventeranno nuove parole e nuovi gesti.

Tutto appariva loro meraviglioso, illuminato dall'amore. Ogni pretesto era un'opportunità per sfiorarsi le mani, ogni banalità era un'occasione per scoppiare a ridere. Quando erano insieme, le ore trascorrevano veloci, ma i momenti di separazione diventavano interminabili, atroci e noiosi.

Le loro differenze li arricchivano. Si preoccupavano l'un l'altro di tutto e di niente: di una febbre passeggera, di un foruncolo sfregato o di un raffreddore spossante. La loro serenità veniva turbata da un voto mediocre o da una lezione incomprensibile. Aspiravano a una felicità assoluta.

Completarsi, scoprirsi! Ogni parte visibile dei loro corpi non aveva più segreti. Ousmane sfiorava la visibile cicatrice sul braccio di Mireille, e lei si apprestava a descrivere l'accaduto:

«È successo due anni fa. Avevo un ascesso che mi faceva male!»

Mireille ammirava la corporatura di Ousmane e lui, pieno d'orgoglio affermava:

«Ho le spalle come mio padre!»

Cominciavano a baciarsi. È il bacio, la manifestazione più naturale del sentimento, che fa avanzare senza pericoli l'eccesso dei desideri.

Di mattina e di pomeriggio Ousmane e Mireille arrivavano presto a scuola per approfittare della solitudine momentanea e coccolarsi una contro l'altro. Le loro labbra si cercavano, si univano e poi si separavano. Un gioco inebriante che s'interrompeva soltanto all'arrivo dei compagni. Erano felici. Ousmane seguiva le lezioni senza capire granché. Lo sguardo perso a fissare la nuca di Mireille, illuminata da quei capelli dorati. E Mireille, coraggiosamente, prendeva appunti per tutti e due.

A volte, saltavano le lezioni. Oltre la strada, dal lato opposto all'Università, il mare si estendeva davanti ai loro occhi.

In contemplazione, Ousmane Guèye canticchiava l'inizio di una poesia della scuola elementare:

«Il breve e monotono frangersi delle onde del mare sulla costa…», e intanto Mireille proseguiva:

«E Ousmane e Mireille si amano… e Ousmane e Mireille si baciano» accompagnando i gesti alle parole. I due ragazzi ridevano, storditi dall'età, dall'illusione e da quell'immensità.

Non potendo fare il bagno, entravano con i piedi nell'acqua, liberandoli dal lungo periodo di costrizione nelle scarpe.

Alcune volte si rilassavano sdraiandosi su stuoie di paglia e durante quei momenti si lasciavano andare alle loro confidenze.

Si raccontavano le storie dei libri già letti, facevano il resoconto delle lezioni, si esercitavano insieme per ottenere il massimo dei voti nelle interrogazioni. Ogni cosa serviva ad alimentare le loro chiacchierate e Ousmane Guèye era abilissimo nel favorire la comunicazione.

Mireille, al contrario, monopolizzava la conversazione parlando di sé, offrendo al suo amato accorati racconti.

Tra le mani di Ousmane scorrevano gli album di famiglia e al passaggio delle fotografie seguivano i loro commenti:

«Sono figlia unica e di sicuro avrai intuito chi è mio padre, visto che l'auto con cui arrivo la mattina a scuola deve averti chiarito le idee già da tempo».

«Sì!», rispondeva Ousmane, pensieroso «mi sono innamorato follemente della figlia di un diplomatico francese».

Mireille proseguiva:

«Guardami qui, con i capelli tirati indietro. Avevo la "coda di cavallo". Quaggiù invece avevo tre anni. Quel libro che ho in mano... avevo appena finito di leggerlo. Ho imparato a leggere a quattro anni, e tu?» Senza aspettare la risposta, Mireille riprendeva a parlare: «guardami! Qui sono in tenuta da ballerina. Stavo imparando a ballare. Qui, invece, suono il piano. I miei genitori hanno fatto di tutto perché io potessi diventare una figlia perfetta».

Poi, puntando il dito su una foto ingiallita disse:

«Questi sono i miei nonni paterni. Sono sempre vivi. Questa più in alto è la casa di famiglia».

Ousmane osservò:

«C'è un fiume che passa vicino alla casa».

«No», lo riprese Mireille «non è un fiume, è uno stagno. Com'è bella l'estate!»

Figlia unica, Mireille avrebbe potuto essere una ragazza viziata, ma lei era giudiziosa e la sua intelligenza le impediva di dimostrarsi insolente. La mancanza di educazione per lei era sinonimo di "perversione".

«Non c'è peggior veleno», affermava Mireille.

Quel vigore nel suo atteggiamento educato scaturiva dalla personale convinzione di un'uguaglianza tra tutti gli esseri umani. Una perfetta conoscenza delle regole di buona creanza che le erano state inculcate, guidava il suo comportamento.

Poi concludeva:

«Contrariamente alla tradizione, da quando ho l'età per farlo, sono io che la sera rimbocco le coperte ai miei genitori, dopo aver dato loro la buonanotte».

Ousmane l'ascoltava. Il suo amor proprio gli faceva rifiutare l'idea del quartiere popolare d'Usine Niari Talli e con la mente tentava di innalzare un muro tra Mireille, così raffinata, e la baracca color ocra in cui viveva. Poi, a voce alta disse:

«Il giorno in cui ti parlerò dei miei genitori, sarà il giorno che ti porterò nell'oasi segreta delle mie origini: sarà allora che ti chiederò di diventare mia moglie».

Mireille annuì, rispettosa del suo pudore. Il silenzio di Ousmane rendeva ancor più misterioso il suo amore.

Ousmane rifletteva:

«Ma tu mi ami? O per te sono soltanto un altro giocattolo da aggiungere alla collezione in quel tuo universo felice?»

La folta chioma dorata volteggiava come a cercare la risposta. Mireille credeva nell'amore incondizionato. In un compagno lei ricercava fascino e intelligenza: nella loro classe, Ousmane primeggiava tra coloro che possedevano certe doti e inoltre aveva un fisico statuario. «La sorprendente eleganza sembra essere stata scolpita nei tratti del tuo corpo».

Mireille lo amava, non stava mentendo. Il conformismo dei suoi genitori, appartenenti ai più alti ranghi della borghesia nel suo paese, nulla poteva contro l'inesplicabile legge dell'attrazione che la spingeva verso Ousmane.

Non aveva alcun trauma psichico da superare, alcuna mancanza da colmare, alcun odio da placare, alcun difetto da compensare, alcuna rivolta d'arginare o alcuna catena da spezzare. Era una ragazza sana e normale che sapeva amare, con naturalezza, come ogni giovane donna della sua età.

«Non so spiegare il sentimento che provo. Perché ho scelto te?», ripeteva spesso ridendo.

Ed era proprio perché lo amava che in lei era cresciuto quel desiderio spontaneo di soccorrerlo, vedendolo in difficoltà all'esame: simile istinto di protezione materna è insito in ogni amante.

Il ricordo di Ousmane aveva accompagnato le sue vacanze. Come fare per ritrovarlo? Aveva tentato la sorte "come fa chi cerca di sfuggire alle fiamme gettandosi dalla finestra".

La sua iscrizione all'Università non era stata un caso. Aveva lottato per fare accettare la sua scelta. I suoi genitori possedevano un appartamento nella capitale del loro paese, dove viveva un'anziana zia nubile, alla quale avrebbe potuto fare compagnia.

«Ma al cuor non si comanda!», si ripeteva Mireille con ironia.

Si era ripromessa di mettere in pratica ogni laboriosa ricerca. Ed ecco che invece, senza alcuno sforzo, si ritrovava dinanzi Ousmane, a sfiorare il contorno del suo viso, ad accarezzare le sue guance e ad ammirare di nuovo quel torace già intravisto due mesi prima.

Di fronte ad una così coraggiosa scelta di vita, Ousmane avrebbe potuto un giorno raccontare a Mireille della sua stanza da bagno con le pareti di zinco traforate, parlarle della gamba claudicante di Djibril, presentarle la sorridente e incantevole Yaye Khady: malgrado lei fosse circondata da cortili ricolmi di fiori, mobili sfarzosi, cucine ben attrezzate, giochi, vestiti e librerie cariche di raccolte preziose e da tutto ciò che lui stesso aveva potuto scoprire e apprezzare attraverso gli album fotografici. L'ultima fotografia, quella più recente, all'interno di uno degli album sfogliati da Ousmane, mostrava Mireille, nel grande salone della

residenza diplomatica, con indosso un lungo abito blu, impreziosito da una rosa bianca appuntata sulla spalla sinistra.

La loro infanzia era stata completamente diversa. Le mani del
giovane Ousmane erano stare rovinate dall'uso di una piccola ra-
mazza e la sua schiena era stata detersa dall'acqua versata con un
piccolo secchio. Poteva lui essere dunque un possibile compagno
per Mireille? Avrebbe potuto sperare nella sua stessa emancipa-
zione? Era povero, certamente, ma la povertà non è un'infermità
e non può essere neppure un criterio di giudizio.

Dove dimora la superiorità di un uomo? E la sua grandezza?
Sicuramente nella sua intelligenza, nel suo cuore e nelle sue virtù!

Ousmane si sentiva un uomo con "U" maiuscola e come tale
era degno di qualsiasi prova d'amore.

Senza alcuna difficoltà Mireille minava il ricordo di Ouleymatou. Disintossicando il cuore di Ousmane e ridonandogli fiducia,
neutralizzava ogni suo atteggiamento difensivo. Mireille, vittoriosa, si era insediata nel suo cuore e nel suo corpo, che ora erano
pronti ad accoglierla.

E il tempo scorreva segnato dal susseguirsi dei mesi.

Nei sogni, l'amore moltiplicava la forza combattiva di Ousmane Guèye che sollevava montagne e demoliva ostacoli, pur di non
perdere la sua amata. Con fare seducente Mireille volteggiava
indossando una gonna o ancheggiava in un paio di "jeans" che
modellavano le sue forme. I biondi capelli sciolti lungo la schiena risplendevano, trasformandosi in un facile divertimento nelle
mani tenere del suo ragazzo.

Le foto scambiate tra i due innamorati placavano l'impazienza
provata nei momenti di separazione. All'interno di una cornice
in ferro battuto, protetta dal vetro, Mireille si ergeva sulla piccola
scrivania della cameretta di Ousmane.

Un giorno, nel sistemare i libri, una ragazzetta che aiutava Yaye Khady nelle pulizie di casa, fece cadere la cornice e il vetro, messo a protezione della foto, andò in frantumi. Alla vista di quei frammenti, Ousmane s'infuriò: comportamento, il suo, incomprensibile a chiunque. S'inginocchiò, liberò l'immagine dai pezzi di vetro e accarezzo con dolcezza l'intero corpo custodito in quella cornice ormai spoglia. Un'espressione appassionata sconvolgeva i tratti del suo volto e quell'atteggiamento di adorazione disorientò Yaye Khady.

Con la mano Ousmane accarezzò di nuovo la fotografia e si ritrovò a parlare ad alta voce: «Per fortuna non si è graffiata!»

Yaye Khady, sempre più meravigliata, ribatteva:

«E se anche fosse successo? Se almeno ti potessi vedere! Agitarsi in quel modo per la foto di un'attrice del cinema che nemmeno conosci!... arrivare a questo punto, essere alla mercé di un mito!»

Per dissipare lo sconcerto della madre, Ousmane cominciò a prenderla in giro:

«Sì, sono arrivato a questo punto! Tu fremi molto di più per quel lottatore, Doudou Ndoye, e ne decanti le prodezze tutto il santo giorno! Non pensi, comportandoti così, d'indispettire mio padre?»

Scoppiarono a ridere e l'incidente fu subito dimenticato. La fotografia riprese il suo posto nella solita cornice, protetta da un nuovo vetro.

La foto di Ousmane, al contrario, non aveva un posto ben preciso nella camera di Mireille e ancor meno una cornice di protezione. Passava da sotto il cuscino alla tasca della vestaglia, viaggiava tra i classificatori e i libri secondo gli impegni del momento.

Così la fotografia diventava testimone di ogni gesto della vita quotidiana di Mireille.

E quando andava a fare la doccia? L'appoggiava in un angolo della stanza da bagno lanciandole dei sorrisi.

E quando andava a dormire? La custodiva sotto le coperte stringendola tra le braccia. E quando saliva in auto per raggiungere l'Università? L'adagiava al suo fianco, sorreggendola con una mano per proteggerla dagli scossoni della strada.

Quella fotografia, Mireille l'aveva scelta tra molte altre che aveva visionato. «Perfetta! Vitale!» Il mare di un blu profondo circondava la nera scogliera sulla quale il suo amato restava fermo in piedi. La camicia rossa sbottonata lasciava intravedere il suo torace impreziosito dall'elegante collanina, regalata da Mireille. Ousmane rideva col suo sorriso smagliante e i suoi occhi esprimevano un'intelligenza maliziosa.

E di notte la fotografia le rammentava i piaceri vissuti. Quel nuovo cammino intrapreso insieme era già carico di ricordi: i malumori e le pronte riconciliazioni, il desiderio appassionato dell'altro, le insidie e i raggiri.

Ma un giorno quella piccola immagine scomparve. Con lei svanivano il mare blu e la nera scogliera, la camicia rossa, il bianco sorriso e gli occhi sfavillanti. Mireille cercò invano quel bene prezioso. L'ispezione nell'armadio e nei cassetti non le svelò alcun nascondiglio. Classificatori, quaderni, libri e bloc-notes non sembravano aver intenzione di lasciarla andare. Spazzare sotto il letto e rivoltare il materasso non era servito a niente. L'inquietudine di Mireille aumentava. Sua madre sperava di poterla aiutare, ma per farlo avrebbe dovuto sapere cosa procurava tanto fermento e preoccupazione in sua figlia.

Mireille si agitava:

«E se mio padre trova la foto?» In lei cresceva il timore del "dialogo". All'idea di una simile prospettiva, le sue gote iniziavano a infuocarsi. Ousmane avvertì la sua ansietà, così Mireille dovette confessargli la sparizione della fotografia, le successive ricerche e le paure.

Ousmane allora le suggerì:

«Oramai, devi accontentarti della mia immagine che hai lì

dentro», e avvicinò il dito alla fronte della bella innamorata.

Da quando suo padre si era trasferito a lavorare in terra senegalese, nella residenza diplomatica regnava la quiete, quale conseguenza di una routine quotidiana.

Dunque, per Mireille solito risveglio mattiniero: doveva portare la colazione a letto ai suoi genitori. Quello era uno dei compiti che lei stessa si era assegnata da quando aveva imparato a destreggiarsi con le manopole del fornello a gas.

Per il padre preparava un vassoio con caffè, marmellata e croissant, mentre per la madre solo un tè, senza pane né burro. Così facendo la signora de La Vallé regolava la sua digestione e rispettava una dieta rigida: tutto questo per lottare contro i chili di troppo, poiché la funzione ricoperta dal marito esigeva da lei bella presenza e contegno.

Poi Mireille andava ad abbracciare i genitori e regolava loro la sveglia. Si sedeva su uno dei due letti gemelli e cominciava a parlare con loro saltando tra diversi argomenti: i problemi, sia seri che futili, le confidenze familiari e le questioni d'attualità, le notizie inerenti al paese e i compiti da assolvere, gli inviti da comunicare o da ricambiare e, infine, il programma della giornata.

In seguito Mireille lasciava i genitori a godersi la colazione e correva in bagno per non perdersi la lezione di educazione fisica trasmessa alla radio. Ora aveva una nuova ragione per mantenere forma e grazia: un amore riempiva la sua vita.

Anche la scelta dei vestiti aveva la sua importanza. «Come presentarsi oggi a Ousmane?» L'istinto della seduzione di donna innamorata cresceva dentro di lei. Desiderava apparire diversa ogni giorno. La paghetta le serviva per l'acquisto di prodotti di bellezza che utilizzava con discrezione per incrementare la lucentezza dei suoi capelli, incipriarsi le guance o lucidarsi le labbra.

L'acqua di colonia avvolgeva il suo corpo di delicata fragranza.

Ieri, il completo di pantaloni e camicia bianca con il foulard turchese, aveva fatto colpo. Avantieri, l'«ampio» vestito verde, in tessuto morbidissimo, con le scarpe dello stesso colore si erano intonati ai suoi occhi.

E oggi? ... Con la mano fece scorrere le grucce del suo guardaroba, ma ogni cosa le sembrava inappropriata, inadatta a sedurre Ousmane. Alla fine la scelta ricadde su un vestito rosso, ricamato di piccole foglie: un regalo recente della nonna paterna.

«E Ousmane indosserà la sua camicia rossa, quella della piccola fotografia? Così i nostri vestiti si abbineranno...»

Il ricordo di quella piccola fotografia fece risvegliare in lei l'angoscia, tanto più che avvertiva i rumori provocati dal padre, intento a iniziare la giornata, mentre si stava lavando vigorosamente nella «sua stanza da bagno».

Nel frattempo la madre si era presentata davanti alla servitù per impartire le direttive della giornata.

Mireille si precipitò giù per le scale, pulita e profumata. Lo sbattere di una portiera! E l'autista prese come un razzo la via dell'Università, rallentando davanti all'ospedale Le Dantec, assalito dai malati che, sopraggiunti per ricevere le cure mediche, invadevano la strada.

V

La calma piatta delle abitudini ormai scontate fu sconvolta, quella sera, nella residenza diplomatica.

Alle diciotto Mireille rientrava dalla lezione, dopo aver trascorso momenti piacevoli con gli amici.

Saliva le scale canticchiando.

«Mireille!»

La voce severa di suo padre giungeva come un ruggito dal soggiorno che, avendo le tende chiuse, era immerso nell'oscurità. Lei si voltò e i suoi occhi scorsero la madre in un atteggiamento rigido che non aveva mai visto. Da un capiente portacenere, posizionato tra i suoi genitori, traboccavano mozziconi di sigarette spente appena incominciate.

La fotografia! Il suo segreto violato! Ousmane, con la camicia rossa abbandonato alla collera dei suoi genitori! Il petto scoperto in balia del loro disprezzo! Mireille si fece forza e avanzò lentamente. Raggiunse suo padre, si chinò per il bacio rituale ma urtò contro un mento scostante. Non osò abbracciare la madre poiché la sua irritazione frenava ogni forma di contatto.

Jean de La Vallée estrasse da una busta la fotografia. Mireille soffrì nel vederla sgualcita e ingiallita.

La foto, così maltrattata, mostrava alcuni solchi, come unghiate: «Con me la fotografia aveva goduto di attenzioni e cure!»

«Conosci "questo"?», il padre iniziò e continuò con tono sprezzante, «certo che conosci "questo" perché "questa" te l'ha dedicata "A Mireille con amore - Ousmane"».

Esibiva la foto tenendola tra due dita, con aria altezzosa, come se fosse portatrice di germi.

Sua madre, con la testa china, assisteva allo scontro. Il candore della camicetta che indossava, accentuava il pallore del collo e del viso. Le sue mani aperte, appoggiate sulle ginocchia, tremavano nervosamente. Mireille accolse "questa" con orgoglio. Quell'immagine che lei conosceva così bene per averla scrutata sotto tutte le diverse angolazioni, si animava nuovamente come in un passato recente nel quale lei le aveva dedicato sguardi e sorrisi, le aveva confidato tenerezze, speranze e progetti.

"Questa" era importante nella sua vita. "Questa" era la sua felicità. Attraverso di lei Ousmane si animava. La loro unione, di nuovo, infondeva in lei un piacevole calore. Il sortilegio d'amore generato dai lineamenti delicati di quel volto, da quel petto scoperto, da quella camicia rossa, da quel mare azzurro, da quello scoglio argentato, da quegli sguardi raggianti, di nuovo, riprendeva il suo corso.

Ousmane si animava. Ousmane l'abbracciava. Una scena riaffiorava violentemente, più significativa tra le tante che lei rievocava. Erano abituati a ritrovarsi in compagnia o da soli, a seconda dei giorni, nell'alloggio del polo universitario di un amico di Ousmane, di nome Alì.

In quella dimora, battezzata in maniera pomposa "*Keur Alì*[1]", i momenti di libertà erano accompagnati da scambi di vedute e dall'ascolto di dischi. *Keur Ali* offriva ai due innamorati un'inviolabile sicurezza. Ma la rarità di quei momenti vissuti lontano da occhi indiscreti e le precauzioni prese per non spezzare il filo sottile della loro felicità, tingevano di tristezza i loro incontri.

Una sera, per "seminare" alcuni compagni ostinati, Ousmane aveva dovuto giocare d'astuzia e fingere di andarsene. Poi, sbarazzatosi di quella scorta indiscreta, era ritornato sui suoi passi.

Trovò la sua ragazza, sola, distesa sull'unico letto, la testa incorniciata dalla profusione dei suoi capelli sciolti, le gambe nude nella loro forma armoniosa, gli incantevoli occhi languidi nell'incertezza dell'attesa. Ousmane le accarezzò, col palmo della mano, la fronte e i lunghi fili dorati della sua chioma. Le sue dita gioca-

---

1. Casa Alì.

rono sul corpo tiepido. La sua bocca febbricitante, per calmarsi, cercò alcune zone di pelle fresca. La penombra, accumulatasi per l'ora tarda, oscurava i loro corpi. Si abbracciarono con più passione del solito. E Ousmane strinse Mireille. Strinse con forza quel giovane e morbido corpo che si abbandonò a lui dolcemente.

Uno spasimo violento scaturì nel ventre dolorante della ragazza. Il gemito soffocato e persistente sulle sue labbra semiaperte riportò in sé Ousmane. Ma una voluttà annichilente, da ambo le parti, aveva sopraffatto il lamento. Le lacrime ricoprivano il volto di Mireille. Ousmane sudava.

In ginocchio implorava il suo perdono, mentre il suo corpo trionfante vibrava di gioia. Gli occhi luminosi stonavano con le parole di rimorso. I loro visi ricongiunti si confusero tra lacrime di felicità e riconciliazione.

Dinnanzi ai genitori che pretendevano da lei un pentimento e che rinnegasse il suo amore, Mireille si abbandonava ai ricordi. Aveva donato il suo cuore e poi il suo corpo. L'irreparabile si era compiuto.

Lacrime sì, ma non di pentimento! Ancora lacrime, ma lei piangeva per amore, inestricabile nel suo attaccamento, come l'edera del suo paese. Aveva donato la sua carne e quindi incatenato la sua anima.

Balbettò:

«Lo conosco. È un ragazzo intelligente. Dovete parlarci prima di giudicarlo!», continuava la sua litania, arringa inutile, poiché i suoi giudici possedevano una profonda e irremovibile convinzione.

Uno schiaffo sonoro! E le parole furono soffocate. Lei urlò la sua disperazione e, dopo aver intravisto sua madre accasciarsi sul tappeto, corse a rinchiudersi in camera.

La violenza di suo padre non la sorprendeva, poiché era simile alla sua follia. Una follia divenuta sovrana. Una follia inebriante che lei non rinnegava, bensì aveva infinite ragioni di osannare.

Desiderava la sua felicità con Ousmane e giurò di lottare per ottenerla.

Il giorno seguente quella scena violenta, per Mireille si prospettava il solito risveglio mattiniero, malgrado gli occhi arrossati, la gola secca e le tempie febbricitanti. La bocca amara era ancora dolorante per lo schiaffo e nella sua testa ronzavano soluzioni già allontanate per la loro assurdità. Preparò i soliti due vassoi e si scontrò con una porta chiusa.

Si lavò velocemente, si vestì trascurando di scegliere i vestiti e nascose lo sfinimento del suo sguardo dietro un paio di occhiali scuri. Un cerotto messo ad arte mascherava il livido.

Al momento di scendere le scale per andare come al solito incontro all'autista, suo padre, che aveva riconosciuto il suo passo, aprì bruscamente la porta della sua camera e le sbarrò il passaggio:

«Basta Università! Ho capito: è per il Negro che hai scelto di restare. Non voglio scandali. Tu non ti rendi conto della gravità della tua condotta data la posizione che ricopro».

Mireille arretrò terrificata. Il linguaggio di suo padre la sconcertava. Era lo stesso uomo che fraternizzava con la gente durante i suoi discorsi?

Nella sua mente la voce del padre consolidava quelle ascoltate durante i ricevimenti o le riunioni: erano le voci dei suoi compatrioti, abili a denigrare, ridicolizzare e stigmatizzare. Il loro bersaglio preferito erano i capi degli Stati africani. Si sforzavano di scoprire difetti e carenze nei loro comportamenti, utilizzando un linguaggio pieno di sottintesi.

Durante tali chiacchiere diffamanti, suo padre rimaneva silenziosamente indifferente. Ecco il motivo per cui lei aveva ritenuto possibile il suo sogno.

Ma bruscamente aveva aperto gli occhi. Suo padre, così misurato nei toni e negli atteggiamenti, si irrigidiva nel tentativo di dominare quella violenza alimentata da una repulsione profonda verso il Negro, che per molto tempo era riuscito a controllare ma che adesso lo invadeva senza ritegno. Mireille indietreggiò.

Suo padre mostrava disprezzo. Che cosa aveva in più suo padre, rispetto al padre del suo ragazzo? Malgrado la sua rigorosa riservatezza nel parlare dei suoi genitori, Ousmane un giorno le aveva detto:

«Mio padre è invalido di guerra. Per questo motivo ha una pensione».

Indignata per l'ingratitudine e con franco giudizio, lei affrontò quella circostanza. La sua profonda convinzione di uguaglianza degli esseri umani la sosteneva. Le sue parole erano prorompenti come dardi:

«Il padre di "questo" ha combattuto per il nostro paese a rischio della sua vita. È un invalido, vittima di una causa che non era la sua. Il padre di Ousmane ha protetto la nostra storia e difeso la nostra sicurezza. Che cosa hai fatto tu per lui? La tua presenza qui? Non è certo per pura generosità. Soldato della patria senza uniforme né armi, tu controlli come un padrone le faccende altrui. Ieri eri un colonizzatore vestito di falsa umanità, oggi sei sempre lo stesso uomo interessato, presente unicamente per continuare a sfruttare. Io sto dall'altra parte per mia scelta, per una scelta irreversibile, lo capisci?», Mireille proseguiva, scatenata:

«Io comprendo Ousmane, io ascolto battere il suo cuore. Le sue qualità hanno spazzato via in me tutte le vecchie convinzioni indottrinatemi a colpi di aneddoti intolleranti. È mio, il Negro selvaggio dal sorriso "ebete". È mio, il Negro idiota restio all'apprendimento. È mio, il Negro dagli occhi grandi in un viso di cera! Ti credi superiore solo perché sei bianco, ma se gratti la tua pelle sotto vedrai scorrere lo stesso sangue rosso ed è questo che ti rende uguale a tutti gli uomini sulla terra. Il tuo cuore non è a destra, ma è certamente a sinistra come per tutti gli esseri umani.

Tu hai un cervello e un fegato che hanno la stessa funzione di quelli di Ousmane. Dimmi, dov'è la tua superiorità? Perché hai ceduto al mio desiderio di studiare qui? Per me, certamente, ma anche per favorire la tua immagine. Suona bene che la figlia di un diplomatico studi all'Università del paese dove risiedono i genitori, vuol dire avere convinzioni generose, fare scelte progredite: tanti concetti urlati con forza, che non rappresentano nessuna forma di grandezza. Hai minato la fiducia e disilluso l'amore che provavo per te. Io sono innamorata, hai capito? Io amo un Negro, nero come il carbone. Nero! Nero! Io lo amo e non rinuncerò a quest'uomo solo perché è nero».

Amore, violenza e sincerità avevano guidato l'assalto e portato una ragazza a scontrarsi con delle verità inculcate. Monsieur de La Vallée non poteva nulla contro quell'antico fiume di passione che si era scatenato. Disorientato da tale sorpresa e dal turbamento di quelle parole, cercava di controllare la collera stringendo con forza i pugni e digrignando i denti:

«Tu sei minorenne! Minorenne! Diamine! Troppo giovane per capire. Io ho il dovere di proteggerti e lo farò, tuo malgrado. Da questa sera tornerai nel nostro paese».

Si voltò e Mireille riprese a urlare:

«Non contare sul mio suicidio. Il mio cuore ormai continuerà a battere solo per potermi riavvicinare a Ousmane. Ousmane! Hai capito? Ousmane!»

Corse a chiudersi in camera e si lasciò cadere con la testa sulle lenzuola.

Ritrovata la calma, cercò di schiarirsi le idee....

Il pensiero tornò affettuosamente a sua madre. Le telefonò per chiederle di incontrarla, ma la madre si fece negare. La domestica le comunicò che la Signora era molto stanca:

«Il dottore è venuto tre volte da ieri».

«Un duro colpo!», ammise Mireille.

La reazione dei suoi genitori non la sorprendeva. Frutti selezionati della borghesia, le realtà della vita apparivano loro filtrate e schematizzate. L'eredità delle giuste ideologie e delle buone maniere portava con sé i suoi tabù e i suoi divieti. Fra predicare l'uguaglianza e metterla in pratica, vi era un abisso da oltrepassare e loro non erano certo adatti ad affrontare un salto così rischioso. Sotto i lussuosi bagliori dei salotti stringevano, sorridenti, le mani nere, ma il loro cuore era privo di ogni emozione.

Mireille scuoteva tristemente la testa. Presa così alla sprovvista, come poteva reagire? Come poteva avvertire Ousmane? Come poteva liberarlo dall'inquietudine che lo avrebbe tormentato fino al giorno in cui avrebbe potuto dargli delle spiegazioni? Fare ricorso al domestico o all'autista era troppo rischioso: se fossero stati scoperti li avrebbero licenziati senza pietà.

Impotente, strinse le lenzuola. Dalla rabbia chinava la testa, si aggrovigliava i capelli, nascondeva il viso sotto il cuscino e batteva i piedi in terra. Urlava la sua pena sino alla nausea! Urlava il suo dolore! I suoi pugni minuti battevano contro la porta.

Stava ancora singhiozzando, quando un domestico posò per terra due valige vuote.

«Da parte del Signore, per i suoi bagagli, Signorina».

Senza farsi attendere, il padre metteva in pratica la minaccia di farla rimpatriare.

«Che m'importa!» disse Mireille, «che m'importa!» e riempì le due valigie stipando alla rinfusa vestiti, libri e oggetti da toilette, prestando però una grande attenzione nel riordinare le lettere del suo innamorato. Le raccolse accuratamente in un pacchetto, inserendo al loro interno la piccola fotografia riconquistata.

Rimase ad attendere l'ora della partenza.

«Alle venti!», aveva precisato suo padre tramite il domestico.

La notte era già scesa, striata in maniera diseguale da luci sospese tra cielo e terra, quando la vettura del diplomatico, passando davanti alla sede dell'Assemblée Nationale, si infilava nella via panoramica che conduce all'aeroporto di Yoff.

Ripassare ancora una volta per quella strada turbava Mireille. La macchina sfrecciò davanti all'università. A sinistra, dietro gli scogli, c'era "la sua spiaggia". Il frangersi delle onde era un suono crudele per il suo cuore martoriato! Si rannicchiò sul sedile, gli occhi colmi di lacrime. Il villaggio di Ouakan. Una salita. Una "frenata" prudente. Dinnanzi a lei il faro di Almadies allontanava la notte. Una curva. L'Albergo di Ngor trionfava nell'ombra come un fanale tappezzato di stelle. Vetture di lusso ingombravano l'entrata del Casino du Cap-Vert.

Mentre l'auto attraversava le tenebre, un silenzio minaccioso separava il padre dalla figlia. Alcuni appropriati cambiamenti di velocità, poi un brusco scarto e infine la macchina si fermò nel parcheggio dell'aeroporto, davanti alla sala d'attesa riservata alle autorità più prestigiose.

Mireille non attese l'autorizzazione del padre per scendere. Si diresse verso la sala d'attesa e si mise a sedere su una poltrona. Monsieur de La Vallée impartì gli ordini per le formalità dell'imbarco e la registrazione delle due valigie.

La sala era animata; il Ministro degli Affari Esteri stava tornando da un lungo viaggio in giro per l'Africa e i membri del gabinetto, amici, parenti e alcuni elettori invadenti erano lì ad attenderlo bevendo del succo di frutta per ingannare l'impazienza dell'attesa. La rumorosa allegria di quella riunione di gente innervosiva Mireille, tanto quanto le loro risate a crepapelle e i comportamenti colmi di sufficienza.

Quelli che riconobbero il diplomatico lo salutarono rispettosamente. Sereno e affabile, Monsieur de La Vallée sorrideva e stringeva cordialmente le mani dei neri, inchinandosi con la testa:

«No, non sono io che parto. Accompagno mia figlia. È stanca e va a respirare un po' d'aria di montagna. Sapete, una boccata d'aria pura è sempre utile nel periodo della crescita».

E indicava Mireille con un gesto di tenerezza. Riusciva a mascherare il suo tormento dietro un ruolo paterno interpretato ad arte, grazie all'esperta conoscenza delle buone maniere. Nella sua voce e nel suo portamento non vi era alcuna traccia di collera razzista. I rimproveri? Dimenticati! Le minacce proferite? Svanite! Mireille, timorosamente, si raggomitolava nei suoi maglioni. Gli occhi arrossati e i tratti marcati, potevano essere interpretati come chiari segnali di una malattia.

L'altoparlante, attraverso la voce posata e gradevole di una hostess, invitava all'imbarco.

Il diplomatico sorrise, strinse amichevolmente le mani nere e si congedò, spingendo affettuosamente la figlia verso l'uscita. La scaletta era già in posizione e accoglieva i primi viaggiatori.

Diede un bacio alla figlia, quel bacio che aveva rifiutato il giorno prima. Lei rispose al saluto con freddezza, come una mummia.

Oltrepassata la scaletta, Mireille si lasciò cadere nella prima poltrona offerta alla sua stanchezza. Si coprì le gambe con i maglioni sgualciti. Raddrizzò meccanicamente la poltrona e si mise la cintura prima che la hostess la invitasse a farlo.

Rombo dei motori! L'aereo di staccava dal suolo, si alzava.

Mireille pensava. La hostess passava avanti e indietro sorridendole. Essendo l'unica passeggera giovane in prima classe, aveva intuito fosse lei la figlia del diplomatico che le avevano raccomandato di sorvegliare con discrezione.

Le premure della hostess non vinsero la sua freddezza e lei continuava a rifiutare bevande e giornali. A poco a poco, vinta dallo sfinimento, sprofondò nel sonno.

La sgradevole morsa del freddo che attanagliava Mireille, ravvivò il suo dolore.

Cambiava paese, università, ambiente, senza alcuno sforzo di riadattamento, poiché in tutto ciò riconosceva, con disgusto, gli atteggiamenti del padre: il rigore e l'efficienza fatti uomo, senza un minimo batticuore.

Erano stati impartiti ordini ed erano state sfruttate le conoscenze, in modo che non le mancasse niente.

Ma quale effetto si aspettavano dal cambiamento di paese? L'avevano allontanata dal suo amore perché dimenticasse, ma al contrario, dal freddo pungente nasceva il rimpianto del calore di quel sole.

Scrisse subito a Ousmane per ristabilire quel legame interrotto così crudelmente.

All'interno di una grande busta inserì l'ultima foto del suo album, quella che la ritraeva vestita con il lungo abito di colore blu, ravvivato da una rosa bianca.

Rilesse la lettera scritta in tutta velocità, la piegò con cura e la unì alla foto.

VI

A cura dei servizi amministrativi universitari, Ousmane Guèye ricevette un enorme plico rosa, ricoperto di francobolli stra-
nieri. La scrittura di Mireille! Una scrittura senza fronzoli che
denotava il carattere deciso del suo autore!

La sua emozione era incontenibile come in quel giorno in cui
aveva riscoperto la spalla, la nuca e i capelli di Mireille, così, per
caso, al rientro universitario.

Avrebbe dovuto rallegrarsi? Il color rosa della busta incoraggiava l'ottimismo. Tuttavia la brusca partenza della ragazza per il
suo paese non presagiva niente di positivo in merito ai rapporti
con i suoi genitori. Se il viaggio fosse stato organizzato, Mireille lo
avrebbe certo informato, invece lei era sparita, improvvisamente.

Dopo quattro giorni, le ricerche di Ousmane finirono per
scontrarsi con un muro di opachi silenzi. Pervaso da un tormento infernale, aveva osato fare il giro della residenza diplomatica
ma gli edifici, situati in fondo a un cortile immenso, non lasciavano trapelare alcun segreto.

Yaye Kadhy, disperata, continuava a osservare il nervosismo
e la distrazione del figlio. Avvertiva il perdurare di quel nervosismo nella vita del ragazzo, senza potervi intervenire, malgrado le
sue astuzie di donna.

Oramai Ousmane restava sempre incollato alla sua scrivania. Per «inebriarsi» dell'immagine della sua adorata, si sedeva
di fronte alla fotografia, fingendo di studiare, con un libro sotto
i gomiti appoggiati sul tavolo e il viso sorretto dai palmi delle
mani. In quegli istanti il suo corpo e la sua mente erano completamente assenti.

Quella lettera appena ricevuta avrebbe potuto dissipare o ag-
gravare i suoi tormenti. La lettera vibrava tra le sue mani, portatrice di un messaggio, come un inviato del destino.

Ousmane scelse di sapere tutto e subito: «Tanto peggio per la lezione del Professor Sy. Dovrà fare l'appello senza di me». Stava programmando una fuga discreta.

Voleva ritrovare la complicità della sua cameretta, la sola testimone dei suoi lamenti notturni, quando la nostalgia per l'assenza di Mireille l'opprimeva. Desiderava leggere il contenuto della missiva dinanzi alla fotografia.

La strada poteva pure invitarlo ad ascoltare o a osservare, ma Ousmane non le avrebbe risposto. Il loro legame, frutto di una lontana unione, si era sciolto con l'arrivo di Mireille. «La strada potrà anche tenermi il broncio o gridare a tutti la mia ingratitudine!» si disse Ousmane, mentre si affettava a prendere un taxi.

«Presto!» ordinò, «al quartiere di Usine Niari Talli».

La strada di Ouakan, il Punto E, le Zone A e B, le ruote della macchina "divorarono" tutti i quartieri.

«Vada! Vada!», lo incoraggiava Ousmane.

Per non preoccupare la madre che non l'aveva mai visto arrivare in taxi, fece fermare l'auto a cento metri di distanza dalla casa.

Nonostante tutto, Yaye Kadhy non mancò di esprimere il suo stupore:

«Già qui? Di lunedì? Stai male?»,

«No. È il professore che è malato».

Yaye Khady, mugugnò per rimarcare il suo disappunto:

«Solitamente, quando succede, resti in biblioteca».

«Oggi...», rispose Ousmane divertito dal fatto che quel dialogo la irritasse, «oggi, niente biblioteca! Riposo prima di pranzo!»

Quel pretesto gli permise di chiudere a chiave porta e finestra. Ma la luce della lampada che illuminava la stanza tradiva le sue affermazioni. «La luce è accesa. Non dorme. Allora che riposo è?» pensò ancora più stupita Yaye Khady.

Grazie a quell'indecifrabile sesto senso che si addice a una madre, Yaye Khady concluse tra sé che il suo Oussou stava crescendo. Aveva di certo un segreto. C'era forse una donna dietro alle sue inquietudini? Sicuramente c'è una donna! Solo l'amore conduce all'incoerenza: riposo e luce non vanno d'accordo. Ousmane era innamorato e probabilmente stava soffrendo!

Quest'ultima supposizione soddisfava le sue incertezze e allontanava da lei il timore di un figlio votato a una probabile inclinazione annunciata dal suo soprannome: "il sacerdote".

Yaye Khady si ritirò: «Se Ousmane mi trovasse qui? Se mi scoprisse a spiarlo?...»

La dignità prevalse sulla tentazione.

Per sfruttare la sua irrequietezza, Yaye Khady seguitò a sbucciare e grattare le verdure per il pranzo, con più cura del solito, lasciandole scivolare in un'ampia ciotola piena d'acqua.

Nella stanza chiusa a chiave, Ousmane si toglieva di dosso i vestiti come se dovesse prepararsi a un combattimento. Del resto, davanti a sé si prospettava uno scontro che, sebbene non richiedesse forza fisica, non sarebbe stato di sicuro meno arduo. Ousmane sentiva che sarebbe stata un'aspra lotta nella quale la posta in gioco era proprio Mireille. I genitori della sua benamata avevano come arma a loro favore dei validi argomenti: se Mireille si fosse piegata al loro volere, Ousmane sarebbe stato sconfitto. Come un fuscello di paglia ritorta sarebbe stato spezzato dalla delusione, sentimento del quale aveva già assaporato le premesse con Ouleymatou.

E se invece Mireille scegliesse lui al posto della ricchezza e agiatezza cui era abituata?

E se invece Mireille scegliesse il Negro, figlio di un invalido di guerra e di una casalinga analfabeta?

Se Mireille scegliesse lui, le previsioni delle amiche della madre si realizzerebbero:

Quelle donne avevano predetto: «Quando si amano i propri genitori, si raggiungono sempre i traguardi migliori». E Ousmane, infatti, aveva raggiunto la sua maturità scolastica.

Ma quelle donne avevano anche sostenuto: «Quando si aiuta la propria madre, senza per questo crearsi dei complessi (poiché erano a conoscenza dei lavori domestici svolti dal giovane Ousmane), Dio concede in cambio elevazione morale e materiale insperata e appiana ogni difficoltà».

Emozionata, Yaye Kadhy, con le lacrime agli occhi, interveniva pregando... «Basta divagare!»

Ousmane alla fine aprì la busta e da essa fuoriuscì una fotografia a lui familiare. La sollevò, la baciò e la guardò. Quella foto gli permetteva di continuare a sperare.

Ousmane sorrise ai tratti decisi di una scrittura che concedeva fluidità alla lettura. Quella tenerezza profonda, benché impacciata, nelle parole scelte rispecchiava il modo di essere di Mireille la cui voce sopraggiungeva, lontana e allo stesso tempo teneramente vicina.

La giovane donna si dichiarava tra le righe:

Mio caro Ousmane,
I nostri baci non precederanno più le nostre lezioni. Non fuggiremo più insieme dal noioso Professor Sy e dalla sua voce dimessa per correre a goder dei profumi del mare sulla vicina spiaggia. E tutto questo non perché io abbia smesso di amarti.

Il mio rifiuto di rinunciare a te mi ha costretto all'esilio nel mio paese natio.

La tua piccola fotografia, ritrovata in auto da mio padre, è stata l'artefice di questo mio dramma. Avevi ragione quando tentavi di attirare la mia attenzione su quel proverbio in lingua wolof: «Ciò che ignoriamo non esiste».

Attraverso la foto o comunque per altre vie i miei genitori sarebbero stati informati. Il fatto che ora sappiano della tua esistenza nella mia vita mi libera da ogni angoscia e preoccupazione ma soprattutto mi libera dalla menzogna...

La cosa più importante per me rimane la tua opinione. Non co-

nosco nulla di te. Non so chi sei al di fuori di noi due. Non pretendo nulla che tu non sia disposto a concedermi, ma per lottare devo poter dare un senso alla mia battaglia.

Se devo rinunciare a te, dillo senza alcun imbarazzo. I momenti di felicità che mi hai donato mi consentono già di perdonarti. Con le tue premure, se vuoi costruire il tuo avvenire insieme a me, io sono pronta a farlo. Tutto mi sembrerà facile se, alla fine di questo mio tormento momentaneo e di questa solitudine che sto vivendo, troverò le tue braccia pronte ad accogliermi. Purtroppo dovremo aspettare quattro anni, il tempo necessario perché io raggiunga la maggiore età. Decidi, e niente avrà più importanza al di fuori di te.

Scrivimi, attenderò tue notizie.

Mireille

Alla missiva seguiva l'indirizzo di una compagna scelta come intermediaria per la loro corrispondenza.

Ousmane rilesse l'ultima frase: «*Decidi, e niente avrà più importanza al di fuor di te*»!

Il tono della lettera si faceva serio. Il suo contenuto spingeva verso una rottura tra quelle scelte ritenute inconciliabili. Ousmane si ritrovò in una situazione tragica nella quale il senso del dovere e i sentimenti entravano in conflitto: «Da un lato il mio cuore si è invaghito di una Bianca... dall'altro persiste l'amore per la mia comunità. Di fronte ai due sentimenti la ragione vacilla, come il giogo della bilancia diviene incapace di trovare un equilibrio tra i due piatti che sorreggono qualcosa di egual valore».

Rinnegare Usine Niari Talli? Sfuggire alla sua influenza? Maledire i suoi fetori? Scelta allettante! Ma la sua piccola terra d'origine lo tratteneva, smuovendo con veemenza dentro di lui voci armoniose osannanti i valori tradizionali, prescrittivi e perentori, quali diritti della vita in collettività. Il tergiversare e lo scompiglio smuovono lo stupore, il disprezzo o l'indignazione. La fiaccola dell'eredità culturale illuminava l'unicità del cammino da seguire... La mentalità si modificava sulle responsabilità del passato e dietro la loro corazza, usanze e costumi scoraggiavano ogni invasione...

Mbowène! Mboupène! Thiamène![1] Concessioni consacrate ai mestieri ereditati sin dalla notte dei tempi... La religione, nella tolleranza dei suoi insegnamenti, restava un legame indistruttibile...

Usine Niari Talli lo avvolgeva, e nei cuori delle donne del quartiere ritrovava la tenerezza di Yaye Kadhy. Loro, altrettante madri che avevano curato i suoi raffreddori cronici, altrettante vigili *yaye* che l'avevano spesso rimproverato senza alcuna esitazione per sottrarlo all'immondizia nella quale lui riscopriva oggetti senza valore – corde, barattoli di conserva, scatoloni – tutte cose che attraverso l'immaginazione infantile si trasformavano in giocattoli mai visti... E quando si ammalava? L'intero quartiere, preoccupato e cauto, si agitava. Ogni mano si armava di talismani e di *safàra*[2], per liberarlo dagli incantesimi di una strega invisibile. Ousmane rammentava il suo corpo tremante nel delirio della febbre, quando la malaria percuoteva le sue tempie. E ascoltava allora con ansia l'elencazione dei rimedi curativi fatti di energiche frizioni nelle quali l'aglio, con i suoi poteri miracolosi, non poteva mai mancare... Usine Niari Talli, quel pozzo inesauribile di arricchimento e formazione, quel crogiolo inviolabile di tradizioni dove il cuore e l'anima trovano consolazione, si opponeva con ferocia.

Generosi nella povertà, morigerati nella prova, onesti nella miseria, tolleranti nei conflitti, tali erano gli abitanti del suo quartiere.

Rinnegare Usine Niari Talli? Il frastuono dei clacson mattinie-

---

1. Ciabattini, griot, gioiellieri.
2. Acqua benedetta.

46

ri che si alternavano allo stridio delle gomme? Lo scintillio dei fornelli malgasci rischiarava il suo dolore. E la memoria vibrava ancora nel ricordo delle corse gioiose dietro gli pneumatici abbandonati. E la memoria si agitava nel ricordo degli inseguimenti estenuanti e il corpo a corpo dietro a un pallone sgonfio...

Rinnegare Usine Niari Talli? Ignorare il rispettabile monito dei correligionari di suo padre che indicava il sommo sentiero verso Dio? Porre fine alla commozione e al raccoglimento al richiamo dei canti del *muezzin*[3] dal minareto della moschea inondata dal bagliore purpureo dell'aurora? Stracciare i mille scritti del patrimonio ancestrale? Calpestare i *gris-gris*[4] protettori? Sconfessare i *rab* e i *djinns*? Deviare il sangue portatore di virtù dal suo legittimo cammino? Urlare l'orgoglio della nascita? Morire per amore e non per onore?

Ousmane oserà tanto? Faceva appello al suo coraggio per liberarsi, ma sciogliere quei nodi che lo legavano ai grandi baobab della sua terra, poteva essere per lui impresa facile? Ousmane oserà tanto? Una smorfia di disappunto segnava il volto deluso dei morti. La loro memoria si ribellava e il tuono della vendetta divina rumoreggiava. Ousmane oserà tanto? Scegliere una donna al di fuori della propria comunità era un atto di alto tradimento e inoltre gli era stato insegnato che «Dio punisce i traditori». E in tono solenne predicavano: «*Dérétou Tegal dou moye lou pou borom!*» (Il sangue del circonciso ricade solo su sé stesso).

Fremiti d'inquietudine! Tentacoli lo stringevano con forza e ogni tentativo di liberarsi lo imprigionava ancor di più. Come fuggire, senza subire una profonda amputazione? Come fuggire senza generare una fatale emorragia?

Ma il suo cuore batteva forte e attraverso le fotografie Mireille, radiosa, lo provocava. Scuotendo la testa, s'interrogava...: «Da

3. Sacerdote musulmano incaricato di effettuare il richiamo per la preghiera cinque volte al giorno dal minareto.

4. Amuleti africani.

47

un lato Mirelle... dall'altro la mia comunità... i miei genitori...»

«E i miei genitori? In loro la stessa reazione ostile dei genitori di Mireille». Avrebbe ritrovato in loro l'orrore e il disgusto per l'apporto straniero. Certamente Djibril Guèye aveva frequentato i Bianchi ma non aveva mai dimenticato la differenza che li divideva e della quale lui stesso era fiero. Come poteva Ousmane discostarsi dal pensiero paterno? Come poteva arrivare a sconvolgere la propria coscienza? E come poteva la sua stessa coscienza rivelargli altre verità?

Yaye Khady avvertì della sua presenza starnutendo.

«Yaye Khady è possessiva! Irriducibile... Come vincerla? Yaye Khady si batterà con energia. Si batterà... fino all'ultimo respiro...», ammise Ousmane e poi ripeté ancora: «a Usine Niari Talli sarò considerato un *guena het*[5]... un traditore... e il mio comportamento sarà annunciato a tutti in segno di ammonimento. Quanto agli amici...»

I suoi amici cominciavano a veder crescere una passione in quella che pareva loro solo una semplice infatuazione. Così avevano manifestato il loro disappunto con decisione. Il Barbuto del gruppo lo aveva avvertito:

«Ah! Assolutamente no! Il regno delle coppie miste deve essere superato. Questo genere di matrimoni era accettabile nel periodo coloniale durante il quale Negri interessati, si valorizzavano e traevano profitto dall'unione con una Bianca. Dobbiamo sceglierci la moglie in casa nostra. I Bianchi sono razzisti. La loro ideologia umanista del passato non era che un inganno, un'ignobile arma di sfruttamento per far tacere le nostre coscienze. A casa loro, nessuna ambiguità! Nessuna finzione! I tassisti stanno alla larga dai clienti negri. Doudou ci ha raccontato: «Per prendere una camera in un hotel, bisogna telefonare... e la camera che è immediatamente disponibile non esiste più non appena fornite

---

5. Traditore della patria.

48

le vostre generalità». Boly, il chitarrista, aveva precisato con insistenza:

«Al di fuori dei vostri sensi, cosa potreste avere in comune con una *Toubab*? Non si può costruire il proprio futuro su un passato privo di ogni legame. Molte famiglie miste sono annientate dall'incomprensione. L'Africa sa essere gelosa sino a diventare spietata, stai attento!»

Giustificazioni su giustificazioni! Ma l'amore, lentamente, lo inondava e Ousmane seguitava a perorare la propria causa.

«Bisogna osare. Per migliorarsi è necessario cambiare mentalità. Per vivere bisogna osare. Il fallimento di altri non può essere certo anche il mio. D'altronde, quanti matrimoni falliscono in tutto il mondo? Eppure le persone continuano a sposarsi. Mireille non è certo un'avventuriera che insegue fantasmi. Non è alla ricerca di alcun esotismo eccessivo, né di sensazioni forti. Lei mi ama e io ho il diritto di fare la mia esperienza! Costruire il mio futuro, senza lasciare che siano gli altri a decidere per mio conto».

«Difficile contraddire la Ragione. Difficile nella situazione attuale. Difficile con una madre come la tua!»

Ma l'Amore insisteva: «Sarà sufficiente per te separare la vita da marito di Mireille, da quella da figlio di Yaye Kadhy, da figlio di Niari Talli» e l'Amore continuava a dargli consigli, «non arrenderti prima di combattere. Puoi farcela!» Ousmane rifletteva. Da quella sera avrebbe cominciato a scrivere. Ma prima di incoraggiare il loro impegno d'amore, Ousmane dovrà sostenere il suo attaccamento alla condizione di Negro e da Mireille pretenderà, come preludio alla loro unione, la conversione all'Islam. Cresciuto secondo le leggi di *Allah*, musulmano convinto e praticante sulle orme del padre, anziano *talibé*, Ousmane non poteva concepire il matrimonio al di fuori della moschea. E alla fine seppe sostenere i suoi principi in maniera categorica.

Ousmane rifletteva: «Per te, non potrei mai perdere la mia identità. Per te, non mi priverei mai della mia personalità!»

Da stasera Ousmane comincerà a scriverle e prima di ogni promessa le parlerà ancora di Yaye Kadhy e di Djibirl Guèye, genitori incontestabili, le parlerà della baracca situata tra gli odori nauseabondi emanati delle fogne intasate. Le descriverà la sua cameretta con le numerose fessure alle pareti.

E la sorella più piccola, Safiétou, scorazzando qua e là, senza le sue mutandine, con i *gris-gris* alle gambe e il muco al naso, farà la riverenza a Mireille. E l'odore di pesce essiccato che pervade l'intero quartiere irriterà le narici sensibili della sua bella.

E poi Ousmane saprà anche raccontarle del suo amore. Come potrà esprimere quella solitudine, quella sofferenza e quel vuoto nelle sue giornate! Quanto dovrà soffrire, anche lui, per quell'esilio nel suo paese.

Componeva nella sua testa le frasi che avrebbe utilizzato nella sua lettera. Gesticolava, scartava la parola giudicata inopportuna, cancellava i discorsi preparati nei suoi pensieri e riprendeva i suoi ragionamenti. Non riusciva a stare fermo. La felicità invadeva il suo corpo e allontanava ogni scrupolo dalla sua mente.

Yaye Kadhy restava ad ascoltare. Le sembrava quasi di avvertire dei passi di danza.

Ousmane, pazzo di gioia, si lasciò cadere con forza sul materasso di gommapiuma e dal profondo delle sue viscere svuotate dall'inquietudine, risalì un flebile sospiro. Stava incominciando una nuova fase della sua vita!

Yaye Kadhy restava ad ascoltare e sorideva. Da quel rumore sordo avvertiva il trionfo del figlio, seppur ignorando la natura di tale fermento. Ma che importava! Quel sospiro era un segno di vittoria! La vittoria di suo figlio! Del suo Ossou!

Si allontanò canticchiando. Poi, spolverando con la mano il pareo per liberarlo dai resti di bucce rimasti impigliati, fece qualche passo per raggiungere la pentola messa a scaldare sul fuoco acceso in mezzo a tre grosse pietre. Alzò il coperchio aiutandosi con un pezzo di carta e infilò l'indice nell'intingolo per verificare che fosse salato a sufficienza. Così, inghiottite dall'acqua bollente, le verdure ridotte a pezzetti prolungavano la loro agonia.

All'ora del pranzo, quando Ousmane riaprì la porta della sua camera, Yaye Kadhy si accorse che a fianco alla vecchia cornice in ferro battuto, una nuova immagine della stessa attrice si mostrava in una posa diversa.

Allora riprese a stuzzicare il figlio dicendo:

«Metti la foto di quella megera in un'altra cornice, altrimenti io non sarò responsabile di cosa le potrà accadere!»

Ousmane obbedì con piacere.

Yaye Kadhy non sospettava nulla, non più di quanto potesse fare lo stesso Djibril Guèye.

VII

Nel maggio del 1968 la famiglia de La Vallé si trasferì a Parigi. In quel periodo Mireille doveva fare i conti con la sua insofferenza. Un tormento, alimentato dal desiderio e acuito dalla solitudine, la stava consumando. Dentro di lei la passione si consolidava. Avrebbe tanto voluto rinunciare alla buona creanza, agli atteggiamenti educati, alla calma quotidiana e poter così esternare al mondo quei tumulti interiori che l'animavano. Aveva acconsentito a ogni inflessibile richiesta espressa da Ousmane e le difficoltà nella loro storia d'amore che, dolorosamente, accompagnavano i suoi pensieri, non la scoraggiavano. Le parole di Ousmane rieccheggiavano:

«*Ti consiglio di non prendere una decisione! Non scegliere me come tuo amato! È ancora presto!*», ma le sue esortazioni non impedivano a Mireille di perseverare. La religione che aveva promesso di abbandonare, da molto tempo oramai, le andava stretta. L'imposizione dei troppi divieti, a mano a mano che lei cresceva, rendeva quella fede sempre più inadeguata. Mireille replicava:

«*La veste religiosa che mi proponi, non è certo migliore di quella che mi chiedi di abbandonare. Ma la indosserò... senza alcun entusiasmo. Dunque, non esaltare il mio gesto, poiché non richiede alcuna grandezza, né impone alcun sacrificio o dolorosa separazione. Non è che la logica conseguenza di un processo già in atto ancor prima del nostro incontro.*» Poi, rimarcando la sua disobbediente volontà, continuava:

«*Sono decisa a restare me stessa in ciò che ritengo fondamentale, nel rispetto dei valori in cui credo e delle verità che mi sono state tramandate. Non volendo certo fare di te un burattino nelle mie mani, accetto da subito i tuoi rifiuti, come pure le tue crisi di coscienza, ma da parte mia comunque non potrò donarti una totale abnegazione. Non sarò così malleabile nell'accettare qualsiasi* tradizione africana, poiché qui da noi, in Francia, l'Africa non ha soltanto il volto del lavoratore immigrato che vive la pesante condizione dell'esilio per mantenere la propria famiglia lontana. Qui, l'Africa, nella sua insensibilità, provoca disgusto, assicurandosi, per sopravvivere, i favori di una donna. Molte sono le storie che mi sono state raccontate, vomitate tra i singhiozzi e atroci spasmi viscerali. Le vittime di promesse deliberatamente infrante, derubate dei loro beni da fidanzati negri che si sono poi volatilizzati, mi mettono in guardia quando parlo loro di te. Eppure io mi convinco che i drammi passionali non hanno cancellato tutto l'Amore del mondo. Ognuno di noi è condannato a vivere la propria esperienza ed io mi auguro che la nostra storia possa funzionare, poiché in cuor mio possiedo Amore e Volontà.»

E proprio perché in lei regnavano «Amore e Volontà», avrebbe desiderato convogliare la passione che infiammava il suo cuore nella quotidiana rivolta studentesca che imperversava sulle strade. Ma il padre, nella sua perdurante austerità, vigilava con prudenza affinché quelle acque in tumulto non riuscissero a rompere gli argini.

«No, mia cara. Tu non uscirai più da qui. Con queste sommosse! Con questo (e "questo" era la sua espressione preferita per manifestare tutto ciò che non tollerava) si rischia di ritrovarsi in mezzo a una rissa, non si sa mai». Per sfuggire ai controlli paterni, Mireille si accontentò di partecipare solo saltuariamente a quei disordini. Ma dentro di sé sentiva fremere la stessa legittima passione dei compagni, giovani per lo più borghesi come lei, che sfilavano al fianco dei più infervorati rivoltosi!

L'idea della famiglia tradizionale li disgustava, quale istituzione da demolire per arrivare a riconsiderarne i valori, a ridimensionarne il potere e a ristabilirne i limiti. La scuola che frequentavano li opprimeva e ai loro occhi appariva complice della famiglia.

Il signor de La Vallée pensava che la figlia fosse estranea alla "fucina della rivolta", grazie alla sua autorità e alla sua capacità di persuasione. Rientrato dal lavoro, a modo suo, relazionava la famiglia sugli avvenimenti, sostenendo le dichiarazioni ufficiali propinate dalla radio e dalla televisione.

Ma di notte Mireille sfuggiva alla sua prigionia e viveva appieno la "fucina della rivolta". Laggiù, la mischia riusciva a placare la sua collera, la tempestosa violenza le permetteva di risorgere e la furia che con essa si scatenava, accresceva in lei impetuose ambizioni per ogni sollevazione sociale. La "fucina della rivolta" rispecchiava la sua scelta di vita e inoltre impersonificava quella sua inconsueta relazione amorosa. Durante quelle ore di disordini fuori controllo, Mireille aveva imparato a intercambiare astutamente una doppia maschera, ma delle due, quella della ragazza serena rinchiusa in un tranquillo appartamento le si addiceva certamente meno di quella, da lei stessa prescelta, della studentessa impegnata nella lotta.

Chissà cosa direbbe suo padre se la vedesse in quello stato, con i jeans arrotolati sino alle ginocchia, i capelli al vento e lo sguardo smagliante, mentre proferisce quelle parolacce bandite dal vocabolario di casa. La madre, ancora una volta, si dileguerebbe se la sappesse a capo dei rivoltosi, intenta a lanciare, come loro, gli oggetti più disparati contro automobili e vetrine.

La corrispondenza di Mireille teneva informato il suo innamorato sugli scontri che agitavano la capitale.

«Il rifiuto della divisione tra ragazze e ragazzi all'interno della stessa Università, in cui avevamo insultato il Ministro della Gioventù, è stato solo un pretesto per far esplodere un conflitto che oramai era latente». Certamente Mireille era completamente d'accordo con chi auspicava l'abolizione di quelle regole già consolidate, mentre il padre, sopraffatto e demoralizzato dagli eventi, brontolava:

«Questa gioventù! Questi giovani! Certo di audacia ne hanno da vendere (non parlava certo di coraggio, sottolineò la figlia).

Con loro, più si è accondiscendenti e più pretendono. Sono degli incoscienti. Discutere con loro conduce solo alla resa. Bisogna domarli! Piegarli! Magari fossi io al posto del Ministro dell'Interno! Quei genitori così deboli finirebbero per raccogliere i loro cadaveri! Io ti costringo certo a stare qui» indicava Mireille con il dito, ignorando le sue fughe, «Se tutti i padri si fossero resi responsabili, a quest'ora non ci sarebbero più manifestanti! Nessun manifestante, nessuna barricata e nessuno scontro!»

Intanto il signor de La Vallée sistemava le sue vecchie bretelle recuperate dall'abnegazione della moglie angosciata dal suo smagrimento. L'intensificarsi del nervosismo del marito stava mettendo la donna a dura prova.

E Mireille continuava a tenere informato il suo Ousmane:

Per quanto riguarda mia madre, lei è completamente devota a suo marito: continua a rifilare ai nostri ospiti le tesi sostenute da mio padre contro "quei folli" (termine scelto da lui), senza tener assolutamente in considerazione quale sia la loro opinione sulla "marea" (altro termine scelto da mio padre).

Mireille terminò la missiva dicendo:

L'orientamento politico conservatore perseguito da mio padre non esiste più. Ogni cosa in questi luoghi è andata in pezzi, si è deformata. La rimessa in questione di quei principi sull'onore, il dovere e l'obbedienza in cui lui credeva, lo sta disorientando. I suoi gesti concitati, la sua collera e il suo instancabile andirivieni nell'appartamento non hanno impedito il sinistro risveglio della città nella mattina dell'11.

Le strade dei quartieri assediati dagli studenti erano disseminate di macerie, mentre un acre odore di fumo provocato dagli incendi e dai lacrimogeni persisteva fastidiosamente nell'aria.

Ah! Anch'io ho partecipato alla rivolta! Come posso esprimerti l'euforia provata nel prender parte al fragore dello scontro… e il mio disprezzo per le convenzioni? Quanto ho gioito nel dare un calcio sul viso di un agente delle forze dell'ordine!

Ho distrutto con piacere alcune vetture di quei Signori che si atteggiano con aria sostenuta, esaltando la fratellanza e l'umanità nei loro discorsi, pur custodendo nei loro cuori solo aridi sentimenti. Ah! Eccome se ho partecipato Ousmane!

Il giorno seguente, un'altra lettera:

I negoziati non hanno portato alcun cambiamento. Gli operai non si riconoscono nei compromessi firmati dai loro rappresentanti sindacali. Lo sciopero oramai regna sovrano in una città maleodorante. L'odore di pesce essiccato che disturba le tue narici la sera nel quartiere di Grand-Dakar è certamente più gradevole del fetore che ci circonda.

I borghesi che rinnegano i figli, rimpiazzandoli con la tenerezza degli animali, non sanno più come impegnare il loro tempo: quel tremendo lezzo per le strade li costringe all'isolamento. E quando escono, quei coraggiosi borghesi, fanno fatica a trovare il tronco di un albero o il bordo di un muro su cui far svuotare i loro cani. Al posto del mucchio di disgustosi escrementi calpestati da una scarpa disattenta e poi disseminati sui marciapiedi, qui abbiamo qualunque tipo di sporcizia: scatole in ferro, cotone, rifiuti, bucce...

Mi sembra quasi di sentire la supplica dei borghesi:

Dio! Fai tornare i netturbini! I fruttivendoli! Come pure i droghieri! Manca tutto! La benzina! Il denaro!

Il benessere, bistrattato, si è dato alla fuga.

Io e i miei compagni continuiamo a cercare "la spiaggia sotto il pavé" e il nostro motto "vietato vietare" resta supremo.

A presto.

Mireille

VIII

Sostenuti dalla passione e spinti dalle illusioni dell'età giovanile, gli studenti senegalesi, come i loro coetanei sparsi per il mondo, esaltano l'audacia nei cambiamenti sociali, reputano troppo timorose le riforme introdotte dai governi e fanno appello alle grandi manifestazioni accompagnate da prepotenti vilipendi. Per alcuni di loro il sogno di una società giusta è alla base d'ideologie e di modelli fondamentali, per altri invece si fonda sui valori impregnati di un nazionalismo intransigente.

Ousmane e i suoi amici non sfuggivano affatto al piacevole fascino che si conviene agli eccessi del linguaggio.

A *Keur Alì*, uno dei luoghi d'incontro, sovente riecheggiavano le prese di posizione appassionate, a ritmo di discussioni che facevano appello alle teorie rivoluzionarie marxiste e leniniste, riconoscendole oppure rinnegandole.

Un sabato sera, Ousmane si presentò dagli amici con una raccolta di giornali sotto braccio.

«Per vostra informazione!»

Boly, il musicista del gruppo, come sempre aveva con sé la chitarra. Così, oscillando il capo e schioccando le dita, quei giovani accompagnavano compiaciuti l'inno di guerra dedicato alla memoria del re senza paura, Soundiata.

«Soundiata, Keïta!»

«Dômou Pinku doe dé! Dômou Pinku dou daao».

«Soundiata, Keïta!»

«Il figlio dell'Est non muore! Il figlio dell'Est non fugge!»

Quell'epopea storica entusiasmava la loro immaginazione. Un coro di voci virili osannava il coraggio dell'eroe africano.

«Dômou Pinku doe dé! Dômou Pinku dou daao».

Ancora una volta, Ousmane esortava i compagni a leggere i giornali, ma «Soundiata, il figlio dell'Est che non muore! Il figlio dell'Est che non fugge!» non pareva desistere. Boly lasciò che le sue dita smettessero di agitarsi tra le corde della chitarra e disse:

«Se mai Soundiata tornasse sulla terra, riconoscerebbe i suoi discendenti? I grandi ideali hanno abbandonato l'anima degli Africani. Quanti sono i governanti, un tempo studenti come noi, precursori di quei movimenti di liberazione nazionale che ora, raggiunto il trono del potere, sono divenuti irriconoscibili. Quegli uomini che oggi disapprovano ciò che prima professavano...»

Un'occasione in più per scacciare rancori e delusioni! Il via era stato dato. Così uno dopo l'altro o congiuntamente, tutti iniziarono a sfogarsi. Le loro lingue, come bisturi taglienti, vivisezionarono i responsabili del regime in carica, senza tralasciare le ville lussuosamente ammobiliate lungo la strada panoramica e neppure le rombanti automobili climatizzate che scorrazzano a spese dei contribuenti.

Alì si dilungò a parlare di quei ricchi irresponsabili, usurpatori di posizioni strategiche per saccheggiare il patrimonio pubblico! Quei ricchi che ricoprono i loro posti senza alcun merito e sono per di più pagati lautamente!» Poi concluse con tono severo: «Allora, dalle tribune ufficiali, come si può non assistere all'esaltazione di uno Stato progressista, di una Nazione tollerante, di un Potere competente o di un Presidente padre del suo popolo! Un direttore di certi servizi importanti non si è per niente imbarazzato nel confessare al suo interlocutore: come potrei compromettere la mia posizione, andando contro chi mi ha votato!»

Il barbuto del gruppo subentrò ad Alì nel discorso, iniziando a schernire aspramente il contenuto di quei ragionamenti:

«Frasi pompose prive di sincerità e piene di cifre falsate, per farle sembrare rilevanti e attendibili, presentate da consulenti tecnici privi di scrupoli! E con questo mi riferisco a certe espressioni inserite nell'introduzione, a metà e alla fine dei loro monologhi come: a Dio padre, al Presidente...Che nessuno osi recidere il cordone ombelicale»...

Attraverso le loro parole quei giovani davano l'impressione che i detentori del potere governassero unicamente per garantirsi dei privilegi a discapito degli interessi della comunità. Disillusi, scalpitavano dibattendo su qualunque argomento proposto. Discorsi scaturiti dalla loro «inesperienza», dalla «mancanza di patriottismo e realismo».

Il barbuto richiamò di nuovo l'attenzione alzando la voce, poi iniziò a gesticolare per imitare un ministro in carica:

«Ogni padre di famiglia spera di poter assicurare ai propri cari la miglior casa, cibo in abbondanza, vestiti gradevoli, non è così?»... Ma quando mette a confronto i suoi desideri con il suo reddito, si accontenta di permettere alla propria famiglia di vivere un'esistenza all'altezza delle sue finanze».

Assumendo lo stesso tono veemente, Ousmane replicò:

«Bell'esempio! Quando un padre di famiglia guadagna poco, non va certo al night club o al casinò a dilapidare i suoi soldi»...

Alì terminò il pensiero dell'amico, in modo sentenzioso:

«Un padre di famiglia che dilapida i propri soldi, è un uomo senza onore. È dunque riprovevole che lo Stato viva al di sopra delle sue possibilità. È riprovevole che lo Stato riconosca delle priorità che non esistono. Un esiguo bilancio impone austerità e rigore».

Molto spesso le futilità legiferate e le urgenze ignorate venivano messe a confronto in maniera impietosa. Gli atroci problemi della fame, della mancanza di acqua e delle malattie, da tempo, stavano attirando l'attenzione. Le profonde voragini che assorbivano le ricchezze del paese e le disugualianze sociali alimentavano l'eloquenza di quei giovani. Sognavano di trasformare il loro paese in un cantiere gigantesco che avrebbe trasformato la loro vita.

E poi si è giunti alla Negritudine! Il barbuto ancora una volta si alzò per distruggerne i principi senza alcuna pietà.

Ma Ousmane osò esprimere la sua convinzione: «Io sono a favore dei valori della Negritudine. Sono a favore di una condivisione culturale e di un'apertura mentale».

Contro di lui si levarono i fischi di quelli che iniziarono a passare al vaglio le diaboliche motivazioni usate per promuovere la condivisione culturale e l'apertura mentale. E intanto Boly, schioccando le dita e strimpellando la sua chitarra, segnava il ritmo del dibattito, cercando di incitare gli altri agli applausi.

Ousmane concluse il discorso circondato dalla dimostrazione di ostilità: «La Cultura è Universale. La Cultura è un mezzo per progredire. Com'è possibile accedervi senza imparare a conoscere noi stessi per stimarci, senza conoscere gli altri per imparare a stimarli».

Probabilmente la *querelle* provocata dalle sue parole sarebbe continuata se Ousmane non si fosse ricordato, portandosi la mano alla fronte, della promessa fatta quella mattina a Yaye Khady:

«Devo accompagnare mia madre a vedere il film di Sembène Ousmane, "Il Mandato". Devo andare. Il quartiere di Vog è lontano da qui... Voglio che mia madre veda la differenza che c'è tra i diversi quartieri e possa così fare un confronto. Quanta gente s'incontra nella tranquilla Vog e nella rumorosa Al Akbar pervasa dal quel profumo di frittelle!»

Boly allora s'innervosì:

«Ancora con questa Yaye! Sembri un poppante. Credi che far cambiare un cinema a Yaye Khady farà di lei una rivoluzionaria?... Ad ogni modo, ci rovina sempre i momenti migliori...»

Ousmane si mise a ridere:

«Riferirò quanto hai appena detto a Yaye Kadhy. E pensare che lei ti considera così ben educato...»

Boly, a sua volta, seguendo l'esempio di Ousmane, si azzittì. Riprese così a far scorrere le dita sulle corde della sua chitarra.

L'atmosfera fu allegramente pervasa dai rituali versi in onore di Soundiata Keïta:

«Il figlio dell'Est non muore mai! Il figlio dell'Est non fugge!»

Ousmane e i suoi amici invidiavano certo gli studenti francesi, poiché il solo fatto di essersi rotti le scatole li giustificava a prendere parte alla rivolta. Anche loro avevano motivazioni altrettanto serie per ribellarsi! Le ridotte dimensioni delle loro stanze, contese tra i tafferugli, mostravano ai loro occhi, in modo evidente, la gravità delle loro preoccupazioni. Alì non si stancava mai di raccontare la storia della sua camera:

«La quantità di alloggi nella nostra Città Universitaria in rapporto agli studenti è irrisoria. Per riuscire ad accaparrarmi la stanza, mi sono battuto senza alcun risultato. Ma è bastata una telefonata di mio cugino, capo di gabinetto del Ministero dell'Istruzione e della Cultura, per essere alla fine accontentato».

Così i ragazzi cominciarono a scherzare su certi clandestini che, ogni sera, come Boly, trasformavano la sala conferenza e la sala studio in dormitorio. E allora Boly si difese:

«Cosa volete che faccia? Abito a Guédiawaye, in riva alla spiaggia. È un posto così isolato che la presenza del mare sembra quasi stonare. Il primo visitatore di questi luoghi, colto dal miraggio di queste acque straordinarie, mostrò il suo stupore dicendo: "*Guedié Waye*". Da allora il mio quartiere si chiama «Guedié Waye! Il mare, eh!?»

Dal pubblico giunsero risa incontrollate. Imperturbato Boly proseguì nel suo ragionamento, senza distogliere le dita dalla chitarra, intente a muoversi con delicatezza tra le corde:

«Dunque, come potete pensate che io ritorni ogni giorno al «Mio mare», soprattutto visto che, per arrivare qui, dovrei affrontare una marcia interminabile. I pochi pullman a disposizione vengono presi d'assalto dai più temerari e in un attimo sono pieni zeppi. Nelle nostre rivendicazioni figura, a ragion veduta, l'esigenza di un parco macchine che deve essere preso in carico dal COUD[1]. Questo faciliterebbe enormemente gli spostamenti, soprattutto per noi che viviamo nei quartieri di periferia».

---

1. Centro delle Opere Universitarie di Dakar.

Alì esibì poi le costole sporgenti del suo torace... Dimenticò di parlare del problema sui trasporti per le provviste alimentari. Ringraziò Yaye Kadhy per la sua offerta settimanale di vero riso senegalese.

Qualcuno del gruppo con tono solenne promise: «Se la diarrea non mi ucciderà, se la selezione non mi annienterà, allora penserò io a te, Yaye Kadhy, madre di Ousmane!»

Altre voci rinforzarono quella promessa, mentre Ousmane, emozionato da quell'infinità di elogi nei confronti della madre, si sforzò di riportare quell'incontro alla sua vera dimensione:

«È difficile riuscire ad abbondare in quantità con del cibo che sia anche di qualità, ma è comunque possibile cercare di rispettare le condizioni igieniche...»

Ma Boly non gli permise di concludere il discorso. Fece un inchino alla maniera degli artisti: alcuni passi in avanti, un saluto, alcuni passi in dietro, un altro saluto. E senza ridere, disse:

«Oggi sono io che tolgo le tende per primo. Devo andare dalla mia yaye a Guédiawaye. Quando riusciremo a veder cambiare tutto questo, amico mio?»

Scese la notte e a sua volta Ousmane si congedò. Si affrettava a rientrare a Usine Niari Talli. A Grand-Dakar non c'era il mare, ma certo lui preferiva il pulviscolo del suo quartiere al mare di Guédiawaye. Se a Ousmane bastava incamminarsi a piedi per arrivare a casa, Boly doveva contare su vere prodezze, per riuscire a conquistarsi un posto sul pullman diretto a Pinkine:

«Sento la nostalgia di mia madre. Sono cinque giorni che non la vedo!»

Ousmane comprendeva i suoi sentimenti: la gioia di rivedere una madre valeva qualunque scomodità tra la calca della gente.

❖ ❖ ❖

"Lance per sventrare le ingiustizie sociali! Energia pronta a colmare le carenze!" Perché quegli studenti che si consideravano tali, non si sarebbero fatti in alcun modo tentare da certe azioni clamorose? Distrutti dalla fame, la maggior parte di loro abbandonava gli studi lasciando un vuoto tra quei ranghi già ridotti di partenza. Quelli che restavano s'interrogavano temendo soprattutto per il loro avvenire.

I fuochi della contestazione, inizialmente disseminati e di debole intensità, divamparono all'improvviso quando il Commissione Nazionale dell'Istruzione Superiore decise di applicare il frazionamento delle borse di studio. Allora quei piccoli fuochi si trasformarono in incendi pericolosi.

E la città di Dakar visse, anche lei, le sue giornate di Maggio del '68. I fumi densi provocati dalle agitazioni s'innalzarono tristemente sopra l'Università e subito offuscarono l'atmosfera. Una cieca violenza si levò nell'aria: sindacalisti e disoccupati, delinquenti e nullafacenti, tutti uniti nella stessa battaglia contro le forze dell'ordine.

E gli eventi continuarono a susseguirsi a un ritmo accelerato: L'Università prigioniera dietro un cordone di poliziotti! I negozi, egemonia del capitalismo, devastati! Le auto dei dirigenti pubblici distrutte a sassate! Sindacalisti arrestati! Studenti fermati o rimpatriati, per il saccheggiamento dei dormitori nella Città Universitaria!

A Mireille, pervasa dall'inquietudine per gli inconsueti silenzi del suo fidanzato, Alì spiegò:

Ousmane è prigioniero di Stato al campo Mangin a seguito di un pesante scontro presso la Città Universitaria. Per fortuna o sfortuna, le circostanze hanno voluto che io mi trovassi a casa per motivi familiari.

Rispettando il segreto sull'esistenza della casella postale di Yvette, per l'amicizia che mi lega a Ousmane, mi sono preso la libertà di informarti.

Dopo dodici giorni di prigionia, alla fine Ousmane ristabilì il suo legame con Mireille:

Sono seduto di fronte alle tue fotografie e sotto il tuo sguardo mi sento una persona nuova. Il tuo sorriso risveglia in me una sensazione di piacevole dolcezza. È solo da un'ora che ho lasciato il campo Mangin, liberato insieme ai miei compagni. Il clima d'insicurezza continua a regnare e l'imposizione del coprifuoco non sembra aver fine. Inoltre mia madre mi ha raccontato che ieri, per accompagnare una sua amica alla clinica ostetrica, ha dovuto richiedere un permesso di circolazione al Commissariato del quartiere.

Per quanto riguarda noi studenti, nessun pentimento. Condizionati a dismisura, ci siamo ribellati con ragione. Così i bei discorsi, per una volta, sono rimasti nel cassetto. A questi è subentrata una mobilitazione costante e perfidamente repressiva da parte delle forze dell'ordine. Ci hanno spezzato la schiena, ma siamo ancora in piedi e felici. Felici per la nostra vittoria e per aver costretto, attraverso la nostra lotta, il regime a prendere coscienza della nostra esistenza. La violenza, ben più delle azioni pacifiche inutilmente intraprese in passato, è stata ascoltata.

Le strutture scolastiche sono tutte chiuse. La cosa fondamentale è che l'anno accademico non vada perduto, per non dover prolungare la nostra attesa. Ti abbraccio forte.

A poco a poco la legalità riprese il suo posto. Passata la rivolta, l'Università riaprì le porte. Prima del rientro, gli esami furono onorati, pertanto l'anno accademico fu rispettato.

Ousmane Guèye, intelligente, motivato dal suo amore, incoraggiato dal padre e circondato dalla tenera attenzione della madre, si destreggiava abilmente tra i vari corsi universitari. Non arrivò a subire quel fallimento che aveva scoraggiato le volontà più ferree, alle prese con una selezione rigorosa. Riuscì a ottenere la sua laurea e in seguito il master in filosofia. Quale neo-laureato dalle doti eccezionali, gli fu offerto un nuovo sbocco in Francia. Ma lui rispose: «Verrò più avanti».

Per il momento la famiglia aveva bisogno di lui. La vita stava

Cercando di sopravvivere, aveva atteso il giungere della maggiore età. E adesso che tutto si risolveva - i Gueye si erano trasferiti negli alloggi della H.L.M. di Gibraltar -, Pierre le appariva come un intruso. Con lui stava bene, ma con Ousmane sentiva vibrare il suo corpo.

Le rose rosse che ogni sabato sera invadevano l'appartamento non le avrebbero fatto cambiare idea sulla sua decisione. Per riuscire a gestire i genitori, Mireille taceva il suo rifiuto.

Ma quando loro cercarono di annunciare ufficialmente il fidanzamento lei s'impuntò.

Quell'anello di acqua marina, contornato da preziosi diamanti non brillò mai al suo dito.

diventando sempre più cara e la borsa di studio venuta in soccorso alla ridimensionata pensione da ex combattente del padre avrebbe difficilmente coperto le spese per il suo mantenimento.

Suo padre stava invecchiando. Fervente musulmano, assiduo praticante, Ousmane sapeva che il sogno del genitore, giudicato impossibile da realizzare, era quello di visitare i luoghi santi dell'Islam. Ousmane desiderava pagargli il viaggio. E inoltre, ambiva a portare via la famiglia dalla deprimente zona di Grand-Dakar. Voleva fuggire da quell'aria impestata dalle esalazioni della fogna, le polveri sottili dell'inquinamento. Al fratello e alle sorelle che stavano crescendo, voleva offrire un ambiente dignitoso, dove il vento non avrebbe più potuto insidiarsi tra le fessure sottili, provocando loro continue ricadute di bronchite. Non poteva più accontentarsi dell'angolo della casa separato dalle pareti zincate per deliziarsi del piacere di un bagno. Per sé e la sua famiglia sognava una casa confortevole. Aveva quindi bisogno di lavorare. Così, fiero ed emozionato, prese servizio nel suo vecchio liceo. Mentre Mireille pazientava, Ousmane Guyè con il suo primo stipendio riuscì a offrire al padre il pellegrinaggio alla Mecca. E mentre Mireille pazientava, la pratica che lui aveva preparato per fare domanda all'O.H.L.M.[2], passava nelle mani di uno dei suoi ex compagni d'Università.

---

2. Ufficio per gli alloggi a canone moderato.

IX

Mireille pazientava. Anche lei aveva terminato i suoi studi: una laurea e un master in filosofia. Come Ousmane, anche lei insegnava, nonostante le esortazioni del padre:

«Potresti ottenere il Dottorato! Non sei povera, possiamo provvedere noi al tuo mantenimento, a cosa ti serve quel misero stipendio che prendi?»

Ma Mireille era ostinata. Sperava di risparmiare per crearsi una famiglia tutta sua. A quella sua scelta di una "unione inadeguata" non avrebbe voluto aggiungere il rimorso di aver pagato la sistemazione della nuova casa con i soldi dei genitori.

Alla fine il padre dovette cedere. Apparentemente Mireille andava al lavoro ben tenuta e in piena serenità. Attraverso un'aria distesa e una finta allegria riusciva a celare le sue gravi preoccupazioni.

Mireille pazientava. Con l'aiuto di alcune effimere avventure liberava la sua mente dal persistente desidero carnale. Ma per lei quelle storie fugaci erano insignificanti. Il pensiero di Ousmane affiorava supremo dal profondo dei suoi sensi. Quei giochi che lasciavano inumidire la sua carne si rivelavano incapaci di placare i tormenti e il vuoto interiore. Il confronto rendeva ancor più angoscioso il peso dell'assenza. Il ricordo di quell'unica unione scatenava in lei un uragano di sentimenti. La sua mente si aggrappava alle reminiscenze di quei momenti, rendendo il desiderio di Ousmane irrefrenabile. Così da queste evasioni e devastazioni interiori scaturiva una moltitudine di rimpianti. Le labbra inaridite si socchiudevano. Per giorni e notti intere, raccogliendo i resti di quella passata felicità, Mireille tentò di ricostruirsi una nuova corazza, fino a sentirsi sopraffatta da un senso di spossatezza e di esaurimento che la spingeva tra nuove braccia pronte ad accoglierla per alleviare il fardello della sua solitudine

e della sua smania. Soffriva… Pazientava… Mireille continuava a soffrire, mentre i suoi genitori credevano che "questo", il Negro con la camicia rossa, fosse stato oramai dimenticato. Il signor de La Vallée vedeva di buon occhio il crescente interesse di Pierre verso la figlia, un giovane ereditiero di un importante complesso industriale.

Il signor de La Vallée fantasticava ad alta voce:

«Pierre è un buon partito, anche se il suo cognome fa un po' proletario. Mireille comunque può sempre conservare il nostro nome di famiglia».

«Pierre! L'anima e la mente che, attraverso la sua competenza, ha saputo rilanciare l'impresa di famiglia!»

I Dubois, genitori di Pierre, erano benestanti. Il loro chalet montagna ospitava sempre la famiglia de La Vallée durante le canze invernali. E Pierre non era certo uno di quei capello tinati, vestiti con i blue jeans, sudici, senza fermezza ne di mano e oziosi che camminavano ciondolando sui dallo sguardo cupo o sfavillante, trascinandosi dietr fosse un fardello. Lui, invece, giovane di bell'aspet azzurri, sempre curato, con quel suo modo di aveva ottenuto brillanti risultati al corso d'ing

Nella sua educazione gli erano stati imp cari al signor de La Vallée.

«È un buon partito», affermava sot Vallée, come sempre propensa a soster

Quanto a Mireille, giudicava pia ne apprezzava le solide qualità pe tusiasmo. Pur tollerando la sua c cuore batteva ogni giorno nella di calore, in quel paese assola Il legame spezzato era stato colma d'amore, di proget conquistata, li riavvicin

X

Djibril Guèye, ritornato dalla Moschea dopo la preghiera del *Tisbâr*[1], chiese a Ousmane di raggiungerlo nella sua stanza. Yaye Kadhy, seduta sul letto, era intenta a intrecciare i capelli a Safiétou. Abilmente, con le mani divideva in parti uguali, ora quadrate ora rettangolari, la capigliatura della figlioletta, legando ogni ciocca con pezzetti di filo nero che Safiétou recuperava da un gomitolo. Ousmane andò a sedersi a fianco della madre, mentre Djibril Guèye, dopo essersi accomodato sull'unico divano della stanza, stendeva la gamba invalida cercando di sistemarla nella posizione più confortevole.

«Ousmane!» lo chiamò il padre, «Ousmane, tu sei il mio orgoglio. Hai esaudito oltremodo ogni mio desiderio. Da quando hai imparato a onorare la differenza tra la mano destra e la sinistra[2], io e tua madre non abbiamo avuto niente da rimproverarti. Non hai mai chiesto niente e ti sei sempre sacrificato per la tua famiglia. In questo, mi assomigli. Grazie a te ho calpestato la terra santa dell'Islam. Ho visitato Djeddah. A Medina, come si conviene, ho recitato le quaranta preghiere e ho ascoltato all'alba il richiamo alla supplica dalla voce solitaria di Abdoul Aziz, nipote del profeta. Ho dormito, inebriato dalla fede, nella Moschea di Medina e mi sono prostrato davanti alla tomba di Mohamed Rassol. La mia mano ha toccato la pietra nera della Kaaba e mi sono dissetato dalla fonte sacra di Zem-zem. Ho camminato lungo i sentieri che conducono ai colli di Safa e di Marwa, dove *Adjara*[3] ha corso avanti e indietro nell'affannosa ricerca di acqua per il proprio figlioletto appena nato. *Minam! Arafat! Moustalifa!*

---

1. La prima preghiera del pomeriggio

2. Per i musulmani la mano sinistra è impura perché usata per lavare le parti intime

3. Figura coranica (moglie di Abramo).

Tamin![4] Ho potuto vivere ogni cosa e ho pregato in ogni luogo. Che Dio esaudisca le tue preghiere, figlio mio! Al Ham dou li lah! Dio sia lodato. Che Dio ti protegga Amin! Amin!»

Anche Yaye Kadhy e Safiétou ripeterono in coro:

«Amin! Amin! Yarabi! Amin!»

Emettendo delle vibrazioni dal profondo della gola, Djibril Guèye si schiarì la voce. Poi guardando il figlio dritto negli occhi disse:

«Perdona le mie verbose premesse, ma quando il cuore è estasiato, non riesce a trattenersi. Il mio cuore è ricolmo di felicità che deve essere liberata. Consentimi di esprimere questi miei sentimenti. Grazie a te noi ora siamo qui, nel confortevole quartiere in cui vivono i funzionari di Stato. Come molti giovani della tua età che antepongono l'agiatezza alla famiglia, avresti potuto possedere una casa tutta tua e lasciarci marcire nella vecchia baracca. Invece di tutelare i tuoi interessi, ti sei sempre prodigato per soddisfare i nostri bisogni, miei e di tua madre. E questa casa è fin troppo grande per noi sei. Me lo ha fatto notare tua zia Coumba, dicendomi: "Tua moglie, Yaye Kadhy, è stanca. Lei sfiorisce, poiché quando la giovinezza sposa la vecchiaia, quest'ultima è la sola a trarre giovamento dalla loro unione. Per questo Djibril, tu sei un uomo forte, giovanile, mentre tua moglie s'indebolisce, tanto più che alla sua età deve ancora occuparsi delle faticose faccende di casa"».

Yaye Khady intervenne, risentita:

«Arriva al punto. Se Coumba mi ritiene sfiorita, vorrà proporti in cambio una nuova donna, giovane e bella, non è forse così? Se Coumba pensa che questa casa sia troppo grande per noi, vorrà certo colmare il vuoto con un'altra moglie che ogni anno darà alla luce un figlio, non è vero?»

Djibril Guèye la supplicò:

---

4. Luoghi santi dell'Islam.

70

«Basta con le tue supposizioni!»

Yaye Kadhy furiosa continuò:

«Non la tollero. La conosco. Non smetterà mai di perseguitarmi con la sua invidia. Che vada a parlare con Dio per cambiare il mio destino!

Djibril Guèye, imbarazzato, rispose:

«Stai un po' a sentire. Il proverbio nei nostri padri ci esorta a riflettere: "*Prima di giudicare il verbo del pastore, devi prima riconoscerne il valore*". Quindi ascolta, invece di fare delle congetture. Nonostante le considerazioni di Coumba, io non mi sento più giovane. Quando un albero ha donato i suoi frutti, può anche lasciarsi abbattere senza rimpianti. Le adulatorie teorie che Coumba ha rivolto alla mia persona sono dovute a un solo desiderio: non si tratta di trovarmi una nuova moglie. Rifletti. Sarei così vile da portare nella casa di tuo figlio un'altra donna? Coumba desidera invece che nostro figlio, Ousmane, sposi sua figlia Marième. Da quando ci siamo trasferiti, passa tutte le domeniche a trovarci e ti dà un aiuto notevole nella gestione della casa. Coumba mi ha anche detto: "Conto su di te per la realizzazione del mio sogno. Ousmane è un bravo ragazzo. È come se fosse mio figlio. Vorrei che diventasse mio *goro*[5]. Non pretendo alcuna dote, alcuna macchina, ma solo il sacro vincolo"».

Per lo stupore, Yaye Kadhy lasciò andare la ciocca di capelli che teneva tra le mani. Quello che aveva appena ascoltato la indisponeva:

«Cosa? Coumba vuole far sposare sua figlia con Ousmane! Dopo aver tentato invano di far sposare te, suo fratello maggiore, ora ci prova con tuo figlio? Quella è malata, con la sua fissa del matrimonio. Non crederai alla storia del sacro vincolo! Quando una madre vuole liberarsi della figlia, fa la leziosa: "Senza dote, senza macchina, solo il sacro vincolo…" e una volta raggiunto il

---

5. Figliastro o figliastra (genero o nuora).

suo scopo, reclama senza alcuna vergogna ciò che le spetta. Se poi non è soddisfatta, al minimo disaccordo, se ne esce con affermazioni sprezzanti: "Rispetta mia figlia! Lei non ti deve nulla!" E la figlia, a sua volta, al minimo rimprovero, risponderebbe indignata: "Mi hai sposata senza tirare fuori nulla e vuoi anche trattarmi male?" Quindi, Djibril, lascia stare le smancerie di Coumba. Quello che a me interessa, è la risposta che le hai dato. So bene che ti fai incantare da lei. Cosa le hai detto?»

Djibril Guèye rispose:

«Il caprone sceglie da solo la sua femmina».

Yaye Kadhy, riallacciandosi a quelle parole, si voltò verso Ousmane e affermò:

«Ben detto! E aggiungo che questa Marième non è per niente attraente. Ousmane, a te piace forse quella ragazza alta quanto una palma e più brutta di una iena? La sua testa assomiglia a quella di una tartaruga che entra ed esce dal guscio». Così Yaye Khady scoppiava a ridere e, tenendosi lo stomaco, provava a mimarne le movenze. Djibril Guèye s'innervosì. Poi, rivolgendo il suo bastone verso Ousmane, sollecitò il suo aiuto:

«Meno male che Ousmane conosce Manième e può farsi da solo un'opinione. Tu esageri cercando di trasferire su quella povera ragazza l'ostilità che provi nei confronti di Coumba. Ousmane, che ne pensi della proposta di tua zia?»

Colto alla sprovvista, e percependo da quel giro di parole il celato desiderio del padre, Ousmane finse di essere sorpreso, per evitare così di rispondere.

«Ci penserò», disse.

Djibril Guèye allora concluse:

«Preferisco la tua prudenza ai ragionamenti fuori controllo di tua madre. È sempre impulsiva!» Poi, per tagliar corto con la discussione, chiese il suo caftan grigio: «Quello che mi ha regalato

Ousmane per la Korité[6]!» Così facendo, era riuscito ad allontanare la moglie dal figlio, temendone il potere di persuasione. E intanto Yaye Kadhy, dirigendosi verso l'armadio, ripeté ancora:

«Se Ousmane dovesse essere messo al corrente su tutte le richieste di matrimonio abilmente formulate dalle madri, qui non avremmo più tempo per far nient'altro. Tutte le mie amiche e conoscenti lo vorrebbero come genero, persino la madre di Ouleymatou, di Rabi, di Nafi e di Bineta. Mio figlio è un uomo e quindi hai fatto bene a dire che non siamo certo noi a far "annusare il suo odore". La scelta di una donna ricade solo su Ousmane».

Per farla tacere, Djibril spostò la discussione verso un argomento che metteva a disagio Yaye Kadhy.

«Non dimenticare che è stato tuo padre a scegliere me. È normale cercare un buon marito per la propria figlia. Io non ti conoscevo. Non sei stata obbligata!»

«Che cosa ne sai tu?», rispose Yaye Kadhy, «tra di noi ci sono vent'anni di differenza e tu fai l'orgoglioso invece di ringraziare Dio e mio padre per averti organizzato così bene la vita».

Scoppiò a ridere.

«Obbligarti? Obbligare proprio te, testarda come un mulo?» Affermò il marito prendendola in giro.

Yaye Kadhy, con le mani sui fianchi, ribatté:

«Sì, obbligarmi! Sono stata obbligata». Quel suo tono poco convincente fece sorridere Djibril Guèye. Safiétou, estranea alla conversazione, approfittò della tregua nella preparazione della sua acconciatura per sgranchirsi le gambe. Fiera delle sue nuove treccine, danzava davanti allo specchio dell'armadio. Ousmane invece si era defilato già da un po'.

---

6. Festa segna la fine del Ramadan

XI

Ousmane si accomodò alla sua scrivania. Dalla sua posizione iniziale, su quel tavolo da lavoro, la fotografia dell'attrice, dopo essersi duplicata, era arrivata a moltiplicarsi per poi coprire le pagine di un intero album. Le foto colorate parevano delle vere e proprie cartoline.

«Ma dove le prendi tutte quelle fotografie in posa dell'attrice?», lo interrogava Yaye Kadhy, incuriosita.

«Le compro», mentiva Ousmane.

Quindi, Yaye Kadhy accettò l'idea di una mania da collezionista. Né Djibril Guèye né lei ebbero mai dei sospetti, neanche quando Ousmane consegnò loro alcuni regali da parte di un ex compagna bianca della Facoltà, ritornata in Francia.

Djibril aveva precisato:

«È quella ragazza che ti scrive sempre? Ai Toubab piace scrivere».

Il padre aveva ricevuto un bell'orologio da tasca che gli permetteva di arrivare in tempo alla Moschea. La collana di Yaye Kadhy invece era un gioiello invidiato da tutte le vicine di casa che s'interessavano soprattutto alla sua provenienza.

«Un regalo!» Rispondeva lei con tono brusco e restando evasiva. Yaye Kadhy lo sapeva, niente può fermare la civetteria femminile nella ricerca dell'originalità e per questo si augurava di non dover ritrovare lo stesso gioiello al collo di quelle donne in occasione di un eventuale battesimo.

Ai genitori di Ousmane non balenava affatto in testa l'idea che quell'amica così lontana e generosa potesse essere la solita persona presente sotto il loro stesso tetto con le sue fotografie.

La strategia difensiva di Ousmane era servita a lottare contro il tempo e la curiosità. Mireille era in Francia e nessuno sospettava del suo segreto. Tuttavia non rifiutava i futili piaceri tipici dell'età. Yaye Kadhy non faceva nulla per spingerlo verso il matrimonio e accettava così quei suoi flirt passeggeri nati all'interno del quartiere, dove Ousmane era considerato un incostante.

Ousmane si dedicò a correggere, con particolare attenzione, i compiti dei suoi studenti. La proposta della zia Coumba non lo preoccupava. Divertito dal ricordo della descrizione di Marième fatta dalla madre, abbozzò un sorriso e ammise:

«È davvero brutta, quella Marième! Come una iena!»

Il disaccordo tra i genitori in merito alla ragazza sarebbe stato la sua miglior giustificazione, qualora Djibril Guèye avesse chiesto un suo parere. Tuttavia il padre ebbe la delicatezza di prevedere il suo rifiuto. La sparizione di Coumba, offesa, e l'assenza di Marième, nelle domeniche seguenti, fornirono la prova a Ousmane di un intervento da parte di Djibril Guèye.

La sua riconoscenza si materializzò nell'acquisto di un bastone nuovo per il padre.

L'ora della cena! La famiglia Guèye era riunita nella sala al piano terra della nuova dimora. Yaye Kadhy presentò in tavola del *M'Boum*[1], la pietanza preferita dal marito. Ogni mano attingeva dal piatto comune e Yaye Kadhy di tanto in tanto bagnava il cous-cous con un mestolo colmo di salsa. Riuscito alla perfezione, il *M'Boum* cucinato da Yaye Kadhy deliziava i palati con il suo gradevole sapore. Ousmane approfittò di quella serenità generale per annunciare il suo desiderio di partire.

«Vorrei conoscere Parigi. Questa mattina ho presentato domanda di autorizzazione per l'espatrio. Mi farò rilasciare il passaporto».

Djibril Guèye approfittò di quella notizia per rievocare il paese della "sua" guerra, di ciò che aveva conosciuto prima di cadere dalla jeep ed essere trascinato fino a rompersi la gamba.

Yaye Kadhy consigliò maliziosamente al figlio:

---

1. Cous-cous accompagnato da una salsa a base di foglie di cavolo e di arachidi pestate

«Allora fai il possibile per vedere la tua attrice in carne e ossa. Dicono che le attrici sono educate male. Mireille (Ousmane le aveva riferito il suo nome) è bella, molto bella. Sarà dunque più insolente delle altre donne. Quando la bellezza diventa una risorsa di guadagno, di sicuro conduce all'aridità del cuore».

Babacar lo implorava con insistenza:

«Dai fratello, mi porti? Se passo il mio BEPC[2], mi porterai in vacanza con te?»

Ousmane preferiva restare ad ascoltare Djibril Guèye, poiché gli forniva alcuni dettagli importanti:

«Laggiù sarà estate, comunque spesso può piovere all'improvviso e il freddo può diventare pungente. Non fidarti dei cambiamenti del tempo. Se saprai approfittare del tuo viaggio potrà essere istruttivo. Osserva, verifica, e ti farai una tua opinione rispetto a quanto raccontano i libri».

Yaye Kadhy cercò di metterlo in guardia:

«Dicono che le donne bianche si attaccano facilmente ai Neri. Non fidarti. Non portarci una di quelle!»

Ousmane si alzò da tavola, imbarazzato e, per cercare di rimanere da solo, trovò il pretesto dell'organizzazione delle sue lezioni. Non provò nessun rimorso nel nascondere ai suoi genitori il motivo del suo viaggio. Anche loro avevano convenuto che *"il caprone si sceglie la propria femmina"* e poi Yaye Kadhy aveva aggiunto che *"la scelta di una donna dipendeva solo da lui"*. Così, nascondendo il vero scopo del suo trasferimento, tentava di rimandare il momento dello scontro.

«Perché scatenare le loro contrarietà prima del tempo...Vedremo...»

Le vacanze si avvicinavano. Gli esami e i concorsi venivano dimenticati, con il ritorno alla tranquillità dopo il periodo di ten-

---

2. Certificato di corso di studi rilasciato a conclusione della scuola dell'obbligo

sione. Ousmane si sorprese a canticchiare tra sé: «Mi sposo! Mi sposo!»

In effetti, andava davvero a sposarsi e quella prospettiva lo avvolgeva di una piacevole sensazione di allegria, manifestata con un'insolita profusione di gesti e parole.

Si sarebbe sposato, per vivere quel sogno tante volte accarezzato nei suoi pensieri! Già da diversi mesi Ousmane aveva spedito il certificato di stato civile necessario alle formalità dei preparativi a un lontano cugino, Lamine, che abitava in Francia.

Yaye Kadhy lo vedeva cambiato:

«Eccone un altro che al suo ritorno ci riempirà la testa su Parigi! Se Ousmane ha già quest'aria felice prima di partire, mi chiedo in che stato sarà quando l'avrà vista!»

Yaye Kadhy provò una certa sensazione di fierezza. Ousmane, impaziente, si preparava per il suo viaggio. Fece delle compere. Riempì la valigia con alcuni oggetti di artigianato senegalese.

Che cosa avrebbe potuto offrire alla sua fidanzata come regalo di nozze, per dimostrarle il suo amore? Alla fine scelse un braccialetto decorato con sottili fili d'oro, una lavorazione in filigrana nella quale i gioiellieri senegalesi eccellevano. Portò con sé, anche se contro la sua volontà – Mireille glielo aveva suggerito – due fedi come simbolo di quella nuova condizione che li avrebbe legati.

Un Boeing, in ritardo di tre ore rispetto all'orario di decollo previsto, lo portò da Mireille.

XII

Aeroporto di Roissy-Charles de Gaulle! Già dal clima e dal progresso tecnologico riscontrato in quell'ambiente, Ousmane si rese conto della differenza tra i due mondi che quell'aereo aveva avvicinato. Il suo accesso alla città fu condizionato dall'approvazione di un perspicace corpo di polizia e da minuziosi controlli sanitari e doganali. Ma, finalmente, a placare la sua irritazione, appariva davanti ai suoi occhi la figura di Mireille, illuminata dalla gioia del ritrovarsi. Un vestito blu ricopriva la sua pelle perlacea, i capelli dorati sciolti dietro la schiena nascondevano l'ampia scollatura, le labbra leggermente colorate e due gocce color del mare illuminavano quel suo sguardo emozionato! Lamine si trovava lì, discreto, intento a recuperare la valigia del viaggiatore. Le mani che il tempo e la distanza avevano disunito, ora si stringevano di nuovo in una morsa di piacere. La stessa intensa emozione di prima li avvolgeva. La stessa tenerezza trapelava dal tono delle loro parole. Ousmane sentiva le orecchie gelarsi per il freddo, ma il calore di quella felicità lo rinfrancava. Mireille era immersa nella contemplazione del suo innamorato. L'aveva lasciato che era un adolescente e adesso lo riscopriva uomo. Eppure la delicatezza nei suoi lineamenti aveva resistito ai cambiamenti dell'età. Il fascino in quel suo sguardo sincero non era andato perduto e di questo Mireille non ne era per niente delusa. Non rimpiangeva di aver sopportato, da sola e per così a lungo, nell'immensità di quella città, il peso della loro promessa d'amore. Ousmane era radioso. La sua "principessa" era una dea più ammaliante del solito.

Al matrimonio civile seguiva la benedizione alla moschea di Jussieu, durante la quale veniva anche ufficializzata la conversione di Mireille. Ogni atto era stato previsto. I due amanti avevamo sognato e pazientato, per arrivare a gioire di quegli istanti che ora finalmente stavano vivendo.

✣ ✣ ✣

Babacar aprì l'unica lettera arrivata dalla Francia insieme a diverse cartoline che aggiornavano la famiglia sugli spostamenti del viaggiatore. La lunghezza della missiva era impressionante. Perché Osumane, dopo solo pochi giorni dal suo arrivo in Francia, aveva sentito il bisogno di scrivere così tanto? Djibril Guèye giudicava quel comportamento in maniera molto più sospettosa di Bacabar che, al contrario, concentrato a leggere in una lingua diversa, non traduceva nulla.

«Dai, parla!» s'innervosì il padre. Ma Bacabar restava in silenzio.

«Per me il "francese" di mio fratello in questa lettera è incomprensibile. Falla vedere al signor Ndoye» e si defilò. Ansioso, Djibril Guèye si precipitò a reclamare l'aiuto dell'insegnante:

«È una lettera d'Ousmane, sto cercando qualcuno che me la possa leggere».

«Con piacere!», sorrise il maestro.

Ousmane aveva scritto:

Caro padre,

mi rivolgo a te, prima che a mia madre. Tu sei un uomo che è cresciuto nella dahra, un uomo che ha vissuto la "sua" guerra, un uomo che la vita non ha risparmiato. E dunque sei tu il più forte nell'affrontare la sofferenza rispetto a Yaye Khady. Certamente sarai turbato dalla notizia che sto per annunciarvi: Mi sono sposato con la "mia attrice". Lei è l'amica che ti ha fatto dono dell'orologio da tasca che accompagna le tue preghiere. Lei, da tempo, è la mia fidanzata. Se ricordi il momento in cui hai visto per la prima volta la sua fotografia sulla mia scrivania a Grand-Dakar, potrai facilmente comprendere la durata del percorso che abbiamo fatto insieme, che dunque adesso, a suo coronamento, merita il sacro vincolo. Se ho avuto successo, se come dici, sei fiero di me, se ho esaudito ogni tuo desiderio, se oggi puoi vivere distante dall'inquinamento d'Usine Niari Talli e se puoi accettare con più serenità il peso di una limitazione nelle tue possibilità economiche, è solo a lei che lo devi. Un uomo da solo difficilmente può farcela. Come ripeteva sempre uno dei miei primi maestri: «Nulla si può creare senza un po' d'amore». Mireille – riguardo al nome, non ho mai mentito a Yaye Kadhy – attraverso il suo sostegno morale, mi ha permesso di realizzarmi. Dinanzi a me, come una fiaccola ha illuminato il mio cammino. Lei non è certo una di quelle volgari avventuriere che si legano ai Negri per convenienza. Mireille è una ragazza di antica nobiltà. I suoi nonni vivono ancora nella residenza dei loro antenati e suo padre è stato diplomatico a Dakar nel tempo in cui ci siamo conosciuti. Anche lei, come me, insegna filosofia. Le ho raccontato della nostra famiglia e non le ho nascosto nulla sulle difficoltà che abbiamo dovuto superare. Lei mi ama per quello che sono e per diventare mia moglie ha scelto di rinunciare alla sua religione. La moschea della città ha consacrato la nostra unione. Lascio a te il delicato compito d'informare mia madre. Falle capire che non potrà mai perdermi. Fallo, rammentandole che il destino di ogni essere umano è volontà dell'onnipotente Allah. Niente potrà mai cambiare il sentimento profondo che provo per voi.

A presto.

Ousmane

Il signor Ndoye aveva tradotto l'ultima parola. Djibril ebbe la forza di rialzarsi e ringraziare. In quel momento comprendeva la diserzione improvvisa del figlio, Babacar, nel timore della sua collera. Djibril Guèye e Babacar mantennero il segreto per l'intera giornata. Ma quella sera, invece di assistere alla recita delle preghiere dei fedeli riuniti intorno al telo bianco nella Moschea, Djibril decise di rientrare a casa:

«Sei tornato presto dalla Moschea!» Yaye Kadhy sgranò gli occhi con aria inquisitoria, «Non stai bene?»

Djibril, affranto, scrollò la testa.

SECONDA PARTE

«E allora che è successo? Un incidente? È forse morto un parente?» Ancora più sgomento, scrollò di nuovo la testa e si diresse verso le scale che conducevano alle stanze da letto, al piano superiore. Yaye Kadhy lo seguiva, implorando una sua spiegazione: «Devi dirmi subito cosa è accaduto! Mi fai star male! Liberami dall'angoscia. Parla! Non vorrai dirmi che è successo qualcosa di grave al nostro Ousmane?»

Djibril Guèye temporeggiò appoggiandosi al divano della camera, giusto il tempo di sistemarvi la gamba malata. Poi tirò fuori dalla tasca la lettera. Yaye Kadhy, senza neppure conoscerne il contenuto, aveva cominciato a piangere:

«Ero troppo felice, troppo fortunata. Non poteva durare».

Di fronte all'immensa tristezza provata, davanti alla fragilità improvvisa della moglie, solitamente risoluta, Djibril fece uno sforzo sovrumano per riuscire a onorare il delicato incarico, pur cercando di dominare il proprio smarrimento:

«Osumane si è sposato in Francia, con Mireille».

E Yaye Kadhy, incredula, ripeté:

«Mireille! La Mireille delle fotografie? Mireille? L'attrice?»

Djibril Guèye allora precisò:

«Mireille non è un'attrice. È una professoressa. Tuo figlio ti chiede perdono». Yaye Kadhy si alzò in piedi.

«Piangere non è mai servito a nulla!», si asciugò le lacrime. Con la memoria rievocava i numerosi segnali ignorati che adesso le consentivano di far luce su quanto accaduto. La regolarità nella corrispondenza di quella straniera avrebbe dovuto metterla in guardia. E anche il proliferare di tutte quelle foto! Il rifiuto di Ousmane per le altre ragazze! Si rammentò allora della cornice rotta, della rabbia del figlio davanti a quella fotografia rimasta indifesa.

Era stata una stupida a non intuire nulla. «Non si può predire il destino! Se lo avessi saputo! Se lo avessi saputo!» Avrebbe cercato un antidoto per combattere il misterioso sortilegio fatto da quella "donna del demonio", con il quale era riuscita a stregare suo figlio.

81

Djibril Guèye nel frattempo iniziava a recitare un monologo fedele al suo credo fatalista e alla sua condotta misericordiosa.

«Poiché questa donna ha accettato di diventare musulmana, noi dobbiamo integrarla nella nostra famiglia. A noi Ousmane Guèye non deve più niente. La sua vita gli appartiene. Secondo i principi della Moralità, ha il diritto di fare ciò che vuole della sua esistenza».

Ma Yaye Kadhy si ribellò:

«Una Toubab non può essere una vera nuora. Avrà attenzioni solo per il marito. Noi non conteremo niente per lei. Ed io che sognavo di avere una nuora che potesse vivere qui con noi, che mi sostituisse nelle faccende domestiche, prendendo in mano la gestione della casa. Ed ecco che invece mi ritrovo con una donna che mi porterà via il figlio. Dovrò crepare davanti ai fornelli».

Djibril Guèye rispose con tono pacato:

«Se avessi sostenuto Coumba, Marième sarebbe rimasta con noi».

Yaye Kadhy, obiettando, affermò:

«Preferisco scontrarmi con quella straniera che con Coumba, tua sorella. Non mi pento del mio comportamento. Resterò ai fornelli, ma comunque sovrana in casa mia. Avere qui Marième, vorrebbe dire vivere con Coumba. Tu lo sai bene che usurperebbe il mio ruolo nella gestione familiare».

Djibril Guèye s'irritò:

«Tu non preferisci la straniera. Non si può amare ciò che non si conosce». Poi, ritrovata la calma, aggiunse: «Accogliamo questo matrimonio come il male necessario alla nostra sopravvivenza. Noi stiamo alimentando l'odio e l'invidia nonostante la riuscita di nostro figlio».

Impugnò il rosario e nel far scorrere lentamente tra le dita le grandi perle nere, rasserenato, continuò: «Yaye Kadhy, nascondiamo il nostro dolore. In questo momento, mentre siamo intenti a compiangere noi stessi, Dio porta via con sé altre anime.

Tra la morte e la nostra sofferenza c'è l'abisso. Rendiamo grazie a Dio per averci dato un dolore che possiamo ancora sopportare. Un uomo e una donna non si sposano per caso. Il matrimonio è un'opera divina». Yaye Kadhy tentava di dominare il suo rancore, tuttavia rifiutava l'idea che quella Bianca fosse un male necessario. Uscì in fretta dalla stanza, lasciando Djibril Guèye alla recita del suo rosario. Aprì lentamente la porta della camera del figlio lontano. Dal cassetto della scrivania, dove era stato riposto con cura, tirò fuori l'album fotografico e cominciò a sfogliarlo: piccole e grandi foto si susseguivano. Mireille si presentava in tutto il suo splendore, seduta o in piedi, con i capelli al vento o diligentemente acconciati, indossando un abito o dei pantaloni.

Yaye Kadhy ebbe la rivelazione della bellezza di una *Djinn*[1] sfuggita al suo mondo. Dentro di lei si agitava quel sortilegio che aveva sedotto e alimentato il cuore del figlio. Chiuse l'album per non cedere "alla magia di quella megera". Ma quegli occhi grandi e sinceri, così cerulei e gioiosi, la perseguitavano. Quegli occhi le sorridevano con ironia.

«Contro l'amore non c'è rimedio».

Improvvisamente Yaye Kadhy s'inquietò:

«Lottare contro l'amore è come tentare di prosciugare il mare. Ho del lavoro da finire...»

---

1. Essere invisibile capace di dispensare il male come il bene.

XIII

Yaye Khady si girava e rigirava nel letto. Da quando aveva saputo che il suo Ousmane si era sposato con la Bianca, la notte non riusciva più a dormire e sospirava di disperazione.

Di giorno, per non pensare, cercava di sfinirsi con i lavori domestici, di notte, nonostante la spossatezza, l'agitazione la manteneva sveglia.

Un peso inspiegabile le paralizzava il corpo. Impugnava la schiumaiola, senza riuscire più a girare agevolmente il riso nella pentola. Nei momenti di solitudine - quando i figli erano dai loro compagni e Djibril Guèye era alla Moschea - rimaneva sgomenta per ore intere a reggersi con la mano la testa appesantita. Ousmane aveva perso la serenità nel suo percorso di vita.

«Oussou! Marito di una Bianca! Era un fatto tremendo» e lei non smetteva di meravigliarsene e di lamentarsi. In occasione dei numerosi consulti, quale madre previdente, nessun ciarlatano aveva mai predetto un simile comportamento da parte di suo figlio. Eppure quella squallida farsa durava già da diversi giorni e nessuna diversa missiva era giunta a smentirla.

«Oussou! Marito di una Bianca!» Certi dispiaceri si confidano agli amici più cari e condividerli diventa naturale, giacché spesso in una confidenza sincera si può trovare un conforto. Ma quello che lei, Yaye Khady, provava era indicibile. La speranza aveva abbandonato il suo cuore. Si poteva vivere senza desideri?

Il suo cuore s'induriva. Si poteva vivere senza amore?

L'amarezza si era impadronita di lei. Si poteva vivere in quello stato depressivo?

Come onde i tristi pensieri continuavano a invadere la sua mente. L'intera città stava per essere informata, e prima ancora il suo quartiere, dove abitava il maestro: era lui che aveva tradotto la lettera e sarebbe stato lui l'istitutore che, sotto il vincolo del

84

silenzio tra le sole quattro mura, avrebbe confidato la notizia alla moglie innescando così quei pettegolezzi. Sempre sotto il vincolo del segreto - ben inteso, di bocca in bocca - la sua sventura resa nota sarebbe diventata motivo d'incontro. Così le amiche più affezionate, dopo essersi assicurate dell'attendibilità della cosa, accorreranno per starle vicino e alleviarle parte del suo dolore. La cosa incominciava a gonfiarsi, a deformarsi, a disgregarsi per poi meglio diffondersi e alimentarsi di odio e d'invidia. La cosa sarebbe allora penetrata nelle cerimonie, si sarebbe insinuata tra i passi di danza, avrebbe accompagnato la scelta del pesce e della verdura al mercato, si sarebbe seduta sul bordo delle fontane e avrebbe distratto lo sguardo di due persone che transitavano velocemente su una corriera. Fin dai primi anni della sua giovinezza a Yaye Khady era stato indottrinato il senso della dignità, *ngor et dio*[1]; lei, che viveva in perfetta sintonia con la sua coscienza, a causa della faccenda di suo figlio sarebbe finita in pasto alla più sfrenata maldicenza.

Migliaia di lame invisibili laceravano la sua carne. Tutto ciò era evidente, visto che giorno dopo giorno se ne rendeva conto dal suo *pagne*[2] che si allacciava sempre con più facilità. Ma come poteva non dimagrire? La sua gola era ostruita e sembrava rifiutarsi di deglutire. Da un po' di tempo, infatti, riusciva a buttar giù solo latte e altre brodaglie.

Si alzava dal letto solo per timore della collera di Djibril Guèye: lui con la sua devozione, votato dalla fede all'accettazione della volontà divina senza permettersi alcuna obiezione. Anche se lei rievocava tutte le gioie che Ousmane aveva apportato nella loro unione, i suoi tormenti non diminuivano, al contrario la sua mano intenta a squamare il pesce s'indeboliva e il suo sorriso si contraeva in una smorfia anche quando assaporava alcuni mo-

---

1. Dignità e onore.

2. Veste avvolgente intorno ai fianchi, che copre il corpo sino alle ginocchia o ai piedi, utilizzata dal popolo africano.

menti di serenità. Cominciò a considerare le sorti dei figli dei suoi conoscenti, per riuscire a persuadere se stessa che la sfortuna "lascia i suoi regali" davanti a ogni casa, sia essa ricca o povera, dimessa o rispettabile: Ousseynou Ngom, *frerè de case* di Ousmane non aveva ottenuto nessun risultato alla scuola francese ed era finito a lavorare nel negozio di tessuti di un libanese.

Seydou Niang, altro *frère de case* di suo figlio, vagabondava per le strade oziando in modo disonorevole e divenendo un abile borseggiatore.

Nel nuovo quartiere, la coppia che abitava di fronte a lei aveva un figlio molto strano! Quell'adolescente di circa quindici anni si rifiutava con ostinazione di frequentare i ragazzi della sua età e di giocare con loro, preferendo la compagnia delle ragazze! Davvero strano quel ragazzo che imitava l'andatura, il linguaggio flemmatico e le occupazioni delle ragazze!

Quando il padre lo sorprendeva a chiacchierare con le donne del vicinato e a preparare i manicaretti durante le merende, andava su tutte le furie, arrivando persino a frustrarlo senza ottenere peraltro alcun risultato. Invano anche la madre gli rasava i capelli per imbruttirlo. Da come roteava gli occhi e dal modo di parlare, lo si sarebbe scambiato per una delle ragazzine che frequentava. Purtroppo non roteava solo lo sguardo, ma ancheggiava con malizia e a ogni suo spostamento assumeva un atteggiamento provocante, mettendo in evidenza il didietro. Non appena era fuori dallo sguardo della madre, indossava un *pagne* e iniziava a camminare ciondolando.

«Soltanto un miracolo, avrebbe impedito a quel ragazzino di diventare un *gôt djiguère*[3], destinato a trascorrere la sua esistenza al servizio di una donnaccia diventandone il tirapiedi. Il suo compito sarebbe stato poi quello di reperire amanti generosi, per garantire il costoso mantenimento di quella specie di nucleo fa-

---

3. Letteralmente uomo-donna; omosessuale.

miliare, decidere i menu dei pasti, arrivando prima o poi ad esser preferito alla sua padrona…»

Yaye Khady compativa sinceramente la madre di quel soggetto.

Si ricordava anche gli occhi imploranti della sua amica Kiné, sempre alla ricerca di un agente addetto alla sorveglianza che potesse controllare suo figlio. Moussa, per notti intere gettava scompiglio in tutto il quartiere con meditata minuziosità e violenza. Moussa? Un rifiuto umano! Spedito da uno zio emigrato in Mali per imparare un mestiere, era ritornato senza più alcuna traccia del paese dei *Bambara*[4]. La sua ragione era in balia di alcool e droga. Moussa! Un rifiuto d'uomo che si svegliava solo per creare disordine.

Soltanto la follia potrebbe spiegare il comportamento di Moussa. Scassinare macchine, rubarne il contenuto e rivenderlo per pochi soldi, così da riuscire a soddisfare una sete che diventava ogni giorno sempre più esigente! Chi non mormorava sul conto di Moussa?

Si calmò:

«Certo non c'è paragone tra Moussa e Oussou. Ringrazio Dio per questo! Eppure sia Ousmane che Moussa erano venuti al mondo allo stesso modo: erano entrambi frutto dell'amore!». Né Yaye Khady né Kiné avevano subito l'imposizione del matrimonio, al contrario avevano amato i loro mariti. Avevano vissuto la loro gravidanza quasi nello stesso periodo e allo stesso modo si erano meravigliate nel vedere il loro ventre ingrossare, nel sentire la nuova vita agitarsi dentro.

«Ogni donna in stato di gravidanza serba orgogliosa l'immensa speranza e la felicità della sua condizione, sente maturare con infinito piacere quel frutto dono del suo corpo e subisce con pazienza ogni rigore necessario per il buon andamento della gravidanza!» Kiné, che era stata la prima a partorire, le rivelò:

---

4. Lingua africana parlata in Sénégal e in Mali.

«Il dolore del parto non si può paragonare a nient'altro!»
«Come un mal di denti?», chiedeva agitata Yaye Khady,
«Vedrai», aveva concluso Kiné orgogliosa.

Ma Yaye Khady non aveva visto, piuttosto aveva sentito come se nelle sue viscere qualcosa si fosse spezzato. Le avevano predetto che il bambino sarebbe nato nel momento in cui, dalla sabbia stretta nella sua mano sarebbe sgorgata dell'acqua, ma lei non aveva stretto nessuna sabbia mentre si dirigeva al reparto di maternità Mandel.

Un dolore infernale le attanagliava le reni, un fuoco rovente le invadeva il ventre, mentre sulla fronte scendevano gocce di sudore per la sofferenza.

Quel bambino tra le braccia era stato la felicità della sua vita. Si soffermava a pensare: «Ogni madre ripone in suo figlio ogni speranza; mentre lo allatta, lo culla, lo cura e soprattutto lo ama, sogna per lui un destino meraviglioso. Purtroppo anche un sogno può imbattersi in lordi cammini e allora lo sconforto prende il sopravvento, ma la delusione non le impedisce affatto di lottare. Il cuore pieno di tenerezza e l'immenso bisogno di sacrificarsi divengono gli strumenti per intraprendere un'opera di salvataggio e solo quando tutte le risorse umane e sovraumane si sono esaurite senza risultato alcuno, la madre vede ogni sua speranza andare in frantumi. Una madre delusa? Ogni giorno una lama trafigge il suo cuore e per lei non c'è più pace».

Yaye Khady rifletteva. Poteva ritenersi così sfortunata rispetto alle altre madri? «Anche i ciechi, i mutilati, i paralitici e tutti i rifiuti umani, con una disabilità fisica o mentale, erano stati partoriti nel dolore e nel sangue, nella speranza e nella gioia. Che colpa avevano le madri dei ciechi e dei mutilati, che invece di gioire come sperato per la loro maternità, avevano dovuto imbattersi nelle tenebre alla fine di quel lungo cammino?»

Yaye Khady continuava a meditare: «Meglio un figlio fallito che una figlia scostumata, visto che dopo varie avventure sgradevoli farebbe sicuramente una brutta fine. Privata della sua dignità! Una disgraziata sfruttata da diabolici manipolatori! Sottratta al suo ruolo di moglie e di madre, rimane sempre la vittima prediletta di persone senza scrupoli. Oggetto di desideri osceni e di ancor più spregevoli macchinazioni! Usata come un vecchio strofinaccio non sarà mai più risarcita da tali umiliazioni. Ma il suo declino finisce solo nei bassifondi della disgrazia: su una branda di una prigione o nel letto di qualche albergo di dubbia reputazione, trafitta da un pugnale in qualche squallida bettola o colpita da morte violenta in mezzo a una strada».

A volte Yaye Khady aveva assistito a parti con manifestazioni isteriche di sofferenza, durante i quali il bambino nasceva morto.

«La sorte è cieca e predilige i neonati per soddisfare la sua fame insaziabile. Per una madre anche un vecchio di settant'anni resta sempre e comunque la sua piccola creatura. Che importanza ha dunque l'età che con la morte resta immutata per sempre! Quando muore un figlio ogni madre sente lo stesso peso opprimente schiacciare il suo corpo, identico è il fuoco che invade il suo petto, come pure lo sono l'impietosa morsa che le attanaglia il cuore e l'impotenza che annulla le sue forze davanti a una simile fatalità».

Gli occhi di Yaye Khady si riempivano di lacrime. Piangeva in silenzio per tutte quelle madri che avevano perso i loro piccoli ancor prima che avessero potuto "bere una sola goccia di pioggia", per tutti quei piccoli sottratti alla vita mentre con le loro manine cercavano di catturare il primo raggio di sole.

«È vero, l'impietosa sorte spesso libera i figli diventati adulti dalla morbosità materna e gli stessi figli ormai grandi possono morire davanti alle loro madri che, nel loro delirio, invecchiano improvvisamente, perdendo ogni scopo della loro esistenza».

Yaye Khady piangeva e il suo pensiero avanzava faticosamente rafforzato e rincuorato dalla rievocazione della sua vita. «Malgrado tutto, come ha potuto Ousmane dimenticare i miei sacrifici, le mie fatiche e l'affetto che ci univa? Quella donna mi relegherà quindi per sempre ai miei doveri domestici?»

C'è una bella differenza tra una nuora Nera e una Toubab!

Una nuora nera conosce e accetta i diritti della suocera. Entra in famiglia con la consapevolezza che è giunto il suo turno, garantendo così rispetto e riposo alla madre del suo consorte. Con la certezza dei suoi privilegi mai messi in discussione la suocera ordina, controlla, esige e s'impossessa di buona parte dei guadagni del figlio. Non resta indifferente alla gestione della casa e prende parte all'educazione dei nipoti...

Alcune suocere si comportano come vere e proprie rivali nei confronti delle nuore. Sono loro che vincono sempre nelle dispute familiari e una loro lacrima può bastare a ripudiare l'impudente incapace di appagare la loro brama da parassita.

Yaye Khady non chiedeva al destino di scontrarsi con la nuora, ma desiderava solo il riposo che riteneva le spettasse. I suoi suoceri erano morti prima del suo matrimonio, per questo non conosceva la subdola lotta che oppone ogni giorno suocera e nuora. Tuttavia Coumba, una delle sue perfide cognate, era sempre pronta a "farle le scarpe", quindi lei non aveva alcuna intenzione di "torturare" la figlia di qualcun altro.

Yaye Khady al destino chiedeva solo il meritato riposo. Come ogni madre aveva vissuto terribili notti insonni, durante le quali solo l'istinto materno era in grado di distinguere le differenze tra il mal di denti e la febbre prima di una malattia tipica dell'infanzia. In mancanza di denaro aveva ricompensato i guaritori con *boubou* e *pagne*. E le lunghe code davanti agli ambulatori? Le aveva fatte sin dall'alba per poter incontrare la dottoressa nelle prime ore del giorno e poi dedicarsi alla spesa e alle faccende di casa.

Adesso lei meritava di essere sostituita. Molte donne della sua età, che avevano una nuora, si permettevano di pensare soltanto a come trascorrere una vita serena. Queste donne vivevano nella pigrizia, avvolte dall'incenso e le nuore lavoravano per loro.

Nelle loro camere ogni cosa cadeva dal cielo: la porzione migliore dei pasti, la biancheria stirata e i lenzuoli del letto cambiati ogni giorno. A quell'età era giusto oziare e se la maldicenza permetteva loro di ingannare la noia, la gestione delle cerimonie familiari serviva a colmare la loro indolenza. Alcune suocere si consacravano a Dio, passando il tempo a cercare di crearsi un posto nell'aldilà: ogni venerdì, profumate, sfoggiando i loro abiti e gli scialli bianchi, con il rosario alla mano, erano attese alla Moschea per la preghiera.

«Certamente», affermò, «una delle aspettative nella vita di una donna è la scelta della nuora».

Ousmane invece era un'eccezione. «Una Bianca non rende migliore una famiglia, al contrario la impoverisce e ne compromette l'armonia. Non sa integrarsi nella comunità, ma si isola coinvolgendo nel suo atteggiamento anche il marito. Si è mai visto una Bianca pestare il miglio o portare tinozze d'acqua?»

«Al contrario la Bianca è una sfruttatrice: facciamo per lei le cose di cui non è pratica!»

Yaye Khady scrollava la testa!

«La Bianca manipola il suo uomo come un pupazzo. Il marito resta di sua proprietà e quale unica amministratrice dei beni della casa ne trae l'esclusivo profitto, senza nulla offrire ai parenti dello sposo». Girandosi e rigirandosi nel letto, Yaye Khady cercava conforto delineando nella mente la sua vita. Suo marito, quale credente, si affidava alla giustizia, all'infallibilità e alla saggezza di Dio per respingere ogni agitazione. Suo marito, credente e assiduo praticante aveva ragione: la bontà di Allah protegge chi prega, e lei pregava. Inoltre, rispetto ad altri genitori, che non di meno avevano amato e sofferto come loro e che si potevano considerare come o più di loro meritevoli, lei e Djibril Guèye erano comunque stati privilegiati dal destino.

Ousmane li aveva rispettati e aiutati, permettendo loro di vivere in quel nuovo appartamento fornito di ogni moderna comodità. Il loro telefono, usato dalla gente del quartiere, squillava di continuo tanto che veniva voglia di staccarlo. Tutti i giorni il frigo si riempiva di provviste da conservare per le donne del vicinato. E il suo ferro elettrico aveva sostenuto molte madri nei momenti di penuria di carbone.

Continuando a riflettere, rinvigoriva la sua forza combattiva: «No, una donna, per quanto sia bianca, non riuscirà a sconvolgere il mio lavoro». Non aveva intenzione di abbandonare il campo senza avvertirla. Era una sfida alla strega dai capelli di *ginn*[5]. Non accettava la sua supremazia. «Non mi lascerò sconfiggere per lasciarle campo libero. La straniera non ruberà facilmente i frutti della mia fatica! Quella Bianca che abbandona la sua fede per introdursi tra i Neri, ben presto si renderà conto...»

Yaye Khady non pensava in alcun modo al tormento dell'altra madre: certamente era una madre Bianca ma anche lei aveva partorito, amato e confidato nella speranza. Sua figlia l'aveva sicuramente delusa scegliendo una via oscura. Quella madre lottava diversamente da Yaye Khady, ma il suo amore poteva esprimere la stessa nobiltà d'animo nel desiderio di proteggere sua figlia. Anche lei, come Yaye Khady, sentiva un angosciante dolore nel suo ventre, laddove, anche a lei, era stato reciso il cordone ombelicale. A Yaye Khady poco importava del dolore di quella madre.

Per lei i Bianchi erano esseri di un'altra dimensione che non dovevano sottostare alle stesse leggi e "alla stessa sudditanza dei Neri!"...

---

5. Spirito benefico o malefico presso i musulmani.

XIV

Ancor prima dei Guèye, la famiglia di Mireille aveva ricevuto la sua lettera. Saggiamente, Mireille aveva scelto la miglior destinazione: il luogo di lavoro del padre.

In quel mattino d'estate, nel grande ufficio, dove il signor de La Vallée era intento a consultare alcune pratiche, si respirava un'aria di festa. Dato il clima afoso, le larghe spalle dell'uomo si erano finalmente divincolate dalla morsa della giacca. Tra la sua corrispondenza, il signor de La Vallée scorse due lettere provenienti da Parigi, spedite nella stessa data. Una delle due buste riportava una scrittura familiare, quella di Mireille, partita in vacanza già da un mese.

Preoccupato, aprì la busta. Mireille si rivelava:

Cari genitori,

Quando riceverete questa mia lettera, spedita alla vigilia della mia partenza, io sarò già lontana, per rinnovare me stessa, andando a vivere con la mia nuova famiglia senegalese.

In quanto maggiorenne e responsabile delle mie azioni, ho sposato, con matrimonio civile e poi - dopo essermi convertita all'Islam - con cerimonia religiosa presso la Moschea della nostra città, Osumane Guèye, professore di filosofia.

Il signor de La Vallée, per dimostrare a se stesso che non stava sognando, tornò indietro a rileggere alcune righe di quella lettera. Incredulo, ripeté: "*moschea*", "*Islam*", "*maggiorenne e responsabile...*" Le frasi si trasformavano in penetranti pugnalate dritte al cuore. E continuava: "*maggiorenne*", "*responsabile*", "*Islam*", "*moschea*", "*Ousmane Guèye*".

Poi adagiò la lettera sul sottomano della scrivania e dopo essersi assicurato - suo riflesso abituale – che nessuno potesse assistere al suo crollo, chinò il capo. Lui, così vigoroso, dalla risposta sempre pronta, ora si nascondeva dietro a quell'atteggiamento da perdente. D'altronde, cosa avrebbe potuto fare contro Mireille, adesso che era maggiorenne e sposata? Mireille, inaccessibile e libera, con quelle parole lo sfidava:

"Il suo nome resta scritto su quella piccola fotografia che mi è costata il rimpatrio.

Il nostro amore ha saputo sopravvivere alla lontananza e al passare del tempo".

Quella pugnalata, stanca di penetrare, ora si faceva tagliente. Si portò le mani al petto dolorante, nel punto in cui quelle demenziali parole parevano scontrarsi l'un l'altra. Per alcuni orribili minuti si sentì mancare il respiro... poi chiuse gli occhi e attese. L'asfissiante scalpitare di quelle parole ora si placava e il ritmo della respirazione tornava normale.

Riprese a leggere la lettera. E attraverso le frasi sataniche della figlia, il martirio si risvegliava:

"Ousmane Guèye è venuto sin qui per sposarmi. L'ho dissuaso dal desiderio di incontrarvi per proteggerlo dall'umiliazione che altrimenti gli avreste inflitto. Per voi è possibile fraternizzare con un Negro, ma non lo si può sposare".

Il padre ripeté:

«Ma certo che è possibile fraternizzare con un Negro, ma non lo si può sposare!»

Il pensiero di quei Negri che un tempo aveva avuto al suo servizio come domestici l'ossessionava. «Ignoranti, disgustosi, con le loro risate volgari, gli occhi grandi e bianchi su quel volto inebetito!»

E quelli con cui aveva discusso durante i suoi incarichi diplomatici? «Ancor più ridicoli nei loro atteggiamenti impacciati e il loro affannoso tentativo di avvicinarsi alle società civilizzate! Esseri primitivi! Comportamenti primitivi!» E sua figlia, doveva proprio andare a finire nelle mani di un rozzo. Che spreco!

D'un sol fiato lesse le righe finali della missiva:

Mi avete amato a vostro modo e so quello che rappresento per voi. L'immensità del vostro dolore mi opprime, ma non si può fuggire al proprio destino. Non posso rinunciare a colui che amo, semplicemente perché è nero.

Così volto le spalle a un passato che mi ha protetto per abbracciare l'ignoto. Di questo, ne sono ben conscia. Rinuncio all'agiatezza per gettarmi all'avventura. So bene anche questo. Ma credo che la felicità non si possa donare. Bisogna meritarla, costruirla.

Vi prego di informare i nonni.

Se riuscirete a perdonarmi, scrivetemi all'indirizzo indicato sulla busta. Diversamente, vi saluto con affetto. I miei occhi sono pieni di lacrime e Ousmane condivide la mia stessa emozione.

Mireille

Mireille chiedeva perdono. Osava parlare di *"tenerezza"*, di *"rinunzie"*, di *"virtù umanitarie"*. Ma la collera murava ermeticamente la ragione e il cuore del padre. La realtà del signor de La Vallée, prigioniera della rigidità di quel suo raziocinio obsoleto, non ammetteva di essere contrariata. Inconciliabile con quell'era di grandi cambiamenti, prendeva le distanze dalle sciocchezze della lettera. Jean de La Vallée era sbalordito. Restava inchiodato alla sua scrivania. Si sentiva soffocare, la sua fronte sudava. Stringeva tra le mani la busta, come fosse una bomba che, se avesse toccato terra, sarebbe esplosa. Jean de La Vallée non poteva accettare il tradimento.

«Ah, che sfrontatezza! Come ha potuto infischiarsene del nome che porta?»

Mireille aveva scelto con attenzione la destinazione della sua lettera: un luogo che esigeva contegno, che non ammetteva alcuna manifestazione di sentimenti, un luogo dal protocollo raffinato, nel quale non era certo concesso esternare le proprie passioni.

Brontolava:

«Ah che sfacciata! Che audacia! Sfrontata sino al punto di osare inviare la lettera direttamente sul mio posto di lavoro!»

Alla fine, dopo aver posato la busta sulla scrivania, s'infilò nuovamente la giacca. Un freddo improvviso gli raggelava il petto e le membra. Uscì. Sorpreso, l'autista lo vide chiamare un taxi e poi salirvi sopra.

❖   ❖   ❖

In compagnia della domestica spagnola, la signora de La Vallée era impegnata, in cucina, a preparare una paëlla: il piatto preferito dal marito.

Il campanello, premuto con rabbia, la fece accorrere verso l'ingresso. Senza neppure essersi sbarazzata del grembiule, aprì la porta e, dopo aver riconosciuto il marito, dirigendosi di nuovo verso i fornelli, precisò:

«Ma sei arrivato presto!» E proseguendo nel discorso, aggiunse: «Caro, ti ho fatto una sorpresa. Ho preparato la paëlla per pranzo!» Poi, attenta alla minima contrarietà del marito, s'inquietò: «Hai forse dimenticato qualche pratica?»

Il signor de La Vallée sbraitando disse:

«La paëlla rimarrà nella pentola. Una catastrofe! Una mostruosità! Mireille ha sposato il suo Negro. Ecco qui la lettera» e ricordandosi immediatamente dell'altra busta, aggiunse: «ci sono addirittura due lettere. Ho aperto quella di Mireille, l'altra è rimasta sulla mia scrivania. Sicuramente è del marito. Dritta nel cestino! Nel cestino! Ma leggi prima». La signora de La Vallée esitava… e afferrando la lettera cominciava a ricordare.

Suo marito l'aveva notata tra molte ragazze in occasione di un ballo. Era stato il primo uomo a tenerle la mano parlandole d'amore. Cresciuta in un istituto religioso per giovani di buona famiglia, tra i molti principi, aveva imparato l'obbedienza. Jean de La Vallée, dal carattere brusco, forse aveva notato il tremore delle sue labbra e aveva percepito la paura nel suo sguardo. In quella ragazza spaventata che arrossiva per un nonnulla, il suo istinto da dominatore intravedeva la figura di una facile preda.

Mathilde de La Vallée esitava.... e ricordava. I problemi legati alla liberazione della donna che scorrevano davanti ai suoi occhi, la lasciavano indifferente. Nella sua vita contava solo il marito. Lo coccolava, gli obbediva e rispettava ogni suo minimo desiderio. Alla fine si accingeva a leggere... Madre... e in quel momento comprendeva la disperazione della sua bambina spinta verso quella decisione estrema. Attraverso le righe viveva il suo atroce dilemma. Lo strazio della scelta la sconvolgeva e la sincerità nel grido lontano della figlia la commuoveva. Lei la perdonava. Apriva le braccia per accogliere la sua bambina. Nel periodo della maturità della vita, l'istinto materno riaffiorava. Doveva forse rinunciare a essere nonna...? Ma Jean de La Vallée restava fermo davanti a lei, inflessibile nei suoi principi: quel senso dell'onore malato e quella dignità oltraggiata. La sua collera si manifestava attraverso sonore esclamazioni:

«Quella traditrice! Quella mascalzona!» Parole forti che indicavano alla moglie la rottura. Allora, anche lei, per abitudine - trentanni trascorsi senza avere alcun personale pensiero... senza alcuna iniziativa, alcuna rivolta... trentanni di obbedienza... trentanni durante i quali acconsentire e applaudire erano state le sue uniche conquiste -, allora, per abitudine più che per convinzione, con le lacrime agli occhi e la voce tremante per reprimere il pianto, ripeté:

«Quella traditrice! Quella mascalzona!» E poi svenne.

Riaprendo gli occhi, provò un incommensurabile dolore nel sentirsi la più sola tra le donne. Sua figlia si era dileguata nella notte. Era sicura di non rivederla mai più. La tristezza la pervadeva. Le restava solo il marito, un uomo di pietra, da servire, soddisfare e applaudire sino a quando il suo cuore non avrebbe più retto.

XV

L'agitazione generata delle partenze e degli arrivi faceva vibrare l'aeroporto di Dakar-Yoff.

Le dispute dei viaggiatori, intenti a destreggiarsi nel ritiro dei bagagli, i controlli doganali e le polemiche con i facchini, si andavano ad aggiungere alla confusione.

L'aereo proveniente da Parigi, annunciato da una hostess, atterrò all'ora prevista, con grande sorpresa da parte di Djibril Guèye che, giudicando assai bizzarri gli orari degli aerei, aveva temuto di dover attendere pazientemente.

I primi viaggiatori! I primi saluti!

Djibril scorse il figlio tra la folla. Ousmane aveva raggiunto il traguardo del matrimonio e la serenità. Il suo incarnato era diventato più cioccolata ed era anche ingrassato. Si fecero un cenno di saluto. Djibril riconobbe Mireille. Era identica alle fotografie. Le sue forme erano modellate da un paio di jeans color bianco.

Mireille riconobbe in quell'uomo con il bastone Djibril Guèye, poiché Ousmane gli somigliava: stessi lineamenti, stesse spalle imponenti. In onore della straniera Djibril Guèye aveva indossato il suo boubou bianco ricamato, mentre Yaye Kadhy, per impressionarla, aveva sfoggiato i suoi gioielli.

Mireille abbracciò teneramente il suocero che ne apprezzò il gesto, grazie anche ai lunghi racconti a lei dedicati da Ousmane nella sua corrispondenza. Djibril rispose affettuosamente a quello slancio di tenerezza. Così Mireille si sentiva accettata. Tutti insieme si diressero verso l'uscita. Un facchino aveva radunato i bagagli che venivano poi caricati su di un camioncino. Salirono su un taxi e il convoglio si avviò verso Gibraltar.

Mireille riconobbe l'autostrada, lungo la quale un tempo era passata insieme ai genitori per raggiungere la Piccola Costa. Impassibile, la via scorreva lasciando avanzare, come lunghi nastri srotolati, le due strette corsie. Da una parte e dall'altra, si estendevano i medesimi terreni spogli delimitati, qua e là, da esili siepi. Nei dintorni, qualche villaggio periferico. Il taxi sbalzava sulla carreggiata sconnessa. Giunto al parcheggio di Colobane, l'autista s'innervosì nel tentativo di aprirsi un varco tra la folla gremita, poi riuscì a fare una deviazione.

Ousmane, guardando dal finestrino, commentava:

«L'ufficio per gli assegni familiari».

Un po' più avanti:

«Il liceo delle ragazze dove forse potrai insegnare».

E a qualche metro dal liceo:

«Il monumento dell'indipendenza. Rammenti?»

Uno stop improvviso, imposto dal gesto di un agente di polizia, consentì al camioncino dei bagagli di raggiungere di nuovo il taxi. Procedendo con fatica lungo il percorso ricoperto di sabbia che fiancheggia la caserma di polizia, il convoglio giunse a Gibraltar. Ousmane cominciò a illustrare il quartiere:

«Gibraltar è stato costruito dall'O.H.L.M. Ha ereditato il luogo e il nome dal quartiere che lo ha preceduto in cui, si dice, regnasse un clima d'insicurezza tra i disordini delle baracche e la produzione di vino di palma, tra i tafferugli delle prostitute e i frequenti incendi!»

Mireille scese dal taxi e, istintivamente, prese sottobraccio il marito. Nessuno aveva ancora pronunciato il nome di Yaye Kadhy, eppure il suo sguardo incombeva sul gruppo, come un'ombra inquietante.

Yaye Kadhy vide per la prima volta Mireille, in carne e ossa, camminare a braccetto del figlio.

Sino all'ultimo, aveva sperato di veder al suo fianco una donna banale, abbellita oltre misura soltanto dall'arte fotografica. Invece, rimase impietrita per lo choc provocato dalla reale bellezza di Mireille. «Une *Djinn* sfuggita al suo mondo!» quel pensiero le tornava alla mente. Quegli occhi glauchi possedevano un potere di seduzione che incantava.

Mireille lasciò andare il braccio del marito e avanzò, sorridente, verso la suocera. L'abbracciò, con la delicatezza che le si addiceva. Tanto era l'affetto dimostrato dalla ragazza, quanto sorprendente era la reticenza di Yaye Kadhy. Ciononostante le due donne si strinsero tra le braccia e scambiarono in francese e in wolof alcune frasi di circostanza.

Mireille preoccupata chiedeva:

«E Babacar? Soukeyna? Safiétou?»

Ousmane traduceva la risposta di Yaye Kadhy:

«Sono stati invitati da zia Coumba!»

Yaye Kadhy aggiunse, non senza malignità:

«Tua moglie conosce anche zia Coumba?»

Era un modo per ricordare a suo figlio Marième... Un modo per intrometterla tra Ousmane e la megera. Ousmane avvertiva l'animosità di Yaye Kadhy e tentò di distendere l'atmosfera:

«Certo che mia moglie conosce di nome zia Coumba e Marième» e aggiunse con un sorriso malizioso: «conosce anche Ouleymatou e tante altre... ma è lei che amo, che ho scelto come moglie».

Yaye Kadhy si zittì. Da quel momento capì che doveva contare solo su sé stessa per cacciare l'usurpatrice.

Il problema della lingua non facilitava i rapporti tra le due donne di Ousmane. Ousmane Guèye insisteva:

«Impara velocemente il *wolof* così puoi uscire, Mireille».

Ma la lingua *wolof* non era facile e nonostante le ore di studio trascorse in compagnia del dizionario francese-wolof offertole in aiuto dal marito, Mireille stentava a impararlo. Sebbene la irritassero, si fece violenza per adottare, provvisoriamente, le usanze della comunità. I pasti venivano sempre serviti in un grande piatto di portata d'alluminio a uso comune, appoggiato al centro di una stuoia che, dopo essere stata ripiegata, riconquistava il suo posto in un angolo dalla casa dalla dubbia pulizia. Appena usata, l'acqua per lavarsi le mani perdeva la sua limpidezza, divenendo così torbida, ma ciò non impediva alle stesse mani di continuare a immergersi e Mireille non osava dimostrarsi l'eccezione del gruppo. E Yaye Kadhy, con perfidia o solo per abitudine, continuava a preparare piatti piccanti che torturavano il palato di Mireille. Il persistente colare delle narici le impediva di inghiottire e la sua gola per diversi giorni riuscì a trovare sollievo soltanto nella frutta. E Yaye Kadhy approfittava dei più futili motivi per introdursi nella sua camera, importunando così l'unica intimità che le restava.

«Djibril Guèye è più umano», osservava Mireille.

Ma Ousmane difendeva la madre:

«Si sente frustrata. Devi perdonarla. Lei mi "perde", tu "mi possiedi"».

Mireille dovette resistere per mesi in quel quartiere in cui Yaye Kahdy continuava a metterla in mostra davanti alle amiche, quale oggetto raro che stimola curiosità, senza esitare a farle entrare in casa, come se dovessero recarsi a far visita a uno zoo.

Ma al di là delle ostilità subdolamente instillate dalla suocera, Mireille era accolta con modi festosi. I doveri sacri dell'ospitalità venivano, in apparenza, rispettati. Soukeyna, la sorella maggiore di suo marito, lavava la sua biancheria e l'aiutava a comunicare.

Non appena la sua assunzione presso il Ministero dell'Istruzione Nazionale le permise di ottenere un alloggio amministrativo, Mireille si affrettò a sottrarre la sua famiglia dallo sgradevole controllo di Yaye Kadhy Diop.

XVI

I considerevoli risparmi accumulati da Mireille per molti anni le consentirono di impreziosire l'appartamento messo a sua diposizione. Il suo gusto innato per i decori e le cose belle, le permisero di conferire all'appartamento un gradevole tocco personale.

Senza badare a spese, aveva utilizzato moquette e tappezzeria e persino i mobili della camera da letto le erano costati cari. L'arancione era il colore che dominava nel soggiorno e ovunque vi erano tappeti spessi, comode poltrone, mensole, paralumi vari e alcuni quadri portati dal suo paese: tutto era in sintonia con uno stile di vita al quale Ousmane non era certo abituato.

In una stanza aveva posizionato il loro scrittoio e una libreria: su di essa erano sistemati alcuni volumi rari e preziosi, ricevuti in regalo e gelosamente conservati, collezioni di romanzi e libri specializzati.

Ousmane Guèye apprezzava quella sua creazione. Il bagno risplendeva con mensole colme di oggetti da toilette e da quel bagno ogni mattina giungeva il ronzio del suo rasoio elettrico. Vi erano asciugamani di spugna avvolgenti come pagne e sull'attaccapanni erano appesi gli accappatoi. Mireille aveva le sue idee: per lei "l'ambiente influenza il comportamento delle persone"; così continuava a spostare, come in un gioco senza tregua, tutti i mobili e gli oggetti, sempre attenta al giusto abbinamento.

Questa sua passione faceva sorridere Ousmane...

Ousmane Guèye gradiva quell'ambiente. Ma rendere un ambiente così piacevole era sufficiente per riuscire a tenersi stretto un uomo?

Il tentativo di convivenza da parte di Mireille con la famiglia Guèye aveva lasciato delle conseguenze da entrambe le parti. Ousmane giudicava sua moglie possessiva, persino egoista. Nella sua mente era balzata quella parola e non l'avrebbe più abbandonata…. «egoista, sì, egoista» e rammentava il loro primo litigio a Gibraltar dove, in una delle piazze, venivano organizzati i canti religiosi. Per quella manifestazione era stato eletto presidente l'erudito Djibril Guèye ed era stato incaricato della traduzione del Libro Santo.

I bambini avevano gioiosamente delimitato la piazza con banchi e sedie molto prima di sera ed erano state montate delle tende per proteggere la gente dall'umidità e anche per creare una certa intimità. La densa luce biancastra delle lampadine elettriche illuminava la piazza nella notte di quel sabato.

El Hadj Djibril Guèye presiedeva in tenuta da pellegrino con turbante e *burnous*[1] bianco, circondato da alcuni correligionari. Questi avevano il compito di trasmettere la sua parola e di allietare i momenti di pausa cantando inni dedicati a Dio, al suo profeta e a tutti coloro che si sono impegnati nel divulgare la parola dell'Islam.

Grazie alla sua abilità di traduttore di versetti, per renderli accessibili a ogni comune mortale, Djibril si era fatto una reputazione che oltrepassava i confini della città. Ovunque era richiesta la sua presenza; purtroppo, per colpa della menomazione alla gamba era costretto a rifiutare ogni tipo di spostamento, così in occasione delle sue omelie, una folla di fanatici agghindati in onore dell'incontro spirituale accorreva da ogni parte.

Con tono energico, il devoto Djibril Guèye indicava la retta via per la salvezza dell'anima, conferendo pregio al suo discorso con citazioni in arabo e usando antichi aneddoti.

Gli avvenimenti vissuti nei difficili momenti dell'Islam risorgevano dai cassetti della sua memoria e lui sapeva usarli per infondere un impeto religioso anche nei gesti di vita quotidiana.

«Djibril Guèye! Come era superba quella notte! Cosa può significare uno spettacolo cinematografico a cospetto di una serata

---

1. Mantello con cappuccio usato dai fedeli dell'Islam.

dedicata al Signore? Perché Mireille intendeva privarmi dell'orazione di mio padre per andare al cinema? Un film si può sempre rivedere, ma non è possibile risentire tali preghiere».

La sposa, dopo essere stata redarguita, si rintanò a dormire imbronciata, mentre Ousmane, pienamente soddisfatto, rafforzava la sua tenacia e l'amore filiale.

Quale efficace soldato dell'Islam, Djibril attirava a sé la partecipazione del pubblico. Inveendo contro il Male, gesticolava per esortare la folla a seguire la via del Bene.

Un coro di canti a voce alta inneggiava melodie alla gloria di Dio e del suo profeta *Ndiol Makâ*, "il gigante della Mecca". Poi la folla cominciò con le lodi, schioccando le dita e dondolando il capo:

«Ndégam Rossol la khèye né mess
Kham nguene ne fi ken doufi dess»

«Se Rossol (il profeta Maometto) è morto, siate certi che niente è eterno».

Lo specchio del paradiso si rifletteva nelle loro anime. Le donne dell'Eden celeste, incomparabili in bellezza e in virtù, rinforzavano il coraggio e confermavano le loro inclinazioni libertine, mentre nei sogni comparivano ruscelli di latte fresco accompagnati dal mormorio delle verdi foglie.

Ma nei pensieri la morte rimaneva sempre misteriosa. Coloro che sono scomparsi portano con sé il segreto di ciò che hanno incontrato.

La fossa scavata alla quale viene affidata la salma vestita di bianco, resta una realtà quotidiana.

«Rimanere in questa fossa sino al giorno del giudizio universale annusando da vicino le fumanti esalazioni infernali» è una prospettiva che certo non piaceva a nessuno.

Per espiare le cattive azioni, purificarsi l'anima da ogni comportamento dubbioso e prepararsi l'aldilà già con le azioni del presente, l'uomo faceva la carità garantendosi con essa ogni sorta di benevolenza: guarigione dalle malattie, incremento delle proprie ricchezze, mutamento delle situazioni, prolungamento della propria esistenza. La carità è dunque il solo investimento che ricompensa dopo la morte.

Così, dinanzi ai soldati di Dio, fluivano soldi, pagne, boubou e talvolta qualche gioiello d'oro gettato con ostentazione.

Di colpo arrivò l'alba e nessuno aveva dormito, eppure nessuno rimpiangeva il lungo viaggio.

Djibril Guèye si rallegrava della presenza di Ousmane:

«Se tu non fossi venuto, la mia omelia per l'Islam sarebbe stata vana. Si sarebbe detto: "che costui lavi i panni sporchi in casa sua prima di giudicare quelli del suo vicino". Tu sei stato là a testimonianza che, malgrado tua moglie sia una Toubab, resti sempre un musulmano convinto».

Fece una pausa e poi riprese il suo discorso:

«Che la conversione all'Islam di tua moglie non sia solo un atto di circostanza, poiché il vero musulmano è colui che prega. Insegnale dei versetti semplici. Se glieli scrivi nella sua lingua, per lei sarà più facile impararli, perché sa leggere».

Con tale astuzia il padre voleva dire al figlio che Yaye Khady, dopo aver fatto la posta alla sposa, l'aveva informato:

«La Toubab non s'inchina per pregare».

Così Ousmane, intransigente, costrinse Mireille senza pietà a rispettare le loro usanze nei doveri religiosi.

Da quella lite il loro legame ne usciva indebolito e ogni giorno che passava, Ousmane sentiva crescere sempre più il loro distacco.

Se dopo alcuni giorni Ousmane non si faceva vedere, Yaye Khady andava a fargli visita. Tuttavia l'appuntamento domenicale era di rito. Arrivava presto, perché a quell'ora era certa di trovarli. Sorprendeva la coppia ancora in camera da letto, in pigiama e inevitabilmente si lamentava:

«Ousmane, hai detto la preghiera dell'alba? Ousmane, lo sai,

105

l'uomo ha soltanto un intestino[2]. Se ti adegui alle esigenze della Bianca, distruggerai il tuo unico intestino e sarò io l'unica perdente».

Colta alla sprovvista la coppia si alzava e, nell'attesa, Yaye Khady girava per la casa facendo le dovute verifiche:

«Qui tutto è pulito, fine e sontuoso: se questo è il successo, allora mio figlio l'ha raggiunto». Era stato ben ricompensato per le attenzioni che aveva rivolto a lei e a Djibril.

Consapevole che, appena uscita il suo gesto avrebbe innescato la rissa, si puliva i denti e sputava sul tappeto.

Mentre puliva nervosamente, Mireille ribatteva:

«Passi ancora per l'adunata mattutina! Ma almeno non potrebbe gettare le sue schifezze nel posacenere? Puoi dirglielo tu senza offenderla?»

Ousmane infuriandosi rispondeva:

«Vuoi che io vieti a Yaye Khady di pulirsi i denti qui! Al diavolo il tappeto!»

«Non si tratta di vietarle qualcosa, ma di educarla!»

«Qui da noi, i figli non educano i genitori».

Mireille si era arresa. A ogni visita della suocera, nelle domeniche in cui non aveva l'aiuto della servitù, ripuliva il tappeto cosparso di pezzetti di stuzzicadenti, inseparabili compagni di Yaye Khady. Gli amici di Ousmane che, per curiosità o per amicizia andavano spesso a fargli visita, oziavano annoiati nel salotto di Mireille. Inevitabilmente questi invitati inattesi venivano sorpresi dall'ora di cena. Così, in cucina, Mireille s'innervosiva e Ousmane la raggiungeva per chiederle, data la presenza di quegli ospiti imprevisti, di aggiungere alcuni posti a tavola e di preparare qualcosa in più per il menu della sera. Malgrado le proteste di Mireille, il frigo era ben fornito: vi erano carne, pesce, frutta, yogurt e formaggio.

---

2. La credenza popolare conferisce alla donna due tipi d'intestino (il nome del secondo si traduce letteralmente: intestino di gestazione).

Le chiacchiere alimentate da aneddoti del passato su slip nascosti e razzie fatte agli alberi da frutta erano un rituale. Le loro risate erano fortissime e continuavano a parlare ad alta voce come se gli interlocutori fossero stati lontani. Quelli che fumavano, ignoravano il posacenere e cospargevano il pavimento di mozziconi, gli altri masticavano pezzi di noci di cocco gettandone i resti direttamente sul tappeto.

Mireille li osservava di nascosto: intellettuali incravattati che dimenticavano la loro formazione culturale davanti ai loro compagni d'infanzia in caftan, rozzi da scordare pure la differenza nella pronuncia tra "sce" e "sge". Riusciva persino a indovinare gli argomenti dei loro discorsi seguiti dallo scoppio delle risate. La sua presenza non impediva il loro sfogo. Non avevano tabù! Si sentiva trattata con meno riguardo di quanto spettava a una Nera! I tradizionalisti del gruppo si accanivano nel demolire il matrimonio misto:

«Un donna può essere solo una donna, grande o piccola, nera o bianca che sia. Perché andarla a cercare altrove? Il matrimonio è già una faccenda spinosa, perché crearsi altri problemi?»

Elogiavano il coraggio del loro amico che conservava le sue usanze da Nero, che addirittura non le rinnegava e che soprattutto non si lasciava né dominare né cambiare.

Lo ammiravano sinceramente:

«Senza esagerare, un nero sposato con una Toubab che mantiene i rapporti con madre, padre, famiglia e amici ha del miracoloso».

Ognuno di loro avvertiva l'ostilità della moglie dal suo sguardo imbronciato e dai suoi ostinati silenzi. Ma che importanza aveva? «Era Ousmane il padrone di casa! Era Ousmane che comandava in casa sua».

Disprezzavano il broncio della "ribelle".

Si rifiutavano di usare coltelli e forchette e si burlavano delle porzioni di pietanze insufficienti a saziare l'appetito di un uomo.

I tovaglioli usati assumevano un colore grigiastro e le loro mani unte di «grasso» trasformavano il lavabo del bagno in un lavandino da cucina. Per di più, pur trovando Mireille affascinante e fisicamente attraente, continuavano a stuzzicare il loro amico:

«Non avrai mai l'occasione di scoprire il *djité laye*[3], a meno che tu non tradisca tua moglie».

Ousmane si difendeva dicendo:

«Perché tradirla? Oltre a mia moglie posso tranquillamente sposare una Nera, visto che sono musulmano».

La soddisfazione faceva brillare gli occhi e illuminava loro i volti. Si contendevano il posto sul divano per sdraiarsi in totale rilassamento sprofondando la testa sul gonfio e soffice cuscino e senza alcun ritegno trasformavano i battenti di porte e finestre in attaccapanni. Quelle serate che Ousmane adorava, erano invece un vero supplizio per la moglie che manifestava la sua disapprovazione:

«Non ci si autoinvita in casa della gente, ma si aspetta di essere invitati». Ma ogni sabato sera una marea sempre più estesa di compagni invadeva poltrone, sgabelli, sedie, tappeto compreso e immancabilmente alla cena facevano seguito il tè nero e le lunghe partite di belote[4].

Mireille si rifugiava in camera e come sempre piangeva per il comportamento ostinato del marito che continuava a ripetere la solita giustificazione:

«Sposando un uomo, si sposano anche le sue abitudini».

Sicuramente alcuni aspetti nel modo di vivere di suo marito la scoraggiavano. Se l'intesa che c'era tra loro era già stata turbata, adesso subiva ulteriori scossoni. Il problema non era solo che Ousmane non volesse rinunciare al gruppo e a quel tipo di vita collettiva, ma che addirittura giudicasse le sue rimostranze

---

3. Veste avvolgente e succinta usata come sottoveste dalle donne senegalesi.

4. Gioco di carte simile al bridge.

inopportune. A suo dire, lei doveva essere più comprensibile e tollerante.

Così si difendeva dicendo:

«Se le tue lamentele avessero un senso, credimi le ascolterei, ma non posso capire quale sia il problema se mia madre viene qui con i suoi stuzzicadenti e se i miei amici vengono a trovarci una volta alla settimana, chiedendomi un aiuto di mille franchi, ricompensandoci comunque con la loro allegria e il loro affetto.... Anche loro sono sposati, ma le mogli tollerano la loro assenza. Alcune di loro sono persino convinte dell'infedeltà del marito. Tu invece mi vedi, sai cosa facciamo. Andiamo, Mireille! Un po' di buona volontà!»

Mireille però aveva un'altra concezione della vita familiare: fin dalla sua infanzia era cresciuta in un mondo in cui si poteva accettare dagli altri solo ciò che era ammissibile.

XVII

Sul medesimo piano dove vivevano Ousmane e Mireille, abitava una coppia della loro stessa età, di origine europea.

Il marito, Guillaume, ogni volta che incontrava Mireille, non poteva fare a meno di storcere il naso, manifestando la propria disapprovazione.

La moglie, Geneviève, era una donna piccola, bruna, rotondetta, originaria della provincia, senza alcuna bellezza o finezza, e senza neppure le maniere seducenti di Mireille. Appena chiusa la porta, l'uomo dava sfogo ai suoi pensieri:

«Ti rendi conto? Una ragazza del nostro paese, bella come un fiore, nelle mani di quello zotico! Secondo te quel Nero è in grado di capirne il valore, di apprezzare ciò che può donargli, la sua chioma, i suoi occhi, le sue maniere principesche? Questa cosa mi fa impazzire!»

Geneviève cercava di calmarlo:

«Lei non è né tua sorella, né una tua parente. Ognuno fa le proprie scelte. Perché devi tormentarti in questo modo, se a lei va bene così?»

«Suo marito non c'è mai e si atteggia da padrone. È sempre sola. Talvolta nel suo sguardo intravedo una tristezza infinita. Ho l'impressione che le cose tra di loro non vadano per niente bene».

«La tua impressione è sbagliata. Perché dovrebbe essere triste? Suo marito l'adora. Stanno insieme da molto tempo. Lei mi ha raccontato la loro storia. È una lunga storia d'amore e di fedeltà. Ousmane è andato a cercarla nel suo paese. Tu immagini cose che non esistono. E se non smetti di controllarla, allora sì che mi senti! In realtà sei più interessato a lei che a me».

Guillaume si zittì. Eppure era ossessionato da "*la Bella e la Bestia*" - come chiamava lui la coppia. Non era certo innamorato di Mireille, ma le coppie miste lo irritavano. Nonostante ciò, intratteneva dei buoni rapporti con i suoi collegi negri, sia donne che uomini, apprezzandone l'amicizia e l'ospitalità.

La coppia aveva condiviso con "*la Bella e la Bestia*", il riso al pesce cucinato da Soukeyna. Si era divertita con loro scherzando sugli errori nei compiti degli studenti del liceo.

Ousmane Guèye, incuriosito, aveva chiesto a Guillaume:

«Come giudichi i tuoi studenti? Ritieni che siano di un livello inferiore rispetto a quelli che avevi prima?»

Lui aveva risposto in piena sincerità:

«Né più idioti, né più intelligenti. Piuttosto qui li trovo più coscienziosi. Al nostro paese, si pensa a non frustrarli, a non opprimerli o qualcosa di simile: tutte invenzioni che servono per addolcire le sorti dell'allievo e a contrariare l'educatore, rendendo così soltanto i ragazzi più pigri. Giusto il minimo sforzo!»

E Ousmane Guèye lo informava:

«Certe schifezze cominciano a inquinare l'istruzione anche qui da noi. Mentre io per andare a scuola facevo un sacco di chilometri a piedi, ora vedo i miei studenti arrivare in bici o in motorino. E poi si dimenticano di portare i quaderni. I loro padri si preoccupano più della distanza che delle lezioni».

Ousmane ogni tanto provava ad approfondire la discussione:

«Siamo tutti figli della generazione del Maggio '68. Avevamo altre motivazioni, ma eravamo tutti mossi dallo stesso sogno di sostenere la rivoluzione e le riforme. Cari colleghi, oggi che siete diventati dei "matusa", che ne pensate del comportamento dei vostri studenti?»

Guillaume, con la cantilena del suo accento meridionale, accettava la provocazione. Grattandosi il capo e usando la moglie come sua sostenitrice e testimone rispose:

«Quando si è giovani, a volte si è anche irresponsabili. Mia madre dice spesso: la giovinezza resta sempre vicina agli angeli, in quel meraviglioso mondo celeste che spera di portare con sé sulla terra. Per questo... a quell'età s'idealizza tutto. A quell'età poi, è facile criticare. Oggi credo sia necessario garantire tutto quello che un tempo detestavo: leggi, disciplina, rigore, lavoro. Niente può durare senza una solida base. Una costruzione senza fondamenta non sta in piedi. Un paese senza un governo rigoroso precipita. Non si possono accontentare tutti i gusti nello stesso momento. Ogni classe sociale ha le sue priorità, le sue esigenze. Lo stesso vale per l'autorità politica che si trova limitata nel suo operato e deve destreggiarsi in un paese che rischia di sprofondare».

Geneviève approvava le parole del marito:

«Oggi, io sto pagando per tutti i brutti scherzi fatti ai miei professori. Una classe nella quale regna la confusione non fa progressi. L'insegnamento, per il quale noi ci prodighiamo, non può arrivare a dare buoni frutti. Oggi che mi trovo io dall'altra parte della barricata, riesco ad apprezzare i nervi saldi dei miei vecchi insegnanti. Ammiro quella volontà che li ha fatti restare al loro posto, nonostante i disordini organizzati».

Ousmane annuiva:

«Anch'io la penso così. Sono stato uno di quei giovani ribelli del Maggio '68. Noi studenti abbiamo esagerato. Col senno di poi, il tempo ci consente di apprezzare anche ciò che non entusiasma. Abbiamo scelto dei modelli di società in cui credevamo che la vita fosse più facile e comunque migliore, giacché meglio organizzata. Ma quei modelli oggi si sono rivelati pieni di ombre. La libertà ci appare spesso soffocata, distribuita con il contagocce per il buon andamento generale: possiamo danzare, certamente, però tutti allo stesso modo. Nessuno è padrone di scegliere il suo ritmo».

Mireille ironizzò:

«A casa degli altri si vive bene, si sentono solo canti e risate. Invece in casa mia tutto è triste e desolato».

Ma Ousmane proseguì:

«Alla fine i governi sono tutti uguali, uno vale l'altro. Se non è zuppa, è pan bagnato!» e dopo aver fatto una pausa, pensieroso, si lasciò andare e disse: «Fortunato chi, come in Senegal, può ancora dire quello che pensa ad alta voce, senza essere incatenato».

Mireille intanto insegnava a Geneviève a preparare il tè "alla berbera", servito nella *barada*[1] di nikel brillante e versato in piccoli bicchieri: un liquido giallo paglierino, leggermente zuccherato, aromatizzato alla menta "nana"[2], utile alla digestione.

Alla fine, Geneviève e Guillaume, le due "G", come li avevano soprannominati Ousmane e Mireille, ringraziavano e tornavano al loro appartamento.

Geneviève aveva insistito nel volersi sdebitare per la cortesia dei Guèye.

«Un invito merita di essere ricambiato e lo stesso vale per la gentilezza».

Ma Guillaume non riusciva ad accettare la presenza de "*la Bella e la Bestia*" alla sua tavola.

«Posso sopportarli in casa loro, ma qui, nel nostro appartamento, ci pensi?»

Perfidamente, continuava a spiarli. Il suo istinto gli suggeriva con insistenza, attraverso lo sguardo velato dalle lacrime di quella donna, che non tutto andava bene nella casa de "*la Bella e la Bestia*".

---

1. Piccola teiera in metallo.
2. Menta dal sapore pungente.

XVIII

Un giorno, rientrando dalla spesa, Mireille esternò le sue lamentele ad alta voce.

«Stanotte di nuovo non riuscirò a dormire».

«E come mai?» domandò Ousmane, perplesso, «Ti senti male?»

«Grazie a Dio sto bene. Ma rientrando dal mercato ho notato che stanno sistemando banchi e tende: un chiaro preludio di una manifestazione notturna in piazza».

«Tappati le orecchie. Io, al contrario, rivivrò le notti della mia infanzia».

Ancora un motivo di discordia! Mireille poteva anche apprezzare la musica africana, ma non quel tam-tam notturno! Il rumore le faceva martellare le tempie ed esasperava i suoi nervi. La mancanza di riposo la destabilizzava. Ma oltre al rimbombare dei tam-tam nella sua testa, ciò che non poteva più sopportare erano la prospettiva degli amici di Ousmane nel salone e la visita del giorno seguente da parte di Yaye Kadhy.

«Se prima del matrimonio vedevamo le cose nella stessa maniera, ora sembriamo due persone diametralmente opposte!», gridava Mireille.

Ousmane la guardò:

«Io vivo la mia realtà. Adoro il suono del tam-tam. D'altronde a te piace Mozart e lo puoi ascoltare anche durante la notte. Quindi, sopporta il fatto che io preferisco il tam-tam. Tu non puoi capire. Il tam-tam è la vita di un Negro, rivelata attraverso un insieme di suoni: il ritmo della semina, del raccolto, della pioggia, del battesimo, della preghiera e talvolta il ritmo della morte. Il tam-tam segna i momenti della nostra vita. Mi rivedo, bambino, mentre indosso il mio boubou da *Ndijouli*[1], quel rettangolo di ampio tessuto cucito ai lati e scollato al centro per far passare la testa. Un copricapo a punta, fatto con lo stesso tessuto dell'abito, che allacciavo sotto il mento. Al collo portavo dei *gris-gris* bianchi per allontanare lo sguardo "degli occhi della notte"[2]. Due conchiglie cauri venivano appese alla mia fronte come protezione. Eravamo dieci ragazzini della stessa età, riuniti a danzare intorno a un fuoco. Quel fuoco che illuminava lo spettacolo, ardeva grazie alla legna che avevamo raccolto per tutta la giornata. Durante la notte, avvolta dalle vibrazioni dei tam-tam, nell'aria s'innalzavano i *kassack*[3]... E noi imparavamo a conoscere il valore della virilità e del coraggio. Così il tam-tam ci ricompensava di ogni genere di prova alla quale venivamo sottoposti, per temprare i nostri spiriti...» E mentre evocava quegli aneddoti del suo passato, Ousmane si voltò verso Mireille, desideroso di comunicarle l'emozione di quel ricordo. La canzone dei ragazzini "*ndoti ndoti samamou lin lin*" risaliva dal profondo del suo cuore e sfiorava le sue labbra. Ma Mireille, già da tempo, si era ritirata in cucina.

Mireille non lo ascoltava mai. Con dispiacere, Ousmane si soffermava a riflettere sull'incomprensione che li divideva: un'immensità. Rifugiandosi completamente nella sua razza, Ousmane si sentiva rinascere in armonia con i valori negri e i vibranti tam-tam. I suoi sensi, appassionatamente, si riappropriavano di quell'eredità culturale riemersa dal suo passato:

I racconti? Sapeva analizzarli attentamente per riuscire a estrapolare, dalle loro peripezie comiche o drammatiche, i celati o manifestati insegnamenti sul civismo.

I proverbi? Cesellati nella riflessione, l'osservanza e l'esperienza! Una frase rituale e concisa, plasmata di saggezza, che risaliva alle origini della vita.

---

1. Circonciso
2. Streghe/stregoni.
3. Canti d'iniziazione dei circoncisi.

Le leggende? Espressione di un'immaginazione creatrice! Glorificando la realtà, fortificano i popoli, celebrandone le virtù. Grazie alle leggende, molte sono le epopee che restano vive nella memoria per essere poi tramandate con la storia!

Come poteva condividere sua moglie simili verità, se rifiutava persino di compiacersi dell'emozione trasmessa da quella musica?

La musica africana! Può nascere dolcemente dalle corde tese dei *Koras* appena sfiorate dalle dita dell'adepto, può sgorgare dai *gorong*, dai *tama*, dai *saba* o dai *ndeud*, gioiosa, può infondersi nell'aria dal suono del *balafon*[4], oppure riecheggiare nel tintinnio di una campanella!...

La musica africana! Può liberarsi nei potenti versi di una griot, intenta a proteggersi le orecchie con il palmo delle mani o fluire dalla voce ruggente di un diali ispirato dal suo fedele pubblico! La musica africana è apprezzata ovunque e non la si può privare del suo sostegno naturale: il tam-tam.

Ousmane s'indignava:

«La razza nera non è certo una razza disadorna! Con ostinazione i Negri, attraverso la loro anima e il loro cuore, l'hanno impreziosita con le vesti più prestigiose, e i griot continuano a tramandare i nostri titoli nobiliari!»

E quasi urlando, precisò:

«Il Negro sa donare e donarsi sino in fondo, anche quando la sua generosità dovrà privarlo dell'ultima goccia del suo sangue o dell'ultimo centesimo delle sue ricchezze!

Kersa, soutoura, ngor[5]! Sono le qualità che hanno permesso agli schiavi di sopravvivere, durante la penosa traversata in quei mari infuriati, con le catene ai piedi, sotto i colpi di umilianti frustate. E queste sono le stesse qualità che hanno permesso la rinascita culturale del nostro continente e il ricongiungimento con

---

4. Altri strumenti tipici africani..
5. Pudore, dignità e onore.

i nostri fratelli lontani. Queste sono le qualità che hanno favorito la straordinaria ripresa di oggi».

Poi concluse:

«Alcuni studiosi neri hanno dimostrato la stretta relazione culturale e linguistica tra i Bantous e gli Egiziani!»

Ma quelle esternazioni gridate al vento non impressionavano affatto la moglie che, alla fine, si era degnata di abbandonare i fornelli. Così l'abisso che li separava diveniva ancor più incommensurabile. Un sentimento, ridotto alla dimensione dei soli sensi, non può saziare il cuore. Ciascuno di loro viveva rinchiuso in sé stesso. Le maniere di Mireille, la sua organizzazione e i suoi modi di giudicare le persone lo infastidivano. Su certi ragionamenti riuscivano ancora a comunicare, ma una moltitudine d'interrogativi incalzava Ousmane pretendendo da lui soluzioni urgenti, difficili da trovare.

E lui si sorprendeva a fantasticare:

«Ah! Trovare un eco alla mia voce! Un'anima gemella, tormentata dalla mia stessa sete! Una compagna pronta a intraprendere lo stesso viaggio fantastico, sensibile al grido della iena, una moglie appagata dalle mille stelle del cielo!»

Ousmane si riteneva ben lontano dalla cultura di Mireille, la quale aveva dietro di sé un passato impreziosito dalle tante magnificenze, che lui comprendeva e accettava.

Allora perché sua moglie non poteva andare incontro alle sue esigenze? Le sue precise convinzioni lo irritavano. Era forse troppo chiedere a una moglie di essere astutamente accondiscendente con il proprio compagno che faceva affidamento su di lei? È quindi possibile far cambiare, dal giorno all'indomani, la mentalità, le abitudini e il modo di vivere di una persona?

Ma l'indifferenza di Mireille prevaleva. Lei rimaneva fedele a sé stessa, giudicando con sdegno quei comportamenti che qualificava, in base alle circostanze, come mancanza di buona creanza, sfrontatezza, incoscienza e volgarità.

Ancora conflitti. Sempre conflitti! Ousmane Guèye aveva sofferto di un'influenza persistente. Yaye Kadhy pensò addirittura che fosse arrivata la sua ora.

«Il *thiat*[6]. La maledizione! Una malattia che resiste alle iniezioni e alle compresse è di competenza dei guaritori!»

E Yaye Kadhy consultava abitualmente i guaritori! Correva da casa sua sino all'appartamento di Ousmane portando con sé una polvere da bruciare sopra un incensiere che impestava l'ambiente, del safara, un liquido di dubbia provenienza con il quale spargeva il corpo di Ousmane imbrattando coperte e lenzuoli, e un amuleto che appendeva al collo, ai fianchi o ad altre parti del corpo del figlio, sempre secondo le direttive impartite dal santone.

Mireille non poteva concepire una simile aggressione quotidiana alla sua intimità. Yaye Kadhy aveva osato anche appendere un corno alla porta della sua camera. E Djibril Guèye la spalleggiava insediandosi nell'appartamento sin dalle prime ore dell'alba, recitando alcuni versi per implorare la protezione del figlio.

Per paura di rendere più critico lo stato di salute del marito, Mireille sopportava quelle violazioni alla sua dimora.

E finalmente! Osumane Guèye lentamente riuscì a sconfiggere il male. Il medico, comunque consultato, era venuto a capo della febbre alta e del delirio, segni questi interpretati al contrario da Yaye Kadhy come opera delle forze maligne.

Anche la mancanza di appetito e il vomito avevano avuto un senso preciso per Yaye Kadhy: i demoni avevano riempito di pietre lo stomaco di Ousmane.

Yaye Kadhy restava sempre meno a Gibraltar, anche quando il figlio ebbe ripreso il suo lavoro al liceo. Si considerava l'artefice della sua guarigione, così andava ogni giorno a compiacersi del

---

6. Effetto nefasto provocato dall'occhio o dalla parola dell'invidioso.

suo ritorno alle forze. Si presentava quotidianamente accompagnata da un continuo viavai di nuovi flaconi e strane misture.

Mireille, sfinita, le intimò di restare a casa sua.

«Ousmane è guarito. Posso pensare da sola alla sua convalescenza, a curarlo e a preparargli da mangiare».

Yaye Kadhy andò su tutte le furie:

«E tu credi che per rimettere in salute un uomo possano bastare delle bistecche, una mela e uno yogurt? Ousmane ha bisogno di ristabilirsi, e per farlo ci vuole il *foufou*[7] che aiuterà il suo stomaco e il suo intestino a riabituarsi alla digestione. E la zuppa di *yèle*[8] gli ridarà vigore. Dunque verrò ogni giorno a portargli ciò che serve. Che ti piaccia o no!»

Mireille, sconcertata, si faceva tradurre il discorso in wolof dal suo servitore.

Decise quindi che "Ousmane doveva intervenire per mettere fine a quel dibattito!"

Ma Ousmane venne accolto da Yaye Kadhy in lacrime, pronta a giustificarsi singhiozzando e tirando su con il naso:

«Tua moglie mi sta cacciando da casa. Mi dice di non venire più qui».

Mireille allora tentò di difendersi:

«Ho sopportato gli odori nauseabondi. Ho sopportato il corno appeso alla porta e i lenzuoli insudiciati. Ma adesso che sei guarito, chiedo il rispetto della mia intimità. Yaye non vuole capire che questa non è casa sua!»

Con stupore da parte della moglie, Ousmane prese le difese della madre e continuò bruscamente il suo discorso:

«Se tu non puoi tollerare Yaye Kadhy, perché...»

Mireille era rimasta senza fiato, senza voce. Il sangue le saliva sino alla testa. Qualcosa le bloccava la gola, le impediva di respi-

---

7. Piatto a base gongo e olio di palma.

8. Zampone di manzo.

rare e la escludeva lentamente ma completamente dal mondo che la circondava. Alla fine svenne.

Il grido di Yaye Kadhy, spaventata, allertò le due "G". La coppia trasportò Mireille nella camera. Guillaume la schiaffeggiò e Geneviève le tamponò la fonte con dell'acqua di colonia.

Alla fine Mireille risorgeva dall'incubo. Lunghe lacrime inumidivano le sue guance. Ousmane Guèye restava a guardarla senza accennare a un minimo gesto di tenerezza, per evitare di offendere la madre. Yaye Kadhy si dileguò. Ma, ancora per colpa sua, qualche cosa d'indefinibile ma di fondamentale abbandonava il rapporto della coppia.

XIX

Il ginecologo aveva confermato la speranza di una prossima nascita. Il corpo di Mireille si stava irrobustendo. Quel cambiamento nella forma dei suoi fianchi e quella nuova vita pulsante nel suo ventre la spingevano a mutare il suo stato d'animo. Si aggrappava a quel miracolo – "una vita nella sua vita" – per ricomporre il suo matrimonio.

In uno slancio di sincerità e tenerezza, s'impegnava a trovare una soluzione per ridurre ogni sorta di divario che la stava allontanando da Ousmane.

Breve momento d'intesa! Le ostilità erano già riprese!...

Mireille riteneva Alì e Boly diversi da quel branco di amici indesiderabili, giacché appena sposati. Rosalie, la moglie di Alì, aveva lavorato presso la segreteria dei servizi amministrativi universitari durante il loro periodo di studi.

Malgrado il nome apparentemente di origine cristiana, lei era musulmana.

Yaye Kadhy l'ammirava. Così ad alta voce asseriva:

«Rosalie non ha niente da invidiare a Mireille!»

Yaye Kadhy era estasiata dall'inclinazione di Rosalie verso la propria cultura e dalla sua remissività. Lei rispettava le tradizioni e concedeva alla famiglia del marito quanto di diritto.

«Non c'è bisogno di andare all'estero per avere una donna rispettabile. Le donne Negre possono competere con quelle Bianche sotto ogni punto di vista. Alì ha fatto la scelta giusta direttamente in casa sua. Rosalie è una donna vera» ripeteva Yaye Kadhy.

E Rosalie, essendo una "donna vera", insegnava a Mireille la buona creanza senegalese, spiegandole i rapporti tra la sposa e la famiglia del marito.

La consigliava:

«Vai a trovare i tuoi suoceri anche senza tuo marito.

Apprezzeranno il tuo gesto e capiranno che le tue visite non sono comandate a distanza... Ogni tanto manda a Djibril Guèye delle pietanze preparate con cura. Un proverbio dice: "la bocca che mastica è sempre riconoscente verso la mano che la nutre". Tieni sempre a portata di mano qualche spicciolo o ancor meglio delle banconote per congedare i visitatori, soprattutto quelli della famiglia di tuo marito... Non dimenticare di donare ai tuoi suoceri le vesti per la Korité e per Tabaski. Anche i fratelli e le sorelle di Ousmane devono poter godere della tua generosità.

Non isolarti, tenendo il broncio, quando gli amici di tuo marito si riuniscono nel salone di casa tua. La cordialità sarà la tua miglior difesa contro gli assalti sferrati dall'esterno per distruggere la vostra unione matrimoniale. I servigi resi dagli amici hanno un valore inestimabile, rispetto ai danni che possono arrecare. L'amico è sacro, pertanto a lui devono essere riconosciuti i diritti ed è opportuno ascoltarne i consigli.

Una moglie inospitale copre di scherno il marito. Fai attenzione! Ousmane Guèye è orgoglioso!»

Rosalie rifletteva sugli ostacoli che potevano mettere i bastoni tra le ruote a Mireille in quella comunità piena di meandri:

«Stai pur certa che non insisterei tanto sulla necessità di donare, se qui da noi, più che altrove, non fosse davvero la soluzione a molti problemi!»

E Mireille si affannava a seguire le direttive dell'amica. Ma le abitudini sono dure a morire. Modificare il proprio comportamento e prefiggersi nella vita uno scopo distante dalle proprie aspirazioni è certo traumatizzante. Si dice che "se si lasciano le abitudini davanti alla porta di una casa e si tarda ad andarle a riprendere, queste corrono per raggiungerci nuovamente". E Ousmane Guèye era chiaramente divertito dagli sforzi fatti dalla moglie nel tentativo di adeguarsi al suo modo di vivere.

Ma Mireille molto presto cominciò a dimenticare i consigli elargiti da Rosalie. Distribuire quotidianamente soldi non la entusiasmava per niente e quegli amici che s'intrattenevano a lungo nel suo salone la costringevano a metterli alla porta.

«Questa casa non è un albergo!» I piatti che lei preparava il sabato sera per Djibril Guèye scatenavano l'ironia di Yaye Kadhy.

«Un pollo in una zuppiera per il padre di suo marito! Non si rende proprio conto. Per il suocero si devono cuocere almeno cinque polli!»

Quali amiche avrebbe potuto invitare per rimarcare la *téranga*[1] di Mireille? Quelle amiche poi sarebbero certo rimaste allibite nel vedere un pollo striminzito sommerso da una marea di salsa.

Mireille s'irritava. Lo spreco che le veniva imposto, oltrepassava ogni sua concezione. E al termine di ogni mese, doveva ricordarsi di portare come di consueto a casa dei suoceri la somma destinata al loro sostentamento. Offesa dall'ostilità della suocera, Mireille decise di annullare la preparazione delle pietanze del sabato.

Yaye Kadhy la rimproverava continuamente:

«Chi non fa niente, non capisce niente. Il denaro è fatto per essere speso» e ignorando le possibilità finanziarie di Mireille, con tono ostile, l'ammoniva: «Tu vivi alle spalle di mio figlio. Non importa con quale mezzo, ma prima o poi ti farò sloggiare».

Mireille arrossiva dalla rabbia. Non poteva assecondare le esigenze di una società interessata solo all'apparenza, alla ricerca del prestigio, nella quale il marito si destreggiava con una naturalezza impressionante.

❖ ❖ ❖

Mireille invidiava Pierette, la moglie di Lamine, testimone di nozze di Ousmane.

I genitori di Pierette approvavano la loro unione. Addirittura avevano organizzato un ricevimento per festeggiare il matrimo-

---

1. Ospitalità.

nio dalla figlia. La madre di Pierette sfuggiva al freddo dei mesi invernali di Parigi e andava a godersi il sole africano, trasferendosi con piacere a casa di Lamine.

Mireille invidiava Pierette. Lamine era un uomo dalla mentalità aperta, che non si lasciava condizionare dalle imposizioni ideologiche legate alla sua cultura. Non era ossessionato dalla negritudine. Non la considerava né una tara da estirpare, né un valore da dimostrare, ma la viveva con semplicità. Nei suoi atteggiamenti non trapelava alcun segno di turbamento interiore. Non era, come Ousmane, agli ordini della sua comunità. La sua vita era facilitata dal distacco dall'ambiente africano. Aveva sposato il modo di vivere all'occidentale. Considerato oramai perduto dalla sua famiglia, continuava ancor più serenamente a voltare le spalle a certe esigenze sociali che, ai suoi occhi, apparivano prive di ogni significato.

«Era mai stato visto dentro una moschea?»

«Era mai stato visto indossare l'abito tradizionale?»

Simili frasi maligne non lo preoccupavano. Si disinteressava delle maldicenze con le quali la gente sosteneva che alla sua tavola non mancassero mai né il vino, né il maiale: "la bevanda e la carne bandite dal Corano".

Lamine proseguiva serenamente per la sua strada al fianco di Pierette. Aveva chiamato l'ultima figlia Solange-Khadidiatou. Solange aveva lasciato ai ricordi il nome di Khadidiatou e Ousmane non accettava di vedere la nipote rispondere all'unico ridicolo nome di Solange.

Lamine si occupava da solo delle faccende familiari e per questo veniva controllato e giudicato, invece di essere apprezzato. Pierette aveva allontanato la suocera dalla loro casa e suo marito non si era offeso.

«Caro mio, ti sei fatto sradicare», imprecava Ousmane.

Lamine si difendeva:

«Non si possono unire due modi di vita differenti. Se si è onesti, si deve fare una scelta. Tu vuoi essere felice senza rinunciare a nulla. Non vuoi concedere niente e pretendi invece dei sacrifici. La vita coniugale significa piuttosto avvicinarsi e comprendersi».

Poi, divenuto serio, Lamine proseguiva: «Le difficoltà nascono dalle differenze di carattere, dalle scelte da condividere e dal valore che ognuno di noi, a suo modo, riconosce alla parola felicità».

Mireille, con dolore, aveva imparato la lezione sulla vita coniugale e la donna Negra in Africa.

Oltre ai disaccordi abituali della vita di coppia, Mireille subiva altre violenze. Avrebbe dovuto seppellirsi viva per poi resuscitare nel corpo di un'altra donna che avesse preservato solamente le sue sembianze fisiche. Ma lei non mollava. Non giudicava le cose e i fatti come le persone che la circondavano, e questo le veniva fatto notare. Le sue più solide e più intime convinzioni cominciavano così a vacillare e ogni giorno quel coraggio che prima l'aveva spinta a lasciare il suo paese ora si sgretolava, trasformandola in una ribelle.

Ousmane non cambiava. Le sue abitudini, radicate sin dall'infanzia, si dimostravano incrollabili. Per mangiare preferiva usare il cucchiaio invece della forchetta ed evitava persino di lavarsi le mani prima di andare a tavola. Non appena usciva dalla stanza da bagno, non curandosi degli schizzi incontrollati della doccia, lasciava il pavimento completamente allagato. L'accappatoio in bella mostra non gli impediva di asciugarsi con il pantalone del pigiama, ritenuto più morbido.

I dissapori tra la coppia si accentuavano, lasciando Lamine costernato:

«Ousmane che cosa stai facendo a quella ragazza? Tu non vuoi una donna, tu hai bisogno di una schiava. Cerca di cambiare: la sera, disteso sul letto, parla con il tuo spirito, solo allora riconoscerai i tuoi torti. È la saggezza africana che lo dice».

Ma per Ousmane ogni tipo di compromesso era sinonimo di resa. Si opponeva alla forte volontà di Mireille, alla fermezza delle sue posizioni. Anche quando aveva torto, le teneva testa. Ogni compromesso, ogni arretramento gli apparivano come una rinunzia alla propria personalità. Si voltava allora verso Lamine e senza alcun riguardo verso le sue sincere affermazioni, ribadiva:

«Non ti rendi conto che rinneghi te stesso, che vivi come un Toubab, che pensi come un Toubab. Di Negro oramai hai solo la pelle».

Invece di offendersi, Lamine sorrideva per le insinuazioni esagerate.

«Perché un uomo dovrebbe cambiare se mangia seduto a tavola o se preferisce una bistecca al posto del riso?

Spendere i miei guadagni per la famiglia invece di passare le giornate oziando con gli amici, in cosa mi nuocerebbe? Ebbene, se rispettare mia moglie e lasciarla libera di scegliere significa essere colonizzato, allora io lo sono e lo accetto! Io desidero vivere in pace e questo non significa rinnegare me stesso».

Ousmane non condivideva nessuno di quei principi:

«Non si tratta di questo, caro mio. Quelli che tu mi stai elencando sono alcuni aspetti della tua condotta che io giudico secondari. Ma sai benissimo che un atteggiamento può plasmare la mentalità. Ciò che tu stai perdendo è immenso. La tua anima africana, la tua natura africana. Ed è una cosa grave!»

Mireille seguiva la conversazione, attonita.

XX

Un giorno, l'amico di gioventù Ousseynou si era lamentato davanti a Mireille:

«Sono sempre io che vengo a farti visita. Ma non è certo perché non sono sposato che devo essere il solo a farlo. L'amicizia deve essere coltivata da entrambe le parti, altrimenti non può resistere a lungo». E poi scoppiò a ridere, con quel suo sorriso perlaceo e sincero.

Mireille aveva appoggiato le sue rimostranze:

«Ousseynou ha ragione, dobbiamo andare anche noi a casa sua».

Così Ousmane promise di passare a trovarlo nel suo vecchio quartiere.

Il giorno seguente, al volante della sua 504 nuova di zecca, Ousmane raggiunse Usine Niari Talli. Come un tempo, i soliti odori nauseabondi dell'imbrunire s'insinuavano su per le sue narici. A quell'ora di fine giornata i tombini, saturi di acqua sporca riversata dai catini e dai secchi, sprigionavano il loro fetore. Ousmane tossì. Scese dall'auto, trattenendo la voglia di vomitare provocata dal disgusto.

Tuttavia, sorridente, cominciò a stringere le mani di coloro che, nel riconoscerlo, le avevano tese verso di lui in segno di saluto. Alcuni bambini gli andarono incontro. I vecchi vicini di casa della madre lo circondarono per dargli il benvenuto:

«Guèye! Guèye! La pace sia con te! Guèye!»

Riuscì, infine, a divincolarsi da quella cordiale curiosità ed entrò nella concessione dei Ngom, dopo aver rivolto un lungo sguardo emozionato verso la baracca della sua infanzia.

Il padre di Ousseynou si rallegrò nel rivederlo e le donne di casa lo salutarono calorosamente. Le banconote che Ousmane aveva portato con sé in previsione di quella visita, passarono tra le mani dell'euforico gruppo familiare. Seguirono i ringraziamenti, le lusinghe e le preghiere in onore del bravo ragazzo divenuto un adulto di successo:

«Eravamo certi che Dio ti avrebbe ricompensato, giacché sei stato sempre attento ai bisogni di tua madre. E nel sottolineare tali premesse», l'uomo muoveva su e giù il dito indice in direzione di Ousmane.

E Ousmane sorrideva. La felicità che aveva elargito con il suo gesto gli fece dimenticare per un istante il forte odore di pesce essiccato. Così, tra sé, rifletteva: «Ho fatto bene a riprendere i contatti! È un po' come tornare alle origini».

Ousseynou volle accoglierlo nella stanza che aveva fatto costruire per riunire tutti i ragazzi della concessione. Ma il vecchio Ngom invitò Ousmane nella camera in cui riceveva solo gli ospiti più importanti. Nel bel mezzo dominava un grande letto. L'appendiabiti era appesantito da un gran numero di vestiti. In un angolo, alcune pelli di montone sovrapposte insieme alla vasta presenza di rosari e le pile di libri coranici testimoniavano la grande devozione del capo famiglia.

Ouleymatou servì da bere. Tra di loro i giovani cominciarono a ricordare il passato, le battaglie disputate per la strada, le burrasche sotto le quali solevano danzare alla ricerca di qualche automobilista sfortunato per aiutarlo a far ripartire la vettura, ottenendo così in cambio qualche spicciolo. E le scene di lotta! Ricordavano quei piccoli uomini con il posteriore coperto da un pagne e le agili gambe unte d'olio. Per impressionare l'avversario si contornavano il capo con delle cordicelle e dei *gris-gris*. Si dipingevano simboli esoterici sul volto fatti con farina e carbone.

E come per ogni evento, echeggiava il suono dei tam-tam! Le ragazzine incitavano il loro coraggio cantando in coro, mentre i ragazzi continuavano a provocarsi e sfidarsi. I piccoli muscoli in pieno cambiamento si gonfiavano d'orgoglio. I loro corpi si attaccavano con audacia per poi divincolarsi da quelle energiche prese. Le gambe si avvinghiavano. Alla fine i più forti o i più abili atterravano l'avversario. Finché lo sconfitto restava a terra in bella mostra, il vincitore, ricolmo della sua fierezza, andava incontro ai suonatori di tamburi e, acclamato dagli applausi del pubblico, alzava le braccia al cielo in segno di vittoria. E il vocio si arricchiva di discussioni partigiane. Così il quartiere, con poca spesa, si era sfogato e poteva sopportare meglio le difficoltà di quella vita, tra le privazioni, la polvere e il rumore.

Ousmane rideva di quelle rievocazioni. Ricordarono la sua sconfitta nei confronti di Ousseynou ma anche la sua vittoria su Seydou Niang.

Ancora sognante, si rimise al volante della sua 504. L'immagine di Ouleymatou lo perseguitava. L'aveva rivista. Tramite i suoi amici aveva saputo, non senza provare un senso di gelosia, che era stata obbligata a sposare un vecchio cugino, proprietario di una flotta di moderni pescherecci a Ouakan[1]. A gran voce uno dopo l'altro si erano divertiti a scherzare sul volto del vecchio marito segnato dai graffi inferti dalla giovane moglie nell'intento di respingerlo. Qualche mese più tardi, con incosciente sollievo, aveva appreso del suo ritorno sotto il tetto paterno. Il divorzio di Ouleymatou aveva suscitato delle discussioni appassionate all'interno del gruppo di amici: alcuni condannavano l'idea del matrimonio forzato, altri lodavano la ragione e la saggezza nel saper organizzare la vita di una donna.

«È privo di spirito passionale. Ma è valido! Il matrimonio forzato è comunque valido!»

Quella discutibile parentesi nella vita di Ouleymatou non aveva comunque intaccato la sua bellezza. Ousmane scacciò l'immagine sorridente di quel volto, aggrappandosi allo splendore dei capelli dorati e al luccichio verde mare negli occhi della moglie.

---

1. Periferia di Dakar.

Anche Ouleymatou aveva rivisto Ousmane e si era resa conto della profondità dei suoi discorsi che, ai suoi occhi, glielo avevano fatto apparire più bello che mai. Era ricco! Quell'auto fiammante lo testimoniava. E quella visita rese così decisivo l'improvviso interesse di Ouleymatou nei suoi confronti, un tempo appena accennato, grazie ai primi successi scolastici di Ousmane, e poi scoraggiato dall'indifferenza del ragazzo. Ousmane aveva certo avuto successo, mentre lei sopravviveva, denutrita, in una modesta dimora, dovendo accontentarsi, nel vestire, di quei rari doni elargiti dalla madre.

«Ousmane è diventato un uomo vero», ripeteva tra sé Ouleymatou, tra amari rimpianti. Ma la presenza di quella donna Toubab, della quale lei era a conoscenza, non la scoraggiava. Persino il figlio, nato solo da qualche mese, il cui battesimo aveva alimentato molti pettegolezzi, non aveva suscitato in lei alcuna esitazione. Ouleymatou era ambiziosa e passionale. Le difficoltà rinforzavano il suo ardore. Rifletteva su come poter riallacciare i rapporti con Ousmane: «Staremo a vedere!»

Cominciò col rifiutare con fermezza i numerosi pretendenti, sminuendoli, poiché giudicati incapaci di garantirle l'agiatezza propagandata nei film. Lei apprezzava i bei mobili, le vetture, gli accessori di ceramica nei bagni e gli abiti sgargianti che vedeva al cinema.

«Che cosa può offrirmi Samba, il macellaio, in piedi da mattino a sera davanti alla vetrina del suo negozio che vale meno di cinquemila franchi, oppure Diawa, l'autista dei pullman per il trasporto pubblico, traumatizzato dalle esigenze finanziarie del suo datore di lavoro? Soltanto Ousmane!» e si contorceva nei rimpianti. Com'era stata sciocca! Che comportamento da ragazzina! Ma quella ragazzina era cresciuta nel bel mezzo di adulti esperti, imparando così le loro astuzie svelate tra il fragore delle risate.

I commenti ironici espressi durante il battesimo del piccolo meticcio, descrivevano chiaramente la delusione di Yaye Kadhy.

«Un battesimo senza *foote*[2]. Povera Yaye Kadhy. Quella Toubab è il suo *thiath*[3]»

L'avvio dell'intrigo si preannunciava a favore di Ouleymatou, la quale intanto valutava i mezzi a sua disposizione. L'idea di condividere un uomo con un'altra non la disturbava, poiché la condivisione di uomo era il destino di tutte le donne del suo entourage e il desiderio di «trovarne» uno soltanto per lei, non la sfiorava nemmeno.

Era stata educata in quel modo e inoltre, solo guardandosi allo specchio, capiva di poter contare sul suo fascino da seduttrice. Sotto ogni punto di vista, era certa di essere degna del ruolo di donna di un ricco possidente.

Un giorno, come per caso, entrò in casa di Yaye Kadhy:

«Sono passata a trovare un'amica qui vicino e ho pensato di venire a salutarti». Poi aggiunse, perfidamente, in segno di rispetto verso Yaye Kadhy intenta a stirare, che nel frattempo l'aveva invitata ad accomodarsi nel salone: «Ma come? Stiri? Alla tua età? E tua nuora? Non può fare lei questi lavori al posto tuo, se le domestiche non sono in grado di stendere bene i tessuti inamidati?»

Yaye Kadhy scoppiò a ridere:

«Mia nuora? Tua madre non ti ha raccontato niente? Lei è bianca! E per una bianca conta solo il marito. Quindi, io stiro. È sempre così complicato stirare i boubou di papà Djibril Guèye. Fortunatamente non li indossa spesso!»

Ouleymatou si tolse il suo *boubou* e lo appese a uno dei fili del cortile. Tirò su il suo pagne sino all'altezza del seno e senza dire una parola, prese il ferro dalle mani di Yaye Kadhy.

Stirava canticchiando e gli abiti, passati attraverso le sue abili mani, apparivano perfettamente lisciati, per poi essere sistemati

2. Letteralmente lavaggio. Scambio di doni per un battesimo tra le famiglie dei genitori.

3. Una sventura che non manca mai in ogni esistenza.

su di una sedia, ripiegati e appilati, a scaldarsi al sole. Prima di mezzogiorno il catino dei panni era stato svuotato del suo contenuto. Yaye Kadhy non riusciva a credere ai suoi occhi nel veder stirare Ouleymatou così velocemente e altrettanto bene... meglio di quanto poteva fare lei stessa!

Yaye Kadhy la ringraziò offrendole il prezzo del biglietto per il viaggio di ritorno, ma Ouleymatou protestò con fermezza:

«Da te Yaye Kadhy! Non posso accettare. Tu sei come una madre per me. Ho dei doveri verso di te. Non ho nulla da offrirti, ma posso almeno faticare al posto tuo. Non ho né un marito, né figli. Devo soltanto cucinare quando a mia madre spetta il suo *tour*,[4] pertanto solo due giorni su otto. Perciò passerò regolarmente a prendere i *boubou* di papà Djibril e li laverò e stirerò per te con vero piacere».

Poi se ne andò senza aver mai nominato Ousmane, il cui pensiero, in verità, offuscava la sua mente e rafforzava la sua passione anche mentre era impegnata a stirare.

Così ogni quindici giorni, Ouleymatou andava a occuparsi dei boubou di papà Djibril, facendo in modo di trovare Yaye Kadhy da sola. Senza neppure cercare di portare via il pezzo di sapone scivolato per caso dentro i boubou, si allontanava velocemente, mentre Yaye Kadhy tentava di rimborsarle il costo del carbone e del trasporto dei vestiti.

Era felice di aiutarla. Premurosamente, si sentiva in grado di poter lavare la biancheria di tutta la famiglia, ma sempre prudentemente, si occupava soltanto degli abiti di Djibril Guèye, il quale non finiva mai di benedirla per la sua cortesia:

«Che Dio ti ricompensi in felicità per la tua fatica, figlia mia!»

E Ouleymatou rispondeva, tra sé:

«Il vero amore è donare sé stessi all'amato, ma è egualmente

---

4. Momento in cui a una delle mogli è richiesta la gestione della concessione, compresa la sua presenza nella camera del marito.

donare sé stessi ai genitori e agli amici del proprio amato».

La madre la incoraggiava:

«Yaye Kadhy... una donna eccezionale... piena di *soutura*[5]... Merita le tue fatiche».

In effetti, Yaye Kadhy era piena di *soutura*. Lei che, nel pieno riserbo, aveva spesso offerto denaro agli altri per arrotondare le spese della concessione, quando certi *tour* coincidevano con i mesi di scarsa attività, obbligando così le clienti a chiedere in prestito il cibo invece di pagarlo... Rammentava i debiti insoluti che Yaye Kadhy non reclamava mai...

E insisteva:

«Yaye Kadhy merita le tue fatiche... È comprensiva, piena di *soutura*...»

I consigli della madre rafforzavano la devozione della figlia.

Ouleymatou continuava a lavare e stirare. Lei voleva Ousmane e attraverso Yaye Kadhy, a modo suo, si stava spianando la strada per ottenerlo.

---

5. Discrezione.

XXI

Ouleymatou organizzava e affinava i suoi piani di seduzione per catturare Ousmane, che oramai si era sempre più impadronito del suo cuore e dei suoi pensieri.

Un pomeriggio in cui la madre non era impegnata nel suo tour e lei aveva già portato a Gibraltar gli abiti di Djibril Guèye, andò a lavarsi dilungandosi più del solito.

Appena ebbe finito, una delle sorelle, stupita dall'insolita durata di quel bagno, cominciò a stuzzicarla:

«Ma come, hai ancora due gambe e una sola testa! E io che pensavo ti fossi duplicata! Questo avrebbe spiegato tutto il tempo che hai trascorso lì dentro a strofinarti».

Ouleymatou sorrise. In altre circostanze, avrebbe replicato con una secca battuta, che avrebbe rimesso la sorellastra al suo posto, essendo lei sempre pronta, come ogni ragazzina cresciuta tra le tante mogli e le varie sorellastre, a tenere testa al suo interlocutore.

Abile nel riempire i cuori di amarezza con velate insinuazioni, sapeva come adattare i vecchi metodi alle nuove situazioni. Niente poteva fermarla quanto si era messa in testa di demolire o di ridicolizzare l'avversario. Le sue sorellastre e le matrigne temevano la sua lingua tagliente:

Di lei dicevano:

«Ouleymatou ha una forte personalità. Sa difendersi come una tigre».

E ancora affermavano:

«A scuola è stata bocciata. La sola intelligenza che la anima è quella del male. Come potrebbe essere sovrana nella casa paterna e allo stesso tempo avere successo nello studio?»

«Una vera megera!»

Ma, per una volta, invece di offendersi Ouleymatou rise di

quella presa in giro della sorella. Preoccupata per cose più serie di una scaramuccia, precisò con sdegno:

«Non ho tempo da perdere con te».

In effetti, le restava soltanto un'ora – se il pendolo del padre non era in ritardo come al solito – per incontrare Ousmane Guèye sul suo luogo di lavoro.

Suo fratello, allievo di Ousmane, le aveva comunicato l'orario in cui avevano appuntamento: «Ogni martedì sera, faccio un'ora di lezione con Ousmane Guèye!»

E Ouleymatou fantasticava:

«Vedrò Ousmane Guèye sul suo posto di lavoro!»

Rese il suo corpo luminoso cospargendolo con la vasellina profumata. La pelle oleata le avvolgeva il corpo come un velo delicato, rigonfiandosi attorno ai suoi piccoli e turgidi seni e lungo la curvatura dei suoi fianchi, per poi avvilupparsi intorno ai suoi sodi e formosi glutei.

L'incenso saliva da un vaso in argilla forato aleggiando con spirali di fumo profumate su per le gambe appena divaricate. Ouleymatou abbandonava tutta sé stessa alle tiepide carezze provocate da quelle nuvole.

Una cintura presa da un cofanetto, ornata da tintinnanti gioielli bianchi, le decorava i fianchi. Sempre nel pieno rispetto della più opportuna decenza, scelse un pagne dal tessuto piuttosto leggero per lasciar immaginare le forme e un reggiseno bianco, acquistato per l'occasione, per esaltare il profilo del suo petto.

Strinse della polvere di *gongo*[1] in un pezzo di tessuto di mussolina e con esso lasciò scivolare i suoi effluvi soavi tra i seni.

Esperta nell'arte del maquillage, s'incipriò il volto, allungò le ciglia per evidenziarne il colore corvino, con due tratti leggeri tracciò le sopraciglia, appositamente rasate, e per finire esaltò i lineamenti delle labbra, disegnandone il contorno con un rossetto

---

1. Polvere afrodisiaca.

dalla tonalità scura. Tocchi leggeri inumidirono le ascelle e i seni con gocce di "Sabrina", il profumo più in voga del momento!

Il tessuto trasparente del boubou faceva ondeggiare i suoi lembi lungo il corpo lasciando intravedere, ora la spalla carnosa, ora i seni costretti tra i merletti, ora i fili di perle sporgenti intorno ai fianchi.

Un paio di sandali rossi ai piedi fece risaltare il colore scuro della tinta all'henné.

Ticche! Tacche! Camminava con prudenza per non sollevare la sabbia della strada.

Incrociò mamma Fatim, la prima sposa di suo padre, che, insospettita, la squadrò dalla testa ai piedi. Ma Ouleymatou subito la tranquillizzò:

«Torno subito. Non starò via molto!»

Giunta all'incrocio, chiamò un taxi e con la voce smorzata dall'emozione, indicò la strada al conducente, che si diresse verso l'indirizzo prestabilito.

Ousmane Guèye teneva tra le mani un libro aperto... L'eco della sua voce raggiungeva Ouleymatou mentre avanzava.

Dominò la sua emozione e cercò di procedere con più disinvoltura possibile. Aprì con delicatezza la porta della classe e si accostò al muro:

«Sono venuta a vedere come se la cava mio fratello, in vista dell'esame».

«Bene, bene, rispose Osumane. L'allievo segue le indicazioni del suo professore. È davvero eccellente». Ouleymatou sorrise. La fragranza profumata emanata dal suo corpo stuzzicava le narici di Ousmane.

Nel cortile Ousmane notò ogni particolare: la pelle risplendente sotto la luce del sole, i decori tracciati sui piedi con l'henné scuro valorizzati dal rosso purpureo delle calzature, lo chignon di trecce avvolto dal foulard, le ciglia allungate in uno sguardo seducente, le labbra evidenziate dai tratti colorati, privi di ogni

136

modestia. Quella combinazione di profumi d'incenso e di gongo oltrepassava la veste della visitatrice. Il desiderio di Ousmane guidava il suo sguardo lungo quel corpo, passando dai turgidi seni sino ai sinuosi fianchi, per poi scivolare sui floridi glutei e risalire sino alle ascelle rese completamente lisce, scorgendo, infine, dalla banda nera che scendeva sotto il pagne bianco, la sottoveste che aderiva perfettamente alla sua pelle. Ouleymatou parlava per mascherare la sua emozione. Domandava notizie di Yaye Kadhy, della donna bianca, del figlio appena nato, fingendo di non accorgersi della smania del suo interlocutore.

Nel profondo Ousmane fremeva. All'improvviso, il desiderio si dilatava per poi andare a scontrarsi con il suo ruolo professionale che, in un attimo, riusciva a frenare quell'onda sentimentale.

Ouleymatou e Ousmane: i loro sguardi si unirono. L'imbarazzo prese il sopravvento e Ousmane, cercando di essere disinvolto, le tese la mano in segno di saluto:

«Devo rientrare», e indicò la classe.

Ouleymatou sorrise:

«Certamente! Ma, potresti darmi qualcosa per prendere un taxi? Tu sei frère de case di Ousseynou e dunque come tua "sorella" ne ho diritto».

Ousmane acconsentì:

«Giusto. Tieni! Perdona la mia distrazione, avrei dovuto pensarci».

«Grazie». E Ouleymatou, con il "ticche tacche" del suo portamento armonioso, attraversò il cortile. Giunta lontana dal liceo, aprì il palmo della mano destra e vide un *bleu*[2], ripiegato e sgualcito. Allora tentò di stenderlo per renderlo ben liscio.

«Un *bleu*! Mio piccolo *blue*, torna a essere nuovo», canticchiava.

E ironizzava: «Caro Djibril Guèye, tuo figlio paga copiosamente per il detersivo dei tuoi *boubou*... comunque, mille franchi an-

---

2. Nella lingua popolare indica una banconota da cinquemila franchi

dranno a tua moglie... e mille a mia madre!» Il resto? S'immaginava un *boubou* rosa per ricoprire quel suo corpo d'ebano. Ousmane Guèye vedrà... Sempre che possa resistere sino alla prossima visita prevista tra un mese, giusto per allontanare ogni sospetto.

E poi, non era certo donna per niente! Aveva avvertito l'imbarazzo di Ousmane, e il lieve tremito nella sua voce non le era sfuggito. La sua fretta nel volersi allontanare da lei rivelava la sua agitazione. Aveva avuto ragione nel credere: «*Allah! Allah! Bèye sa tole*[3]. Bisogna aiutare la fortuna!»

Ousmane Guèye, dopo quella graziosa e profumata apparizione, fece molta fatica a concentrarsi sui compiti che stava correggendo. Un tumulto interiore distraeva la sua ragione e faceva fatica a dominare la sua eccitazione. Quella sera non attese Boly, collega e amico che abitualmente accompagnava a casa ogni martedì.

Nell'appartamento, la moglie era intenta a prendersi cura del loro bambino. Ousmane lo prese in braccio e lo adagiò nella culla. Afferrò Mireille e, saziandosi di quel candido corpo, cercò di placare la sua smania per la Negra.

La pulsione erotica lo divorava. Quel piccolo *pagne* bianco sopra le ginocchia, quel tintinnio della cintura di perle ordinate nell'oscurità, quell'odore esasperante di gongo, le eccitanti spirali di fumo dell'incenso: ogni cosa lo provocava.

Ousmane Guèye fantasticava... e Mireille subiva quelle invasioni amorose senza troppo entusiasmo. Ma quei giochi erotici, ritrovati, non distoglievano Ousmane dalla sua ossessione. Invincibile, il desiderio per la Negra ricompariva all'improvviso per esasperarlo.

Ouleymatou tornò al liceo prima del previsto, favorita da una circostanza insperata. Suo fratello minore era stato ricoverato per un'intossicazione alimentare, così il padre l'aveva mandata ad avvertire l'ufficio amministrativo del liceo.

---

3. Coltiva il tuo campo.

Il *boubou* rosa produsse l'effetto previsto:

«Rosa e nero!» Esclamò Ousmane Guèye. «È così che ti agghindi per venire ad annunciare la malattia di tuo fratello?»

Ouleymatou si difese:

«Io, agghindata? Mio padre mi ha talmente messo premura che non ho avuto nemmeno il tempo di cambiarmi. Conosci il vecchio Ngom. Quando si mette qualcosa in testa, è incontenibile». Poi scoppiò a ridere. Le sue risate e i suoi movimenti aggraziati sotto il boubou leggero facevano tintinnare le perle della cintura che cingeva i suoi fianchi. L'odore di gongo risaliva dai turgidi seni. Il sangue di Ousmane ribolliva. Né il suo matrimonio, né le sue conoscenze filosofiche potevano staccarlo, come anelli indipendenti, dalla catena forgiata dall'atavismo.

Uno stuzzicadenti posizionato all'angolo della bocca poi abilmente ripassato intorno alle gengive tatuate, le trecce a incorniciare l'ovale nero di quel volto, il languore nel profondo dei grandi occhi, i movimenti pieni di eleganza, il fruscio provocato dall'ondeggiare del *boubou* o da gesti studiati ad arte: la seduzione di Eva stava compiendo la sua magia e vinceva così ogni suo tentativo di resistenza.

Cosa poteva fare una Mireille nella sua infinita semplicità contro il sensuale tintinnio dei *fer*[4] e la potenza afrodisiaca della polvere di *gongo*? Cosa poteva fare Mireille contro l'ancheggiare dei glutei di una Negra nascosti sotto i caldi colori di un *pagne*? Ousmane aveva lottato per dimenticare l'ammaliatrice Ouleymatou. Aveva cercato di distrarsi da quell'ossessione aggrappandosi alla moglie. Ma cosa poteva fare Mireille contro la legge del sangue?

Sconfitto! Ousmane si dichiarava sconfitto. La sua vita era stata una lotta continua: contro la miseria, per raggiungere il successo, per sfuggire alle grinfie di Coumba, per conquistare Mireille.

E ora, doveva combattere ancora? Ricominciare da capo? Di-

---

4. Cinture per ornare i fianchi.

fendersi? Dentro di sé rifiutava quel pensiero. Era consapevole di potersi ancora battere per altre vittorie, ma non voleva più resistere. Voleva vivere... finalmente vivere.

Ouleymatou era imbarazzata. Sarebbe stata rifiutata, con rabbia, come l'ultima volta? O cos'altro?... Ah! Ousmane sorrideva. Accettava l'invasione di quel sentimento d'amore. Tese la mano e imprigionò quella di Ouleymatou. La sua mano era calda, fremente per quel desiderio represso. Al suo contatto Ouleymatou ebbe un tremito. Restarono a guardarsi. Poi Ouleymatou si divincolò dalla stretta, con aria falsamente pudica.

«Ho dei lavori da finire a casa!»

«Niente che ti possa impedire di cucinarmi per cena un buon couscous con il pesce, spero! Lo voglio piccante e con poco pomodoro», precisò Ousmane. Aprì il portafoglio e cominciò a far scorrere alcune banconote.

«Ancora un *bleu*!», pensò Ouleymatou.

«Ecco, questo è per la spesa! Non dimenticarti di metterci del *Oba* e del *Yaboye*[5]», ribadì ancora Ousmane.

«Lo so che ne vai pazzo», rispose Ouleymatou. «Ma attenzione alle lische! Ti sei dimenticato il giorno in cui uno di quegli ossicini è finito nella gola di Oussynou e non voleva più uscirne?»

Impenetrabile, Ousmane rispose:

«No, non l'ho affatto dimenticato».

In effetti, non l'aveva mai dimenticato.

Vittoriosa, con il cuore scalpitante, Ouleymatou riprese il cammino lungo i viali chiassosi.

---

5. Pesci di mare dalla carne deliziosa, ma pieni di lische.

XXII

Rientrata a Usine Niari Talli, Ouleymatou, entusiasta, mostrò il blue alla madre:

«Ousmane Guèye viene a mangiare qui stasera. Chiedi a Zia Awa di tenere le mie sorelline. Tu, invece, sei impegnata con il tuo *tour*, quindi non c'è alcun problema».

Ouleymatou si sfilò il *boubou* rosa. Andò a comprare della candeggina, del sapone in polvere e si mise a lavare e pulire a fondo la camera della madre. «I *Toubab* sono molto puliti», continuava a ripetere tra sé Ouleymatou. Da quel punto di vista, non voleva sfigurare.

Si mise a strofinare, spolverare, sbattere e lucidare. Coprì il letto con un telo bianco e sistemò l'incensorio nel bel mezzo della stanza. Vaporizzò l'acqua di colonia ai quattro angoli della camera per rendere l'ambiente più raffinato. Infine chiuse la porta.

Prese del couscous dalla scorta della madre. Lo inumidì e lo mescolò prima di metterlo a cuocere a vapore nell'apposita couscoussiera.

Al mercato vicino a casa scelse due pezzi di *Thiof*[1]. Eseguì dei tagli profondi per inserirvi un composto, preparato con il mortaio, di prezzemolo, cipolla, aglio, peperoncino, alloro e sale. Alcuni grossi pomodori ben maturi addensarono la salsa nella quale cuocevano insieme della manioca, dei pezzi di cavolo cappuccio, alcune carote, alcune rape e dei tranci di zucca.

Intanto il couscous, sistemato direttamente al di sopra del vapore, si gonfiava e si ammorbidiva. Appena pronto, Ouleymatou lo versò in un recipiente facendo attenzione a separare i *dang*[2]. Poi unì la polvere di foglie di baobab pelate per rendere la pietanza

---

1. Pesce di mare molto apprezzato in Sénégal.

2. Pezzi di couscous agglutinati.

più gelatinosa e infine rimise la miscela preparata nella couscoussiera che era rimasta ancora sul fuoco. Da buona intenditrice, intingendo velocemente l'indice della mano destra nella pentola bollente, verificò la quantità di sale e il sapore della salsa.

Alla madre, intenta a controllare il suo lavoro, fece il resoconto della spesa:

«Mi sono rimasti quattromila franchi».

«Allora questa sera devi renderli a Ousmane. "Chi aspira a molto, prende poco". Così farai una buona impressione su di lui», le suggerì quale donna d'esperienza.

Ouleymatou si diresse verso la *douche*[3] e lasciò che il guanto di crine vegetale insaponato scivolasse e detergesse ogni parte del suo corpo.

Ah! Il suo corpo! Si dedicò a lavarlo, a detergerlo e a profumarlo. Se ne prendeva cura, poiché era la sua arma di seduzione.

Aveva già vissuto sin troppo la sua giovinezza in mezzo a donne più anziane. Le sue amiche, con le quali andava alla fontana a prendere l'acqua, si erano sposate tutte, una dopo l'altra. Così lei aveva accettato, incoraggiata o meno, di sposare il primo pretendente. La breve durata del suo matrimonio l'aveva rigettata nella cerchia delle nubili.

Era giunta l'ora per lei di lasciare definitivamente quel gruppo di donne per entrare a far parte del mondo degli adulti, come lei stessa già da tempo sperava.

Inviò uno dei suoi fratelli più giovani a casa di Mabo, il *griot* del quartiere, suonatore di Khalam:

«Digli che ho un ospite di riguardo».

Ousseynou appena rientrato dalla città, trovò Ouleymatou in una condizione radiosa.

«Chi stai aspettando? Un ministro?» Domandò, con modi provocatori.

---

3. Un'area adibita per fare la doccia e le abluzioni, diversa dalla classica stanza da bagno

«No, soltanto Osumane Guèye».

Ousseynou, preoccupato, rispose:

«Chi? Ripeti?»

«Hai capito bene. Ousmane Guèye. Mi ha chiesto di preparargli un couscous e vuole condividerlo con te».

Ousseynou s'indignò:

«Cosa viene a fare Ousmane Guèye, marito di una Bianca, nella nostra concessione? Tua madre lo sa?» Chiese.

Ouleymatou annuì con il capo:

«La cosa ti sembra strana, indecente o inaudita? Rispondi!»

«Né strana, né indecente e neppure inaudita», precisò Ousseynou. «Cerco solo di metterti in guardia, cara sorella. Una Bianca non condivide il suo uomo. Per rispetto dell'onore, non diventare vittima di Ousmane, che è mio amico. Mi faresti un grave torto e sarebbe una vergogna inaccettabile se Ousmane Guèye non ti sposasse dopo averti corteggiata. Se Ousmane mettesse piede in questa casa solo per divertirsi, se invece di fare di te una donna rispettabile, denigrasse il tuo nome, se per lui tu fossi solo un gioco, allora sarebbe una cosa grave, davvero grave, lo capisci?»

Ouleymatou lo capiva. In cuor suo aveva già combattuto con quegli stessi pensieri mille volte. Ma cosa poteva fate: il destino aveva spinto Ousmane verso di lei. La sua volontà era oramai in balìa di quel sentimento d'amore ed era strumentalizzata dalla sua ambizione. Ousmane corrispondeva perfettamente al suo ideale di uomo. Nel tempo, l'aveva giudicato il solo degno della sua verginità gelosamente conservata per il suo "risveglio al suono del tam-tam", all'alba della prima notte. A causa delle sue movenze audaci alcuni innamorati avevano cercato di conquistarla, con la forza o con la malizia, ma lei aveva sempre saputo come destreggiarsi, inaccessibile, tra le acque turbolente del desiderio sino al matrimonio. Oggi, che aveva già dato prova della sua moralità, nessuno poteva più fermarla.

Lei amava e si sottometteva senza riserve. Quale donna, civettuola e innamorata, sapeva tendere le giuste trappole per soddisfare la sua ambizione e il suo sentimento. Poco importavano Ousseynou, la sua dignità, il suo onore e il suo *woléré*[4]. Per di più, chi poteva prevedere con certezza il futuro? Donne Toubab avevano già condiviso con le Negre il loro marito o erano scappate dall'Africa per opera delle donne Africane. Ouleymatou non era certo sciocca. Era una manipolatrice. Sua madre glielo aveva ricordato: "chi aspira a molto, prende poco". E lei rispondeva: «Chi aspira a molto, dona molto».

Una cena tra uomini per gettare le basi per un'associazione di professori, era stata la scusa di Ousmane per giustificare a Mireille la sua uscita serale.

«Coinvolgeremo voi professoresse più avanti!»

E per rendere ancor più credibile quella cena dell'ultimo minuto aveva brontolato:

«Sarà una noia assoluta. Ognuno si crederà importante per aver fatta le sue valide proposte. Se potessi evitarli!» e con aria infastidita, falsamente contrariata, si era fatta una doccia e si era cambiato d'abito. Due baci sulle guance della moglie e in un attimo si era già precipitato giù per le scale.

Al suo arrivo a Niari Talli gli fu dato il benvenuto dall'intera concessione. La madre di Ouleymatou, la prudenza fatta donna, gli consigliò di parcheggiare l'auto nei pressi della stazione di rifornimento.

Ousmane acconsentì.

Il vecchio Ngom, seduto sulle sue pelli di montone, rispose al saluto con il tintinnio del suo rosario. Ousmane Guèye rivolse a tutti un sorriso e un gesto generoso. Senza alcun indugio, Ou-

---

4. Amicizia di vecchia data.

smane scopriva i propri passi e svelava le proprie intenzioni. A quel punto, la forza che lo incoraggiava non ammetteva di fare troppi misteri e neppure di rimanere nell'ombra. Ciò che lo animava veniva dal profondo del suo cuore, dall'anima, dalla ragione e dunque pretendeva il riconoscimento del suo valore.

Ouleymatou gli mostrò la camera. Avvolto dai vortici dell'incenso, indietreggiò per meglio godere di quell'olezzo. Poi, senza che nessuno gli chiedesse di farlo, si lasciò scivolare sul letto. Sapeva di potersi permettere una simile audacia. La sfrontatezza di quel gesto nella tradizione, più che con le parole, rivelava il suo proposito di matrimonio.

Il suo corpo pareva aleggiare insieme alle spirali d'incenso. E Ouleymatou intanto si affrettava a servire la cena.

Una *taille-basse*[5] modellava le sue forme interrompendosi subdolamente sui suoi fianchi. La generosa scollatura del vestito mostrava, al minimo colpo d'occhio, il fremito profondo del suo petto. I suoi glutei volteggiavano sotto le pieghe del pagne e le sue braccia si muovevamo con grazie e leggerezza.

Ousseynou, sorridente, raggiunse il suo amico. Il giro dei saluti di Ousmane per tutta la consessione era stato eloquente e aveva pertanto escluso ogni intento alla clandestinità e placato così la sua irritazione. Ousmane non indugiava. D'altronde, l'aveva mai fatto?

Le ragazzine della concessione vennero a condividere il couscous. Oulyematou le aveva invitate per farsi pubblicità e mettere un freno a tutte le bramosie maschili.

Intorno al piatto si formò un cerchio: le donne si erano sistemate sul pavimento, mentre gli uomini restavano seduti sulle panche o sui cuscini. La giacca di Ousmane era appesa all'attaccapanni.

Ousmane rifiutò di usare il cucchiaio. Provò un piacere in-

---

5. Camicetta attillata e corta.

fantile nel mangiare nuovamente con le mani. Con le dita stringeva con forza delle palline miste di couscous, pesce e verdura e poi masticava lentamente. Il peperoncino gli pizzicava la lingua, risaliva sino agli occhi, inumidendo le sue narici che dovevano cercare soccorso in un fazzoletto.

Ouleymatou lo punzecchiava:

«Sei tu che volevi il couscous piccante!»

Le mani delle donne mettevano da parte per lui, l'ospite d'onore, le parti migliori della pietanza.

Ousmane pensò al cerimoniale dei suoi pasti alla toubab: piatto, forchetta, coltello a destra e mai a sinistra, cucchiaino per il caffè, cucchiaio medio per il dolce e cucchiaio grande per la minestra.

Mireille brontolava:

«Non hai usato il cucchiaio giusto».

Lì, al contrario, il "cucchiaio giusto" era la mano. E nessuno gli aveva detto:

«Ti sei dimenticato di lavarti le mani».

Lì, la mano destra s'infilava nel piatto e sceglieva a suo piacimento, modellava, strappava, rovistava, accompagnata dalle chiacchiere e dalle risate dei commensali.

Con tono affettuoso, Ouleymatou insisteva:

«Mangia *papa*[6]! Mangia! Tutto questo è per te!»

E in lontananza, giungeva una voce:

«Mangia Oussou!».

«Oussou!» La voce di Yaye Kadhy alla finestra nelle mattine in cui la pigrizia intorpidiva le sue membra. Oussou! Le confortanti fiamme del lume a petrolio che vigilavano le sue lezioni nelle fredde ore del primo mattino. Oussou! L'ira del padre che brontolava per un suo capriccio o per un gesto troppo tenero nei suoi confronti da parte di Yaye Kadhy. Oussou! La sua vecchia

6. Per educazione, le donne non chiamano mai un loro amico, amante o marito per nome.

passione per Ouleymatou, il suo cuore d'adolescente lacerato per il rifiuto di quella ragazzina!

Oussou! L'eco del suo passato resuscitava in una sola parola e sconvolgeva il suo presente!

Oussou! Instancabile, la voce di Ouleymatou continuava a cullare i suoi ricordi.

«Oussou, mangia... mangia! Oussou, bevi! Oussou, sciacquati le mani! Oussou! Oussou!»

E Ousmane mangiava. Il palato ritrovava con delizia l'esotico gusto piccante e il sapore delle vivande del suo paese. I suoi occhi s'inumidivano, la sua fronte sudava, e Ousmane si sentiva felice. In verità, aveva dimenticato quelle forti sensazioni della vita africana.

Ouleymatou mise di fronte a lui un recipiente d'acqua e del sapone, poi dell'acqua di colonia per scacciare gli ultimi odori del pesce dalle mani.

A poco a poco, la cerchia di amici iniziava ad allontanarsi.

Rimasti soli, Ouleymatou tirò giù le tende e Mabo Diali iniziò a far vibrare il suo Khalam. Le dita scivolavano sulle corde, accompagnate dalla voce intonata.

«Oussou, principe della cultura!
Ma prima di essere un principe della cultura,
tu sei un principe Lébou.
Una Bianca ha rinnegato la sua patria per seguirti,
ma più che la Bianca,
ancor meglio per te è la ragazza Nera.
Guarda, guarda Ouleymatou, tua sorella di sangue e di pelle,
è di lei che tu hai bisogno.»

Il suono di quelle corde pizzicate dolcemente lo cullavano. Quali volontà inflessibili, quali decisioni eroiche le note del Khalam non erano riuscite a sconfiggere!

«Emozionalo, emozionalo, Diali!» Cantava la giovane donna nera. *«Entusiasma il suo cuore, eccita i suoi sensi, Mabo Diali!*

Aiutami a sedurlo! Io lo conquisterò. Niente potrà fermarmi, né un coltello alla gola, né un muro di fiamme.»

Ousmane ascoltava quel grido d'amore, una confessione a lui dedicata, sgorgata dal profondo di quell'anima.

«Emozionalo, emozionalo, Diali!»

E Ousmane si scioglieva come il burro fuso sulla brace. E il desiderio s'impadroniva di lui.

Attirò a sé Ouleymatoy, che compiacente, si concedeva. Il Diali calzò di nuovo i suoi sandali e, con discrezione, si defilò. Al suo arrivo, aveva già ricevuto una banconota di mille franchi, quale ricompensa per i suoi servigi.

XXIII

Da quel momento Ousmane si trovò coinvolto in una doppia vita e pian piano cominciò a sostituire i suoi abiti europei con dei più confortevoli caftan. Il tempo libero che dedicava alla moglie e all'amante non era certo equamente ripartito, ma con tale atteggiamento godeva del favore dei genitori della donna che fingevano di ignorare ciò che accadeva in quella camera con le tende socchiuse.

Ousmane Guèye era anche sostenuto dal benevolo consenso dell'intera concessione della famiglia Ngom. Con le sue buone maniere offriva denaro, abbondanti pranzi luculliani e si prodigava in attenzioni verso chiunque, allontanando da sé ogni tipo di disappunto. Per una volta anche Mamma Fatim, prima moglie di Pathé Ngon, inesauribile nel criticare la spregiudicatezza delle ragazze del vicinato, non aveva osato fare alcun commento.

Il denaro aveva assopito ogni sua possibile crisi di coscienza: non aveva certo intenzione di eliminare "la gallina dalle uova d'oro"; inoltre aveva capito che Ousmane era alla ricerca di una donna e quindi la cosa migliore era che Ouleymatou rimanesse incinta, così la Bianca si sarebbe trovata davanti al fatto compiuto.

Pathé Ngom, intento nelle sue preghiere e nella recitazione del rosario, ignorava tali sotterfugi. Quale cardine fondamentale della famiglia, era stata Fatim a fornire maliziosamente a Ouleymatou gli afrodisiaci *thiouraye* e *gongo* da utilizzare durante quelle notti.

❖   ❖   ❖

Intanto le continue assenze di Ousmane Guèye avevano finito col rovinare l'atmosfera familiare. Mireille, oppressa dalla solitudine, si dibatteva tra stati di angoscia e gelosia.

Agli abbracci passionali di un tempo tra di loro era subentrata un'astinenza quasi totale, per la quale Ousmane si giustificava con la stanchezza:

«Non ho nemmeno più il tempo di dedicarmi a mia moglie. Organizzare l'Associazione mi porta via anche il tempo libero. Questo è il prezzo da pagare per la fiducia che ti viene concessa dalla gente».

«Sono solo bugie!» Replicava Mireille. «Tre mesi! Sono troppi. E quelle tue assenze! Tu hai un'amante!»

Ousmane negava, ma la moglie era sicura dei suoi tradimenti. Non conosceva il volto e il nome della sua rivale, ma la sua esistenza era indiscussa ed era lei che ogni sera le sottraeva il marito. Sicuramente era una Nera perché i vestiti di Ousmane erano impregnati di quel persistente, corposo e odioso odore d'incenso. Né la buona volontà, né la sottomissione di Mireille, né le cure apportate al suo corpo, né le gentilezze verso quegli amici parassiti, oramai più niente poteva trattenere Ousmane. Ogni sera fuggiva da casa per raggiungere la sua amante.

Nuove notti seguivano altre notti e l'intensità dell'incenso creava l'atmosfera. Per tornare ai tempi nostalgici dell'infanzia venivano cucinati piatti piccanti. Mabo, il *Diali* strimpellava un po' di musica e tutta la casa si rallegrava a spese di Ousmane.

Nell'appartamento invece le liti lasciavano il posto ai silenzi. Che cosa resta di una coppia se si smette persino di mangiare insieme? Che cosa resta di una coppia quando si smette di parlare e di confrontarsi? Che cosa resta di una coppia quando la passione carnale abbandona il letto coniugale?

La mente di Mireille era invasa da penosi pensieri! Una profonda sofferenza le entrava nelle viscere! Ousmane non poteva immaginare quanto fossero devastanti quelle assenze per la moglie. Nulla oramai lo interessava più di quella casa, così, distratto e distaccato, rispondeva al nervosismo e all'angoscia della moglie con un intollerabile mutismo. Prestava attenzione solo a se stesso: Oussou! E correva verso Niari Talli. Oussou!

Quel nome lo riportava indietro al suo passato ed esaltava il suo futuro...

Ouleymatou era diventata la sua vera metà, la donna nella quale ritrovava la sua completezza. Come lo ricordava perfettamente il Diali Mabo nelle sue canzoni, lei era al tempo stesso le sue radici, la sua discendenza, la sua passione e la sua evoluzione. Avevano condiviso la loro infanzia nei meandri delle strade polverose del quartiere, ma soprattutto erano uniti dalle stesse origini: gli stessi antenati, lo stesso cielo e la stessa terra! Identiche le tradizioni! Identici i principi che tempravano le loro anime e identiche pure le ideologie che li esaltavano. Né Ousmane né Ouleymatou potevano liberarsi di quell'istinto condiviso senza snaturarsi. L'eredità culturale si riprendeva la sua rivincita senza pietà, reclamando con forza ciò che gli era dovuto e mostrando a Ousmane i limiti della sua fuga.

Intanto Ouleymatou continuava a vomitare così tutti si accorsero che stava aspettando un bambino: un bambino dal suo Oussou.

Le coppie miste esisteranno sempre: uomini bianchi accompagnati legalmente da donne nere; uomini neri sposati con delle Bianche, che spesso mantengono con loro un onesto rapporto coniugale.

Ousmane frequentava alcune coppie miste. Malgrado la loro stessa scelta, alcuni compagni più anziani di lui non approvavano il suo matrimonio.

«Ai tempi del colonialismo, per egoismo, pigrizia, debolezza e opportunismo abbiamo intrapreso questa vita. Ma tu! Con la rinascita del nostro paese e l'apertura mentale della donna nera! Tu eri la speranza delle donne Nere».

Ousmane rimaneva ad ascoltare e a guardarli. Alcuni di loro

per egoismo, per pigrizia, debolezza e opportunismo, secondo le loro parole, si sarebbero vergognosamente assoggettati a quelle donne senza alcuna resistenza. Quelle donne, figure implacabili di autorevolezza, li avevano svuotati, imponendo nella loro casa la mentalità, le usanze e i principi del loro paese, annullando così le tradizioni culturali del loro compagno.

Dentro di sé l'uomo diventava bianco e veniva strappato dalle sue origini senza alcuna pietà. «Miseri burattini!» Ousmane li biasimava. Di nero avevano solo il colore della pelle. I loro figli, educati come piccoli bianchi, si chiamavano Raoul, Arthur, Mélanie, Isaure. L'uomo faceva la spesa, cucinava e lavava i piatti. L'uomo spingeva la carrozzina del bimbo, ma soprattutto innalzava una barriera insormontabile tra la sua nuova famiglia e i suoi genitori. Tutti parlavano in modo forbito, evitando di usare la lingua natale e i loro figli, divenuti adulti, sarebbero poi diventati i più accaniti e sprezzanti razzisti. Un incrocio di razze che impoverisce l'Africa e la sfrutta. Agli occhi di Ousmane una simile unione non era da incoraggiare…

In certe coppie invece l'uomo Africano si era imposto e faceva valere le sue origini. La donna accettava il suo modo di vivere e scendeva a patti: la famiglia aveva dei diritti riconosciuti e rispettati; i figli si chiamavano Malick, Badara, Fatou, Yacine, indossavano gli abiti tradizionali, non disprezzavano l'usanza di mangiare con le mani, frequentavano i loro coetanei e si consideravano Neri.

«Questo è il genere d'incrocio di razze che arricchisce l'Africa», pensava Ousmane.

Altrove invece, dove regnava la tolleranza nel rispetto delle differenze, si viveva in piena armonia. Laggiù, un giorno i bambini sceglieranno liberamente il loro destino.

Quella era la vita familiare sognata da Mireille! Rispetto a scelte più estreme, sarebbe stato facile per Ousmane ricreare lo stesso modo di vivere, dato che sua moglie, pur mantenendo la sua personalità, non cercava affatto di sottometterlo. Ma in fin dei conti Ousmane ci teneva davvero a conservare la pace e l'equilibrio nella sua vita coniugale?

Il passare del tempo mostrava sempre più l'inconsistenza del giuramento fatto. Un'analisi lucida dei suoi sentimenti gli rivelava l'amore che provava per Ouleymatou e la fedeltà che le dimostrava era frutto quindi del valore della loro storia. Nessuna donna avrebbe potuto più prendere il suo posto.

E Mireille? Ammetteva con sé stesso che, solo il bisogno di affermazione, la voglia di elevarsi intellettualmente e socialmente lo avevano spinto verso di lei. «Le qualità della donna Europea... la sua bellezza seduttrice... l'attrazione per l'ignoto, il desiderio della novità... hanno consolidato il nostro rapporto!»

Cercava... cercava... e continuava a cercare una spiegazione, ma sentiva solo crescere l'ardore che ampliava a dismisura quell'ondata passionale che lo stava travolgendo.

Le sue ricerche portavano alla luce una banale verità: la tradiva perché non l'amava più. Corteggiava la donna nera perché era felice di poter riposare il capo su quelle gambe turgide, mentre Ouleymatou accarezzandolo, ripuliva con cura i suoi capelli da ogni possibile traccia di forfora.

XXIV

Mireille aveva partorito un bel maschietto dalla pelle ambrata e i capelli a boccoli e Yaye Kadhy aveva sofferto nello scoprire l'impressionante somiglianza tra quel bambino e il figlio del suo stesso sangue.

Anche Ousmane ne era rimasto colpito. Forse un giorno suo figlio gli avrebbe rinfacciato di averlo fatto nascere al margine di quei due mondi destinati a restare per sempre inconciliabili?

L'influenza materna, per quanto energica, non riuscirà mai a far integrare quel bambino nel mondo dei Bianchi. Inevitabilmente, resterà per sempre un diverso.

E nel mondo di Ousmane, che con lui era stato così generoso e tollerante, suo figlio avrebbe potuto trovare affetto e un'accoglienza sincera soltanto se avesse accettato la sua condizione di Negro. Ma già da giovane, avrebbe dovuto soffrire per l'insensibilità dei compagni che, nonostante il suo nome senegalese, *Gongui*[1], lo avrebbero deriso per i suoi strani capelli e il colore della sua pelle, gridandogli:

«Caffellatte! Caffellatte!»

Yaye Kadhy aveva preso in braccio il piccolo. Una smorfia delle labbra tradiva la sua delusione, mentre Mireille, in armonia con la sua scelta, appariva radiosa grazie alla gioia della maternità.

Djibril Guèye si era poi alzato in piedi e con il bimbo tra le braccia aveva tentato di sanare ogni possibile ferita recitando:

«Ecco una creatura di Dio, nato da genitori scelti da Dio, il cui destino è nelle mani di Dio».

Per suo figlio, Ousmane aveva scelto un battesimo senza troppi eccessi. L'esiguo appartamento aveva ospitato la cerimonia del

1. Nome del nonno di Ousmane che significa «uomo anziano».

Toud[2], senza gli sfarzi abituali. El Hadj Djibril Guèye era arrivato in compagnia dei suoi correligionari. Era stato l'ospite di primo piano, allo stesso tempo vicario e padrino. Yaye Kadhy aveva comunque fasciato il piccolo Gorgui con uno dei suoi pagne più belli.

Una processione di uomini si era susseguita, avvicinandosi alla culla del bimbo per mormorargli all'orecchio il suo nome, esprimendo il proprio augurio e recitando alcune preghiere per un destino brillante del bimbo insieme alla madre e al padre, guidato dal richiamo solenne che conduce a Dio. E Mireille restava a guardare. Eppure Yaye Kadhy era costernata. Aveva sognato sontuosi banchetti per le cerimonie familiari e invece, un battesimo degno del matrimonio di suo figlio celebrato in tutta fretta lontano dal suo paese, aveva disilluso ogni sua speranza.

Alcuni parenti e amici si erano accorti del suo «mutismo» dovuto al quel dispiacere e lei aveva così manifestato apertamente i problemi che la turbavano:

«In una casa, una Bianca non porta niente. Con chi potrebbe scambiare ossequi e doni? Il battesimo di un primogenito dovrebbe essere un evento clamoroso e al contrario questa cerimonia è più triste di un giorno luttuoso.»

I parenti e gli amici l'avevano compatita. Alcuni di loro erano stati felici di riprendersi il pagne e i mille franchi, forse avuti in prestito, per aiutare Yaye Kadhy nelle sue incombenze. Altri invece le avevano rivolto parole di conforto senza, tuttavia, incantare nessuno: Yaye Kadhy sapeva bene che non appena fossero usciti da casa, quelle persone avrebbero subito dato sfogo alle loro prese in giro. Avrebbero certo esclamato tra sonore risate:

«Cos'era? Un battesimo o un funerale?»

«Ma dove vanno a pescare le mogli questi giovani?»

«Che battesimo è, senza il rituale scambio di pagne e regali?»

Yaye Kadhy era in preda a una profonda disperazione!

---

2. Battezzato.

❖ ❖ ❖

Qualche mese dopo quel battesimo che aveva reso il cuore di
Yaye Kadhy gonfio di vergogna, una delegazione composta dalle tre matrigne di Ouleymatou e da tre vecchie vicine di casa a
Grand-Dakar, si presentò da lei a Gibraltar. Invano Yaye Kadhy,
informata già dal giorno prima, si era interrogata sulla motivazione di quella visita:

Ignorava gli incontri notturni del figlio e i suoi turbamenti
amorosi che lo conducevano di nuovo nel loro vecchio quartiere.

Aveva certo intuito che Ouleymatou era incinta la quale, nonostante le vertigini, continuava a lavare e stirare i vestiti di "papà
Djibril". Di sicuro, l'aveva vista impallidire, aveva notato le sue
occhiaie e i lineamenti tirati nel suo volto, ma da donna matura
e prudente quale era, aveva taciuto i suoi presentimenti. La sua
mente era assolutamente lontana dal sospettare l'autore di quella
sconveniente situazione. Nessuno aveva osato informarla della
relazione del suo Oussou. Yaye Kadhy, donna morigerata, e suo
marito, servitore di Dio, avrebbero sicuramente messo fine all'avventura del figlio, poiché disonorevole per un uomo sposato, pri-
vando così l'intera concessione di quella manna dal cielo.Dopo
che le donne ebbero ricambiato gli interminabili convenevoli e
bevuto alcune bibite, Mamma Fatim, quale rappresentate della
delegazione, prese la parola:

«Di fronte al dono di un frutto, è necessario avere la forza
di interrogarsi. Tuo figlio Ousmane ha seminato quel frutto in
nostra figlia Ouleymatou. Accetterà il volere di Dio? E voi accet-
terete il volere di Dio?»

Yaye Kadhy, sorpresa, rifletteva. In silenzio ammetteva tra sé:

«Non importa con quale Negra, ma sempre meglio che quella
Bianca. Non importano i riguardi che una Negra potrà avere nei
miei confronti. Dio mi sta inviando un bambino per riportare
Ousmane Guèye alle sue radici, al suo mondo».

156

Allora alzò il tono della voce e disse:

«Ouleymatou è figlia mia come vostra… Già da ragazzina, mi ha reso molti servigi e ancora continua a farlo. Sua madre è una decana, una consigliera. Se un altro ragazzo le avesse fatto un simile torto senza assumersi le proprie responsabilità, sarebbe stato un problema, ma Ousmane obbedirà. Non si può tergiversare. Faremo il nostro dovere. Tuttavia non posso promettervi nessun matrimonio. È una decisione che spetta a Ousmane Guèye. Inoltre è importante anche rispettare il giudizio di Djibril Guèye».

«Djibril Guèye, El Hadj, vedrà di buon occhio il matrimonio per riparare al torto di suo figlio», obiettò Mamma Fatim.

Soukeyna servì ancora da bere. Le ospiti, per guadagnare tempo, si gustavano le bibite zuccherate e ghiacciate, bevendo direttamente dalla bottiglia.

Tre banconote nuove da mille franchi, nelle mani di Mamma Fatim, la rappresentante, misero fine a quell'incontro:

«Per il costo del viaggio», precisò Yaye Kadhy.

«Pace a tutti! Grazie della tua accoglienza. Sapremo cosa dire quando ci verranno chieste notizie su questa nostra missione».

E se ne andarono.

Fuori, le malelingue si lasciarono andare a commenti diversi sul comportamento tenuto da Yaye Kadhy:

«Lei è felice dell'accaduto perché così potrà affliggere la Bianca».

«E poi avrà un nipote all'altezza delle sue aspirazioni».

«*Thieye Yallah!*[3] Lei vuole questo bambino per farsi rimborsare degli investimenti fatti alle cerimonie altrui, oltre a voler rimediare al triste battesimo celebrato per il piccolo toubab».

Una voce incuriosita domandò:

«Come si fa a essere suocera di una Bianca? Non vorrei certo trovarmi al posto di Yaye Kadhy».

Un'invidiosa fece notare l'innalzamento sociale di Yaye Kadhy:

---

3. Espressione di stupore.

«Lei non fa più parte del nostro rango, ci tiene a distanza. Avete visto il suo salone? In verità, conviene avere un figlio istruito. Le bevande sono state prese da un frigo e ho visto che aveva anche un ferro elettrico».

«Yaye Kadhy è rimasta sempre umile, ospitale ed educata. Che Dio la protegga!» Troncò così il discorso, Mamma Fatim, seccata.

❖ ❖ ❖

Ousmane non negò di essere il padre del bambino. Confessò alla madre l'amore profondo che provava verso Ouleymatou, più forte del sentimento nutrito nei confronti di Mireille.

«Si sogna di avere una cosa e ci si batte per ottenerla, sacrificando tutto, ma una volta che si è riusciti ad averla, quella cosa non basta più». Ousmane si confidava. Aveva bisogno che la madre, sua amica, ascoltasse tutto quello che serbava in fondo al suo cuore. Doveva raccontarle dei suoi turbamenti e di quel suo cedimento: da mesi oramai, tradiva la moglie, la sua doppia vita lo angosciava, sebbene fosse felice.

Yaye Kadhy ascoltava:

«Che intenzioni hai?»

«Io sono un uomo d'onore. In quella casa vive Ousseynou, mio frère de case, dunque non gli arrecherò vergogna con la mia fuga. Sposerò Ouleymatou a condizione che lei accetti di vedermi secondo le mie volontà. Non avrà diritto al suo *tour*».

Yaye Kadhy lo avvertì:

«È contro la nostra religione. A ogni moglie spetta il suo *tour*».

Allora Ousmane spiegò:

«Mi sono informato. Se la donna accetta la proposta del marito, non si commette alcun peccato. A Ouleymatou spetta la scelta e dunque l'ultima parola» replicò, sentendosi in parte sollevato da quel peso che da mesi opprimeva la sua coscienza. Yaye Kadhy esultava... nella sua vita poteva esultare di nuovo. Ben presto Ouleymatou partorì un maschio e Djibril Guèye intravide nel sesso di quel nascituro, il segno del destino.

«Osumane deve sposarla. Non si può abbandonare un erede. Dio benedice il matrimonio».

Djibril Guèye inviò dei correligionari alla concessione del suo vecchio vicino, per chiedere la mano di Ouleymatou.

«Mireille è musulmana, disse. Sa bene che Ousmane ha diritto ad avere quattro mogli».

E Yaye Kadhy esultava. Essendo lei l'organizzatrice, avrebbe ricoperto il ruolo principale di quella cerimonia, decidendo sul da farsi e soprattutto beneficiando dell'aiuto materiale di tutti.

Così Yaye Kadhy inviò per tutto il quartiere delle zelanti *griot*, ideali divulgatrici nel trasmettere velocemente le notizie, motivate da una notevole quantità di banconote che sarebbero passate di mano in mano. Attraverso di loro Yaye Kadhy invitava sorelle, cugine, amiche, conoscenti, parenti, vecchie e nuove vicine di casa, al grande raduno dell'ottavo giorno[4].

La consegna del *rouye*[5] ai genitori di Ouleymatou fece intervenire un numero impressionante di donne pomposamente agghindate.

Yaye Kadhy fece osannare la sua generosità dalle amiche, per tutte le somme elargite in simili circostanze. E intanto Ousmane si era piegato a ogni richiesta della madre.

«Un uomo rispettabile deve onorare la donna che gli si è concessa».

Ousmane, pian piano, esauriva il suo libretto di assegni.

E il fruscio di quelle banconote nuove tra le mani, impressionava i genitori di Ouleymatou.

Quindicimila franchi per risarcire la verginità di Ouleymatou, benché Ousmane non sia stato comunque il primo! Diecimila

---

4. Il giorno dopo la nascita in cui, secondo la religione islamica, deve essere celebrato il battesimo.

5. Somma data ai genitori della gestante per le spese del battesimo.

franchi per acquistare i suoi vestiti per il battesimo. Cinquemila franchi per aiutare la suocera nelle sue spese. Diecimila franchi per l'alimentazione della neo-mamma. E, infine, la più grande mazzetta di soldi! Centomila franchi! Per le vere spese necessarie alla cerimonia: pranzo, *sanglé*[6], montone allo spiedo, bevande, zenzero etc. Il gruppo di persone restava col fiato sospeso.

La griot di Yaye Kadhy terminava il suo discorso:

«La mia *Guer*[7] chiede se ogni cosa è stata compiuta. Ouleymatou ora è sua figlia. Lei vuole il meglio per Ouleymaotu. Chiedete e vi sarà dato. Ordinate e vi sarà obbedito».

Una vecchia donna borbottò:

«Restano ancora i tremila franchi della candela per illuminare la camera della neo-mamma[8]».

Allora la *griot* subito porse la somma richiesta.

A nome della madre di Ouleymatou, la gioielliera ringraziò:

«Almeno Ouleymatou non ha sofferto invano, nel partorire la sua creatura. Una donna deve donarsi a colui che sa riconoscere il suo valore. L'occhio smisurato di Ouleymatou ha incontrato lo sguardo di un occhio ancor più smisurato. Yaye Kadhy non ha deluso la mia Guer, poiché se il denaro esce dalla tasca di Ousmane Guèye, è anche per volere di Yaye Kadhy. Ringrazio l'intera famiglia Guèye. Djibril ha acconsentito a ciò che Dio predica per due persone che si amano: il legame del matrimonio».

La madre di Ouleymatou piangeva di gioia e tutta la gente presente applaudiva. Le griot danzavano, inebriate dal tipico odore emanato dalle banconote nuove:

«Il battesimo assicurerà un grande spettacolo!» Così Usine Niari Talli vibrava tra le promesse di fastosità e banchetti.

---

6. Piatto a base di semola di miglio o di riso con l'aggiunta di un liquido (latte cagliato o succo di frutta fresca).

7. Nobile.

8. Usanza persistente, nonostante l'avvento dell'elettricità.

XXV

Alla fine, il giorno tanto atteso arrivò. Yaye Kadhy si prendeva la sua rivincita sul destino. Si era dipinta mani e piedi con l'henné e alcuni fili di agave bruniti erano stati artisticamente intrecciati ai suoi capelli da un'abile parrucchiera.

E quel mattino? Iniziava il tran tran del battesimo: gli uomini si avvicinavano al neonato chiamandolo per nome e tra le risate, gli scherzi e la felicità sui volti della gente si potevano ammirare recipienti colmi di sanglé e sacchetti di frittelle.

Nel pomeriggio le donne si avviarono verso la casa dei Guèye. Dato l'esiguo cortile, l'eccessiva presenza di persone finì col riversarsi sul marciapiede o sotto una tenda montata per l'occasione nel prato circostante. Il calpestio di quella serata avrebbe annientato i diligenti sforzi del giardiniere del quartiere.

Con il passare del denaro di mano in mano, chi poteva riuscire a distinguere i poveri dai ricchi in quella sfilata di boubou sfavillanti dai toni pastello e quello sfoggio d'innumerevoli parure d'oro?

Yaye Kadhy contava e raggruppava le sue invitate, osservando con attenzione le donne che avevano già prestato il loro aiuto durante il battesimo della Bianca e quelle che invece si erano divertite nel deriderla, e che ora non sorridevano più. Quelle donne dovevano ammettere che Yaye Kadhy Diop adesso godeva di grande rispetto. Il numero di donne che avevano risposto al suo invito non era quantificabile.

Yaye Kadhy riceveva da chiunque denaro e pagne, ciotole di riso con carne o pesce, scodelle piene di frutta o vassoi di montone allo spiedo e si vedeva ricambiare i doni che lei stessa aveva offerto nelle medesime circostanze alle une o alle altre donne.

Era al centro dell'attenzione: desidera dello zenzero? Preferisce del dolce? Le serve un bicchiere? Tutte la assillavano per

161

ottenere da lei un po' di soddisfazione. Cercava di resistere alla pressione impostale dalle griot con l'intento di farle radunare tutte le sue ospiti, caricarle sui taxi e sui pullman, defilandosi così, tra il baccano dei clacson, in direzione di Grand-Dakar.

Tornava al suo vecchio quartiere come una vincitrice che avanza in terra conquistata. Per quell'occasione, «unica nella sua vita», era ricoperta dalla testa ai piedi da più di cinquemila franchi in gioielli e tessuti. Soltanto il bracciale che sfoggiava al braccio destro, valeva tremila franchi.

Anche le sue nuove vicine di casa non erano certo da meno. Catene d'oro pendevano lungo le loro scollature e diversi bracciali si sovrapponevano intorno ai loro polsi. Per esibirsi in quel modo così «luccicante» avevano chiesto in prestito i gioielli alle amiche più fortunate. Pavoneggiandosi, ridevano e scherzavano, facendo attenzione a non essere derubate dei monili...

Marième, la figlia di Coumba, secondo l'usanza, portava il cesto dei regali. Un gor *djiguène*[1] la cui esistenza era incentrata su simili cerimonie, sorvegliava la valigia del neonato nella quale, oltre ai vestiti, erano stati sistemati alcuni giocattoli e alcuni pagne destinati al trasporto del bambino.

Yaye Kadhy avanzava, seguita dalle amiche, mentre la griot continuava a sgolarsi per mantenere vivo l'interesse della folla: «Tu non sei né la più brutta né la più avara».

«Ah, guardate la mia principessa! Si muove come una *Linguère*[2]. Discendente di Lat-Dior Ngoné Latyr Diop, mostra a Usine Niari Talli chi sei veramente! Il tuo antenato ha rifiutato coraggiosamente di sottomettersi ai Bianchi».

Yaye Kadhy avanzava. Il suo *boubou* nero e verde, sollevato, lasciava intravedere il meraviglioso pagne dai colori sgargianti, creato dai famosi tessitori della tribù dei Mandjaque.

---

1. Omosessuale.

2. Titolo che significa principessa, dato alla donna nella famiglia reale wolof in Sénégal.

«Yaye Kadhy, oggi Usine Niari Talli ha un ospite di riguardo. Che i granelli di sabbia e le foglie degli alberi conservino il ricordo del tuo passaggio!»

Attraverso i suoi gesti, la *griot* indicava a tutti Yaye Kadhy: «La scorta di persone al tuo seguito simboleggia la tua grandezza». E la processione avanzava tra il vocio, il barcollare della gente accalcata nell'intento di assicurarsi i primi posti della fila.

La madre di Ouleymatou sorrideva alle sue ospiti. Per loro, aveva predisposto una tenda. Le panche e le sedie si flettevano sotto i loro grossi posteriori appesantiti dai pagne.

Le specialiste del *diokkalanté*[3] si alzarono all'interno del cerchio formato dalla madre e dai parenti di Ouleymatou da una parte, e Yaye Kadhy e le sue compagne dall'altra.

La famiglia di Ousmane prese, come dovuto, l'iniziativa: «Cinquecento franchi! Primo *lavage*[4] da parte della famiglia paterna! Duemila franchi! Sapone e stuoia per rasare i capelli al neonato! Duemila franchi! Raccolta della legna per rischiarare la camera della neo-mamma, da parte dei nipoti del marito! Duemila franchi! Per le zie materne e paterne della neo-mamma! Mille franchi! Per le griot della neo-mamma! Mille franchi! Per i cugini dei fratelli della neo-mamma! Mille franchi! Per i gioielli della famiglia della neo-mamma! Diecimila franchi! Come secondo *lavage* da parte della famiglia paterna del neonato!»

Dopo le formalità in segno di saluto e di gratitudine, dopo gli auguri di pace e di longevità, senza aver dimenticato di invocare Allah, signore del destino, le griot raccolsero tutto il denaro. La famiglia di Ouleymatou raddoppiò poi la somma ricevuta e la restituì.

Gli scambi previsti dalla tradizione erano terminati. Non erano necessarie grosse cifre, ma non appena queste erano esaurite,

---

3. Scambio delle formalità materiali tra le famiglie dei congiunti durante un battesimo o un matrimonio.

4. Indica il primo regalo della famiglia paterna al neonato.

ricominciavano nuovi scambi andando, questa volta, a impoverire la famiglia della neo-mamma.

In questo sistema così prestabilito, i parenti dello sposo non sono mai danneggiati. Puntando su somme enormi, spesso prese in prestito proprio per tali circostanze, inducono l'altra parte, con fatica, a cercare di raddoppiarle per garantirsi l'onorabilità.

Con la sua sfarzosa apparizione, Yaye Kadhy non aveva avuto bisogno di manifestare le sue intenzioni su quegli scambi grandiosi: le sue valigie, scaricate dai taxi e dai pullman, ne erano la chiara dimostrazione. Gli spettatori furono impressionati dalla ricchezza del loro contenuto.

La griot di Yaye Kadhy urlò:

«Ventiquattro pagne e centomila franchi! Doni delle sorelle e delle cugine di Ousmane al nipote».

L'annuncio venne accolto da un lungo applauso.

Quattro lussuosi boubou furono gettati con ostentazione sulle ginocchia della madre e delle matrigne di Ouleymatou. Un pagne avvolgeva il boubou della decana, mamma Fatim!

Poi venne dispiegata una coperta. Un'opera della pazienza di un tessitore maliano che tolse il fiato alle invitate.

E la griot urlò ancora:

«Questa coperta è offerta da Yaye Kadhy a Pathé Ngom! Per proteggerlo dal freddo! Chi ha fatto meglio di lei nel mostrare rispetto a un capo famiglia?»

Sul finire di quella premessa, le bacchette cominciarono a percuotere con soddisfazione i tam-tam, finché la voce della griot tornò a entusiasmarsi:

«A voi, zie paterne e materne di Ouleymatou, Yaye Kadhy fa dono di cinquantamila franchi!»

Instancabile, la griot continuò a distribuire le banconote, i pagne e i boubou ai membri della famiglia Ngom. Persino la più lontana parente e l'ultimo congiunto furono richiamati per essere onorati.

Yaye Kadhy si rivolse infine alle donne *castées*[5] del suo vecchio quartiere. A ogni gesto di grandezza precedevano o seguivano la confusione e il vociferare, gli elogi e i ringraziamenti:

«Le donne che hanno penato lavorando in cucina avranno ugualmente il sapone per lavare i loro vestiti».

L'agitazione delle spettatrici esprimeva la loro sincera ammirazione:

«Yaye Kadhy ha un occhio immenso»

«Yaye Kadhy fa le cose in grande»

«Yaye Kadhy ha fatto tutto quanto dovuto».

Era arrivato il turno della famiglia di Ouleymatou che raddoppiò ogni somma ricevuta, come pure ogni dono. Da mesi la madre della giovane, in previsione di quella cerimonia, aveva fatto tessere alcuni pagne e li aveva stipati nei bauli. Così, per non "sfigurare", in una sola sera, accettava di perdere tutti i risparmi di una vita. Anche lei a sua volta venne acclamata a mano a mano che davanti a Yaye Kadhy si ammucchiavano pagne intrecciati, boubou in tessuto damascato o di cotone.

Il tam-tam ispirò la soddisfazione della gente presente. Scoppiarono gli applausi accompagnati da grida di gioia. Velocemente le griot invasero la cerchia di persone facendo svolazzare il loro pagne consentendo così alle gambe di muoversi liberamente. I piedi cominciarono a percuotere la terra, i fianchi ondeggiarono e le braccia si sollevarono agitandosi al ritmo dei suonatori esaltati di tam-tam. Tra il disordine di quei pagne, una delle griot lasciò intravedere un membro virile in legno. Un clamore delirante, provocato da tale apparizione, coprì il suono del tam-tam.

Seguì l'agitazione delle mani tese in aria. Il volteggio delle banconote aveva acceso gli appetiti. Ogni donna veniva malmenata o accarezzata per riuscire a sfilarle gli ultimi soldi dal portamonete. Yaye Kadhy, seppur percossa e sospinta, resisteva agli assalti.

---

5. Appartenenti a gruppi sociali riconosciuti per certe professioni.

Esausta, gridava senza sosta, stringendo a sé con forza la borsa:

«Distribuirò tutto quello che ho ricevuto per onorare questo grande giorno. Ma non resterò qui, tornerò a casa mia, a Gibraltar».

Alcune sue amiche scrupolose sistemarono le valige con il nuovo contenuto sui pullman e sui taxi. E gli stessi clacson squillanti riaccompagnarono il gruppo a Gibraltar, per una nuova burrascosa ridistribuzione di pagne, boubou e denaro insieme al montone cucinato allo spiedo. Nonostante la fatica, Yaye Kadhy era raggiante! Alla fine aveva ottenuto il suo giorno di gloria tra i suoi simili! Così gli spettatori di quell'entusiasmante festa potranno ritrattare le loro maldicenze, esibire le loro possibilità finanziarie e riabilitare la loro dignità... Una gioia corroborante e confortante s'impadronì di lei, spegnendo il fuoco interiore della vergogna che l'aveva "cotta e stracotta" durante i lunghi mesi d'insonnia.

«Santa Yallah! Santati!
Sia lodato Allah! Sempre sia lodato!
Sia lodato: Nulla potrà contaminare il sangue nero del nuovo nipote, quel bambino che rigurgiterà il latte materno!
Sia lodato: finalmente una nuora che onorerà i miei diritti!
Santa Yallah! Santa rêque!
Sia lodato Allah! Sia gloria a lui, l'Altissimo!»

Yaye Kadhy era raggiante... Ma anche la madre di Ouleymatou lo era. Nel quartiere la figlia aveva avuto una cerimonia esclusiva che nessun altro matrimonio o battesimo avrebbe potuto eguagliare per l'abbondanza di pietanze e la quantità di denaro distribuito.

Era raggiante, senza alcun rimpianto per i risparmi volatilizzati e i bauli svuotati. Il suo lavoro aveva dato buoni frutti. Sua figlia era stata consacrata come moglie di un intellettuale! Considerata alla pari di una Bianca nel cuore di un uomo! Sua figlia era stata onorata ancor più delle sorelle maggiori...

A Usine Niari Talli tutti ammiravano Ouleymatou: le qualità morali di un pretendente avevano poco peso nel giudizio e soltanto il denaro motivava l'estasi della sposa, una merce garantita ai più ricchi! Le donne elogiavano Ousmane per le sue abbondanti risorse e la sua mano generosa! Osannavano il cielo per averglielo inviato! Un *goro* [6] giovane e seducente, nobile di nascita, dalle floride finanze e per di più "un loro figlio!", in verità un uomo migliore di lui non c'era.

A conti fatti, per tutti Mireille non era da tenere in considerazione. Era un'intrusa da eliminare, una rivale da spodestare... soltanto una straniera... Tutti pensavano: «Cos'è venuta a fare qui?...» In quell'unanime disapprovazione, Alì[7] e sua moglie si sforzavano di sostenere le loro opposte considerazioni, attaccando quel muro di ostilità innalzato da Ousmane sulla questione Mireille.

Alì brontolava:

«Così, le teorie più stabili crollano davanti alla realtà della vita! A coloro che le formulano con veemenza, esse appaiono veritiere, a prova di qualunque mediocre interprete!»

L'iniziale stupore di Alì si tramutò poi in rivolta:

«Ousmane Guèye, il più intellettuale del nostro gruppo! Ousmane Guèye, adepto incondizionato della negritudine che prima incoraggiava la più ampia apertura mentale e oggi si ripiega su sé stesso con il pretesto di restare fedele alle proprie radici!»

«Le frasi sono valide soltanto per coloro che le pronunciano, gli stessi che spesso le sfruttano e le stravolgono!»

«Disperarsi per l'uomo? L'uomo ha un cuore e una ragione che rendono la sua superiorità incontestabile. Ousmane non si è più avvalso né di uno né dell'altra!»

Con il suo sguardo Alì viaggiava spesso per il mondo, ani-

---

6. Genero.

7. L'amico che aveva sostenuto Ousmane sin dall'inizio nella sua storia d'amore con Mireille, imprestandogli la sua Keur.

mando terre sconosciute o visitate, battute dagli oceani o distese ai piedi delle montagne:

«L'Uomo è ovunque, qualunque sia il colore della sua pelle o la sua lingua.»

«Bisogna sapere aprire il proprio cuore al ritmo dell'universo! Accettare l'era dell'abbattimento delle frontiere, l'era delle grandi unioni, in questo secolo di profondo dialogo! E Ousmane è lì pronto a pagare per la pelle bianca che aveva lasciato entrare nella sua casa... La mia voce? Un flebile suono nella sinfonia di questo mondo... Il mio ardore? Una goccia nel mare! Ma la mia speranza è immensa, e sarà saziata nel giorno in cui la nobiltà vincerà ogni reticenza e pregiudizio, nutrita da quei valori universali!» Alla fine Alì metteva Ousmane alle strette:

«Esiste un codice d'onore. E io sosterrei questi stessi propositi se tu avessi tradito Alima o Oumou. Hai costretto una donna ad abbandonare la propria famiglia e non la aiuti a integrarsi in un ambiente diverso dal suo, conducendola così al suo definitivo isolamento... Mireille non è un'amante e se lo fosse avrebbe comunque dei diritti... È lei la moglie e una moglie impone degli obblighi, invece continui a negarle la tua regolare presenza! Abietto è l'uso che tu fai dei suoi beni! Sembri aver perso ogni tua virtù. Sei ai limiti della moralità religiosa insegnata da tuo padre. Attento alla mano vendicatrice di Dio!»

Ousmane si difendeva:

«Basta! Basta! Non stai dicendo niente che io non sappia già. Ma se si vuole giudicare una situazione in maniera onesta, bisogna guardare il dritto e il rovescio della stessa medaglia. In questo caso il dritto è Mireille con i suoi diritti di moglie e il peso del suo esilio. Va bene! Ma, seguitando con la tua arringa, che ne faresti di Ouleymatou? Se io la abbandonassi, la sua dignità sarebbe oltraggiata. Tu dimentichi la sua famiglia. Se le facessi quest'insulto, la coprirei di vergogna. Ouleymatou ha un figlio...»

Rosalie lo interruppe, bruscamente:

«E prima di Ouleymatou, Mireille ha avuto un figlio! Se tu avessi sposato per prima Ouleymatou non saremmo qui oggi a discuterne. Lei ha aspettato che tu fossi sposato per avvicinarsi a te! Che attrice! Il suo comportamento è indegno di una donna di questo secolo. Le donne devono essere solidali tra di loro.»

Ousmane, divenuto serio, rispose:

«Io amo Ouleymatou, questa è l'unica cosa che conta. Ho capito che ho sempre amato lei, che non avevo mai smesso di amarla. Mireille? Forse l'ho scelta per mettermi alla prova. Per dimostrare la mia virilità. Per provare a tutti la mia abilità di seduttore arrivando così in alto, così lontano. La difficoltà di una simile impresa mi eccitava. Ma appena raggiunto l'obiettivo, ho sentito dentro di me un vuoto immenso che mi separava da Mireille. Ritrovando Ouleymatou, tutto si è fatto chiaro. La verità può apparire atroce. Voi volete che io rispetti un impegno che non mi appaga più? Devo rinunciare a essere me stesso per non deludere nessuno? Devo sopravvivere invece di vivere?»

Alì era scuro in volto per quelle singolari circostanze:

«Tu sei l'unico colpevole, l'unico responsabile. Non si gioca con il destino. Avresti dovuto prima riflettere. Quella donna non ti ha chiesto nulla né imposto nulla. Al contrario ti ha donato ogni cosa. Paga il tuo debito! Abbi il coraggio di pagarlo. Ripudia Ouleymatou!» Ousmane a stento dominava la sua collera:

«È facile dare consigli. Parlare di doveri è semplice, ma in questo caso qual è il dovere? Abbandonare Ouleymatou e mio figlio? Alzare una barriera tra me e mia madre? Ne uscirei completamente svuotato. Tornare da Mireille... Come potrei renderla felice senza donarle il mio cuore? La situazione attuale mi aiuta a tollerarla. Conto sul passare del tempo. Un giorno forse... La vita e il tempo aggiustano le situazioni». Al sentire certe parole, Alì s'innervosì: «Ousmane, sarà stato stregato?» Turbato, giudicava il suo amico senza onore, quell'onore che un tempo entrambi avevano ostinatamente difeso.

XXVI

Mentre Rosalie era intenta a distrarre Mireille dai suoi tristi pensieri, Ousmane Guèye aveva già trasferito la sua nuova famiglia in una casa spaziosa, che gli aveva permesso di portare al seguito di Ouleymatou, suocera, fratelli e sorelle, per nascondere così al vicinato la vera padrona di casa.

Prudenza! Li aveva avvertiti:

«Nessun tour! Verrò quando potrò. E non trascorrerò mai qui l'intera notte. Comunque a Ouleymatou non farò mancare nulla.»

Per rispedire Alì al mittente insieme ai suoi continui attacchi, Ousmane rispose con una scoraggiante ostinazione. Il trambusto nella vita del suo miglior amico disorientava Alì, che arrivò a pensare, sebbene fosse un uomo razionale, a qualche possibile maleficio di un marabut.

Ousmane poteva essere stato vittima del dedelé, un sortilegio con il quale le donne innamorate si attaccano a un uomo?

«Forse! Potrebbe essere proprio così!», si lamentava Rosalie.

«Non potrebbero forse aver infilato l'anima di Ousmane in un corno per poi sotterrarla in riva al mare rendendola così incerta, come il continuo fluire e rifluire delle sue onde?

Forse! Potrebbe essere proprio così! O non potrebbe forse essere stata appesa a una porta, messa dentro un talismano per attirarla precipitosamente verso la Negra? Forse! Forse!»

Agitato, Alì raggiunse l'amico all'uscita del cortile di casa. Ousmane si affrettava a raggiungere Ouleymatou.

«Non andartene… ascoltami piuttosto».

«I soliti discorsi?» S'inquietò Ousmane.

«Putroppo sì», rispose Alì. «L'amicizia impone dei doveri. Qualunque sia il rispetto dovuto ai genitori, il fatto che tu in questa situazione ti sia trovato dalla stessa parte di Yaye Kadhy dimostra chiaramente il tuo errore. La verità di Yaye Kadhy non può essere la tua. Tu, che sostieni le idee di tua madre e accetti il suo gusto ridicolo per le fastosità! Tu, Ousmane, che tradisci la fiducia! Non ti riconosco più in questa veste... E poi, che cosa rimproveri a tua moglie? Il colore della pelle? La mentalità? Non sono forse le stesse recriminazioni del signor de La Vallée? Ridicolo! Adesso sei diventato razzista...»

Ousmane ascoltava. L'amico usava certo parole ragionevoli. Ma come poteva fargli comprendere il suo scontro quotidiano tra ragione e sentimento?

«Tu non m'insegni niente» disse, «e io non sto rinnegando me stesso. Ma l'uomo è complesso nelle sue ambizioni e le circostanze utili alla sua personale realizzazione sono difficili da coniugare. Riconosco che in Mireille ho trovato una donna che mi ama, ma quando sto accanto a lei provo una deprimente sensazione d'insoddisfazione, di mancanza.

E allora tutto precipita... Aggiungi a questo stato di cose l'avversione reciproca tra mia madre e mia moglie, i fraintendimenti tra Mireille e i miei amici, escluso te, certamente, che sei il suo avvocato difensore, ma non tutti gli altri che, in base alle sue parole, violano la nostra intimità».

Ousmane si zittì... un istante. Poi scrollò la testa.

«È la forza delle abitudini», proseguì. «e la forza delle credenze dalle quali non è possibile sfuggire senza essere sradicati. Il peso del passato ha la sua importanza. Io continuo a cercare invano me stesso in Mireille, ma lei non soddisfa i miei desideri».

Alì era incredulo:

«Mireille comunque è in grado di capire molto bene le cose. Ma la verità è che tu sei complicato! Tu cerchi di dare una motivazione culturale alla schiavitù dei tuoi sensi. Tu credi che quell'idiota di Ouleymatou, che non è neppure riuscita a finire le scuole superiori, possa portare qualcosa di positivo nella tua vita?»

«Ma lei conosce la leggenda di Samba Guéladio! Conosce i nostri proverbi! Possiamo comunicare con un segno, un saluto, una strizzata d'occhio... e questo è importante», replicò Ousmane, «la nostra origine ci lega agli stessi antenati».

Alì, ironico, rispose:

«Con l'incenso e il *gongo*, oppure contando le perle appese ai suoi fianchi! Non essere idiota! Penso che ti abbiano fatto il lavaggio del cervello. Nel tuo cuore è entrata Ouleymatou a discapito della tua dignità. Devi mandarla via!»

«E come?» Domandò Ousmane, incuriosito.

Alì imperiosamente rispose:

«Domani tu non hai lezione, giusto?... Bene. Aspettami davanti a casa tua alle sei del mattino... D'accordo?»

Astutamente Ousmane accettò.

«D'accordo...»

Alì restò a guardare l'auto di Ousmane che deviava in direzione della casa affittata per Ouleymatou. Desolato, scrollò la testa.

La mattina seguente, procedendo in auto lungo la strada, seduto dal lato del guidatore a fianco all'amico, Ousmane meditava. Alì, con i suoi modi brutali, forse aveva ragione. Forze sovrannaturali a sua insaputa lo stavano obbligando a odiare tutto quello che i suoi sogni e i suoi sforzi avevano rappresentato per lui in quei cinque anni di vita. Era dunque stato spinto a innamorarsi di Ouleymatou? Per resuscitare l'amore della sua infanzia, Ouleymatou si era forse servita di quelle particolari cordicelle bianche oppure i marabut avevano annodato pazientemente il nome dell'eletto a degli incantesimi? «I più temerari non resistono a una simile prova», ammetteva tra sé.

Altrimenti, poteva forse essere stato allontanato da Mireille, gettando un marabut in direzioni opposte, le due metà di un biglietto sul quale erano state scritte alcune profezie?

Il suo nervosismo nei confronti di Mireille e la scarsa tenerezza dimostrata verso il figlio meticcio erano, infatti, anormali. L'esperimento proposto da Alì meritava di essere provato, tanto più che dentro di lui il ricordo infantile legato a quelle antiche pratiche era rimasto ancora vivo.

Così Ousmane si ritrovò a pensare a Mamma Fatim.

Quale prima moglie di Pathé Ngom, Mamma Fatim si atteggiava a padrona di casa come una tigre nella sua tana, e approfittava, in maniera esagerata, di quelle prerogative riconosciute a una *Awo*[1], arricchita altresì dall'attività commerciale di frutti di baobab, arachidi e miglio, che lei svolgeva da tempo presso un banco del mercato di *Nguélao*[2]. Le altre mogli di Ngom diffidavano della sua lingua biforcuta con la quale sapeva mistificare anche i fatti più insignificanti e volgere a suo vantaggio ogni tipo di situazione. Lei era soprattutto abile nel mettere in disaccordo le altre mogli con il capo famiglia, sempre incline a darle ragione.

Quante mogli più giovani erano state costrette a far fagotto, ripudiate da Pathé Ngom, a causa della loro maleducazione nei confronti di Mamma Fatim? Una nuova arrivata, Maïmouna, si era ripromessa di "piantare le sue resistenti radici nella terra della concessione". Pertanto non sarebbe stata certo Mamma Fatim l'artefice di un suo eventuale ripudio, nel caso in cui lei avesse dovuto un giorno tornare dalla sua famiglia. Eppure Maïmouna non si fidava. Evitava persino d'incontrare "l'anziana" per non essere trattata da sfrontata. Non utilizzava mai neppure gli utensili di Mamma Fatim, anche quando li trovava lasciati incustoditi nel cortile, come a volerla far cadere in tentazione.

Quando Maïmouna doveva spazzare, puliva ovunque, eliminando anche la sabbia davanti alla stanza di Mamma Fatim e durante le frequenti assenze dell'anziana, riempiva per lei quotidianamente le giare di acqua. Si proponeva spesso di cucinare al suo

---

1. Prima moglie.

2. Mercato all'aperto a Grand-Dakar.

posto, anche quando non era il suo periodo di *tour*. La madre di Maïmouna l'aveva consigliata:

«La via della pace è breve. Comportati con la moglie più anziana come faresti nei miei confronti».

Ma era difficile sfuggire alla malvagità di Mamma Fatim. Riusciva sempre a trovare qualche motivo per criticarla: il couscous pieno di sabbia, poco o troppo salato, i sassolini nel riso mal tritato o il pesce non fresco che avrebbe potuto intossicare l'intera concessione.

Maïmouna, cercando di mantenere la calma, incassava i rimproveri sotto gli sguardi derisori delle altre mogli. Tuttavia, in presenza di ospiti la cattiveria di Mamma Fatim aumentava.

Ousmane ripensava... Un giovedì si era ritrovato a *Ngomène*[3], quando verso mezzogiorno, Mamma Fatim rientrò dal mercato.

La donna rivolse il suo sguardo in direzione del fil di ferro sul quale erano stesi i vestiti inamidati di Maïmouna. E subito cominciò a inveire:

«Chi ha messo quei vestiti al posto dei miei? Senza dubbio i miei sono vecchi come me, ma ci sono affezionata».

Dalla sua camera Maïmouna ascoltava le sue provocazioni. Così Yaye Kadhy, che era andata a farle visita, le fece cenno di non uscire e di tenere la bocca chiusa.

Allora Mamma Fatim si piantò davanti alla porta della giovane rivale:

«Sei tu che ti sei permessa di fare ciò che nessun'altra oserebbe? Stendere i tuoi vestiti al posto dei miei, direttamente sul mio fil di ferro! Che arroganza!»

Maïmouna le riportò i suoi abiti ben piegati e impilati:

«Erano già asciutti quanto li ho tolti».

La mano di Mamma Fatim respinse il pacco e rifilò un paio di sonori ceffoni sulle guance di Maïmouna con una forza guidata

---

3. A casa della famiglia Ngom.

dall'odio e dalla crudeltà, figlia diretta dell'ingratitudine. Maïmouna indietreggiò e al dolore di quelle percosse si unirono la
sorpresa e la vergogna. I molteplici gesti di remissività che lei imponeva alla sua forte volontà venivano interpretati dalla anziana
come un segno di debolezza! Aveva incassato perfide allusioni e
ricevuto rimproveri senza motivo! Ma come! Lei si consumava
sgobbando il doppio invece di riposarsi per una donna che non
le dimostrava alcuna riconoscenza! Mamma Fatim non meritava alcun rispetto. Come le altre mogli, Maïmouna gliela avrebbe
fatta pagare!

Indietreggiò nel tentativo di proteggersi dietro il fagotto di
pagne. Poi prese Mamma Fatim per le braccia e la gettò con violenza a terra. Imbarazzata per l'accaduto, Yaye Kadhy tardava a
intervenire, lasciando così a Maïmouna il tempo di posare il suo
corposo posteriore sul petto smagrito della moglie più anziana
e di rendere, addirittura moltiplicandoli, gli schiaffi ricevuti su
quelle sue guance avvizzite.

Allora Yaye Kadhy gridò:

«Correte! Correte! Si stanno picchiando!»

Ma subito tutti si resero conto che non si trattava di una vera
lotta: soltanto Maïmouna sferrava i colpi. Dai capelli bianchi di
Mamma Fatim, ricoperti di sabbia, scivolava via il *gris-gris*.

Per liberare il collo raggrinzito della moglie anziana dalle mani
di Maïmouna che, infuriata, sembrava intenzionata a non molla-
re la presa, si rese indispensabile l'intervento di braccia forti.

Sebbene svincolata da quella morsa, Mamma Fatim non riuscì a rialzarsi. Stravolta, con gli occhi rivolti verso l'alto, venne
trasportata dai figli nella sua camera.

La sorella, chiamata d'urgenza da *Pikine*[4] ammise:

«È sotto l'influsso dei *rab*[5]. Certamente sapete tutti che senza

---

4. Periferia di Grand-Dakar.

5. Esseri invisibili dal potere benefico o malefico.

il loro intervento malefico, Fatim sarebbe in grado di annientare anche tre donne come Maïmouna. È il *rab* che ha atterrato Mamma Fatim e non la forza di Maïmouna Samb! Fatim lo stava trascurando a vantaggio del suo lavoro così lui si è vendicato. Per compiacerlo è necessario organizzare un *ndeup*[6]».

Seguirono alcuni incontri, le discussioni e il divieto dell'Islam esternato dall'Imam, tuttavia nulla poté cambiare l'opinione della famiglia di Mamma Fatim: per la guarigione dell'anziana donna c'era bisogno di un *ndeup*, la danza che serviva a praticare l'esorcismo.

Quel giovedì scelto come giorno della cerimonia, a partire dalle tre del mattino, ebbe inizio l'invasione delle panche che si accingevano a delimitare il luogo destinato alla danza pagana! Alcuni danzatori di *ndeup* erano stati designati sotto indicazione d'impavidi spettatori.

Il ritmo del tam-tam accompagnava quei versi incantatori. Mamma Fatim, seduta su di una stuoia, aveva centinaia di cordicelle bianche legate alle caviglie e ai polsi. I suoi occhi profondi erano visibilmente cerchiati da una linea scura di sangue. Le sue guance smagrite a causa del periodo d'isolamento e truccate con la fuliggine della pentola, pendevano sulle mascelle sporgenti. La donna incrociava e poi distendeva le gambe consumate dall'inattività, cercando di darsi un contegno, mentre si festeggiavano la Regina delle acque, Mama Coumba, e il *Peulh*[7], Re della pianura.

Le esortazioni, nate sin dalla notte dei tempi, originate dal tormento dell'angoscia e dell'impotenza umana di fronte all'irrazionalità di simili avvenimenti, si dilatavano.

E in quella folla concentrata, emergevano gli uomini legati per successione a servire i rab e a perpetuare i sacrifici di carne e di sangue. Certamente, il loro antenato aveva insanguinato il blu

---

6. Danza impiegata nella pratica dell'esorcismo.

7. Etnia che vive in Sénégal.

del mare con cerimonie sacrificali e aveva sussultato di paura o di gioia quando le onde insaziabili avevano sfiorato i suoi piedi, restituendo il sangue versato. Aveva ascoltato le voci provenienti dal mare e rinvenuto, nella loro saggia solennità, il sollievo alle sue sofferenze. E così, le sue sofferenze erano state cancellate dal fragore delle acque e i suoi desideri erano stati innalzati dall'intenso soffio dei venti, per essere infine esauditi?

Le braccia, con gesti irregolari, si alzavano in aria implorando il cielo. Donne e uomini parlavano con l'Invisibile. I loro occhi, fissando lo stesso punto, rimanevano estasiati e il loro corale sorriso lo dimostrava. Ogni gesto, accompagnato da un particolare suono di tam-tam, rappresentava un messaggio: il Percettibile e l'Invisibile stavano comunicando. Alcune anime vibravano in trance, impossessate dal loro secondo "Io". E il tam-tam continuava a risuonare senza sosta, stimolando l'invasione reciproca tra i mondi della realtà e dell'immaginazione.

La guaritrice della cerimonia era un'anziana senza denti dal capo a forma di uccello e il corpo gracile. Il suo corpo emergeva tra la miriade di vestiti e di *gris-gris* che ne ingrossavano le forme, senza comunque privarlo di grazia.

Gli impossessati rispondevano "presente" all'invito di quegli inni infervorati dal suono del tam-tam, accompagnati dalla speranza di quei canti associati ai fremiti, allo stato di trance e alle convulsioni.

Così il latte, fonte d'inebrianti delizie, quale alimento primario della vita e bevanda eletta dagli spiriti, veniva offerto dalla guaritrice, mentre il pungente ed energico vibrare del tam-tam scalfiva l'anima attenuando ogni impurità.

Languide voci cantavano alleviando l'angoscia e l'inquietudine. I danzatori sfregavano il loro capo appesantivo sulla sabbia e poi si lasciavano andare a un sonno profondo.

«NDeuk! NDeuk! NDeuk!», intonò il coro.

«NDeuk! NDeuk! NDeuk!», risposero i tam-tam.

Il *Back royal*[8] per il signore delle terre e dei mari riuniti, riecheggiò:

«NDeuk! NDeuk! NDeuk!»

L'immensità della bellezza di Capo Verde ai suoi piedi!

«NDeuk! NDeuk! NDeuk!»

Mamma Fatim apriva le mani e sorrideva per comunicare con questo canto:

«NDeuk Daour oh!

Soubal nagnouma

NDeuk Daour oh!

Le tinteggiatrici di tessuti mi hanno onorato!

NDeuk! NDeuk! NDeuk Daour oh!»

Quella rapida cadenza s'impossessò di tutto il pubblico presente. Le teste e i corpi si agitavano, trasportati da uno stordimento collettivo.

Innumerevoli sguardi fissavano Mamma Fatim! Le sue braccia volteggiavano con forza nell'aria. Il miracolo sarebbe riuscito? Si sarebbe rialzata? Avrebbe camminato di nuovo? Il rab era stato sedotto? Avrebbe placato la sua collera? Aveva accettato il sacrificio dell'animale? Manifestava dunque la clemenza sperata?

Tra le ombre scure sul volto avvizzito della "malata", apparve il chiarore di un sorriso miracolosamente immutato dall'età, tra i segni blu indaco delle gengive tatuate.

I suonatori di tam-tam facevano pulsare i cuori gonfiandoli di speranza. Il fervore accompagnava i gesti della guaritrice intenta in una silenziosa preghiera. Il sole abbandonava il cielo, aggiungendo mistero all'evento. Un vento leggero diffondeva gli inebrianti olezzi dello iodio e del sale. Gli occhi si dilatavano per la curiosità.

L'improvviso stato di trance corse in aiuto alla penosa magrezza di Mamma Fatim che sorrideva alla guaritrice impegnata

---

8. Canto wolof in onore di un re o un sovrano.

a danzare per lei e a liberarsi dei vestiti. Uno dopo l'altro i piedi di Mamma Fatim iniziarono ad avanzare e piano piano il suono dei tam-tam cominciò a scemare.

Allora Ousmane si ricordava quando da bambino, affascinato da quello stesso spettacolo, restava appollaiato sul tetto della baracca paterna in compagnia di altri ragazzini della sua età. Si rivedeva con indosso il vecchio berretto e quei pantaloncini perennemente riadattati alla sua altezza, così da poterlo accompagnare nella crescita, che lo facevano sentire sempre in imbarazzo.

La folla si disperdeva in un rumoroso fuggi fuggi. Mamma Fatim, senza alcun aiuto, riconquistava serpeggiando la via della concessione dei Ngom, mentre alcuni piccoli birbanti saltellavano in mezzo al grigio pulviscolo del crepuscolo. Immediatamente i loro salti e le loro risate cessarono per paura di essere contagiati da quel sortilegio e soprattutto temendo la punizione che avrebbe rovinato la loro scappatella, se avessero tardato a rientrare a casa.

Nei ricordi di Ousmane scorrevano altre cerimonie pagane. Tuttavia lo spettacolo più movimentato rimaneva sempre quello dei rab religiosi.

«L'introduzione delle preghiere in queste danze pagane era un sacrilegio!» Ousmane aveva difeso il suo punto di vista in diverse burrascose discussioni con il suo gruppo di amici.

Seduto al volante della sua auto, Ousmane meditava sul suo passato. Il suo sguardo si perdeva tra la bruma mattiniera attraversata dal chiarore delle insegne luminose e i fari delle macchine.

XXVII

In piena sincerità, Ousmane accettava di essere coinvolto in quell'avventura di pratiche ataviche che, come molti sostenevano, "guariscono le malattie e aiutano a rafforzare la volontà e a tornare sulla retta via", anche se la sua ragione riusciva a fatica ad aprirsi un varco in quel labirinto di tradizioni e di consuetudini.

Sperava di ritrovare quel suo stato d'animo un po' infantile che gli permetteva di vedere le cose con più semplicità, Mireille compresa.

«Se dovessi scegliere, l'eletta dovrebbe essere Mireille. Egoista, certamente, ma priva di ogni malignità... E Ouleymatou? Se sto vivendo questo strazio, la colpa è solo sua.»

Si sentiva pronto anche ad affrontare la sofferenza, se questo poteva servire a guarirlo. Ma avrebbe resistito senza quella sensazione di delirio che gli provocava Ouleymatou? Con la mente tornò a pensare a Mamma Fatim.

«È dunque guarita grazia al *ndeup*? Il sostegno popolare, l'atmosfera dei canti e dei tam-tam erano davvero riusciti a sconfiggere l'inerzia che aveva bloccato le sue gambe? Oppure, la sua paralisi era stata semplicemente simulata per giustificare la sua sconfitta? I *rab* esistevano veramente ed erano capaci di gestirci a loro piacimento, arrecandoci gioie o dolori?»

Ousmane rammentava alcuni discorsi fatti al riguardo con certi suoi compagni, ex studenti di medicina. Al reparto di Psichiatria presso l'Ospedale di Fann, utilizzavano spesso la pratica del *pinth*[1], l'albero delle parole[2], e del *ndeup*. Facevano affidamento anche alla scienza dei *bilodja*, quegli stregoni che hanno perso il potere di uccidere.

---

1. Dal nome dato alla piazza centrale di ogni villaggio, dove si usavano tenere le riunioni e le cerimonie.

2. Così nominato il luogo delle riunioni poiché solitamente vi era un grande baobab.

«Un altro aspetto della Scienza Africana che farebbe tanto sorridere Mireille... Il passato e il presente si uniscono confondendosi misteriosamente!» Ousmane, non avendo la forza di separarli, immaginava un fuoco gigantesco intorno al quale avrebbero danzato i *djinn* decaduti e i *rab* cacciati dalle grotte, mentre gli stregoni agitavano i loro abiti fatti di piume.

L'automobile si arrestò a Fimela. Alcune venditrici la circondarono, agitandosi per proporre ai due amici dei polli color *tîr*[3], essenziali per il bagno di purificazione a Simal.

Alì aveva spiegato a Ousmane:

«Lo scopo del nostro viaggio si trova a Simal. È mio padre che mi ha consigliato di andarci».

Una donna, interpellata, indicò loro il percorso da seguire. I segni degli pneumatici sulla strada indicavano il continuo viavai delle auto. Una venditrice, intenta a smistare un fagotto di abiti, sorrise al loro passaggio, mentre un uomo fermò gentilmente il cavallo che trainava il suo carro per cedere loro il passo. E Simal, dopo l'accoglienza entusiasta dei bambini, aprì loro il regno del suo guaritore: quel luogo naturale, protetto da tre grossi tronchi d'albero, coperto con il fogliame intrecciato e affacciato su una distesa di acque torbide imprigionate tra gli arbusti, trasudava un senso di mistero.

Un uccello dal piumaggio bianco era fermo a riposarsi in cima all'unico pilone che si ergeva, saldo, in mezzo al mare, come l'asta di una bandiera.

Il guaritore, alto, nero e dalla corporatura esile si prodigava in sorrisi che i semi di cola masticati avevano ampiamente tinto di rosso. Alcuni clienti attendevano con pazienza seduti su di una

---

3. Colore rossastro dell'olio di palma.

panca rudimentale, la cui superficie si presentava consumata dal tempo e dai tanti servigi resi. Una palizzata divideva in due lo spazio riservato alle sedute: la prima parte era adibita a guardaroba, mentre il secondo ambiente, più vasto, ospitava una vasca abbastanza larga, riempita di acqua da alcune ragazzine, nella quale galleggiavano dei pezzi di legno. Due panche erano state poste una di fronte all'altra: una riservata al guaritore, l'altra al cliente. Davanti al paziente, spogliato delle sue vesti, con le sue lunghe braccia l'uomo brandiva il pennuto *tîr* percuotendolo dalla testa sino alle zampe. L'animale, sfiancato dal dolore, emetteva strani suoni, poi caricato di tutte le impurità del malato, cominciava a contrarre il suo corpo e infine moriva. Allora il guaritore estirpava dal cadavere gli organi dell'apparato digerente e li gettava a terra. La forma assunta da quelle viscere intestinali gli permetteva di predire il futuro. Il loro rigonfiamento dal profilo simile a due corna ripiene, indicò che l'anima di Ousmane era stata imprigionata da qualche parte di modo che potesse obbedire puntualmente.

«Una donna, portatrice di sventura!» Poi l'uomo esile, scrollando il capo, aggiunse:

«Per fortuna sei venuto!»

Il corpo di Ousmane venne bagnato da capo a piedi per terminare la sua purificazione. Quindi si alzò in piedi, alleggerito, e consegnò al suo benefattore una banconota da cinquecento franchi.

Andò a rivestirsi nella zona del guardaroba, mentre un nuovo cliente prendeva già il suo posto.

Seduto sulle foglie secche, di fronte all'acqua mossa da un flebile venticello, Alì stringeva nel palmo della sua mano, come Ousmane, uno di quei pezzi di legno immersi nella vasca che prolungava l'effetto salutare di quel bagno.

«Grazie, amico mio! Disse Ousmane. Anche se non sarò liberato dall'incantesimo, anche se non tornerò più quello che ero prima, apprezzo la tua sincera amicizia».

Allora Alì rispose:

«Ho dovuto scegliere io al tuo posto tra due possibili luoghi. Il secondo, *Djam-Wally*, che significa "vi saluto", si trova alla frontiera tra il Senegal e il Gambia, dove ha vissuto un grande adepto della dottrina del Muridismo[4]».

I due giovani risalirono in auto e Ousmane si rimise al volante. Guidava con prudenza. Quel bagno purificatore non aveva affatto allontanato l'immagine di Ouleymatou dai suoi pensieri. La voglia di rivederla lo sconvolgeva e il bisogno di stringerla tra le braccia diventava incontenibile... All'apice di quella sua smania non riusciva più a ritrovare Mireille.

Mamma Fatim rimessa in forze grazie al ndeup, aveva avuto più fortuna di lui.

Quella sera, dopo la lezione, Ousmane non andò direttamente all'appartamento. Seguì la strada panoramica poi, appena dopo pochi metri di quel percorso rilassante, fermò la macchina e scese. Si arrampicò sulle rocce che lo separavano dal mare. Il mare! Voleva soltanto rivederlo, guardare le sue onde spinte dal soffiare del vento. Un'aria fresca accarezzava dolcemente il suo volto e purificava i suoi polmoni. Fischiettando, con le mani infilate nelle tasche dei pantaloni, pensava alle due mogli.

Belle, in modo diverso! Assolutamente eleganti e anche pulite! Ouleymatou si sforzava oltremodo per mantenere pulita la casa. Conosceva bene "la mania dell'ordine dei Bianchi" e non voleva apparire inferiore nel confronto con Mireille.

Da lei Ousmane poteva recarsi con chiunque e quando più lo desiderava. Era certo di trovare sempre una gioiosa accoglienza

---

4. Pratiche di culto e di regole di condotta.

che poteva mettere chiunque a proprio agio. Il *boli*[5] in comune, a fine pasto, conteneva ancora sufficiente pietanza da riuscire a saziare altri commensali come pure i talibé ammassati nel cortile, intenti a spiarli.

Quanto a Mirelle, oramai aveva rinunciato a farle accettare i suoi amici. D'altronde le pietanze leggere cucinate da Mireille non avevano mai soddisfatto il loro palato abituato, al contrario, a pasti luculliani. E poi i suoi amici preferivano incontrarlo a casa di Ouleymatou.

Sorrise:

«Mireille avrebbe parlato certo di spreco, proprio lei che è così ricca! Lei pensa che così facendo s'incoraggiano l'indolenza e l'ozio».

Quando era da Ouleymatou, Ousmane veniva considerato il padrone e il signore di casa. Poteva spogliarsi, accomodarsi e mangiare dove preferiva, persino sporcare quello che voleva. Gli eventuali danni venivano subito riparati senza brontolare. In quella dimora, ogni suo desiderio era un ordine.

Nell'appartamento invece, era costretto a trattenersi.

«Non mettere in disordine!» Gridava la moglie con indosso il grembiule. «Siccome non mi aiuti, almeno non sovraccaricarmi di altri lavori! Rimetti ogni cosa al suo posto!». Puntando il dito con fare autoritario, Mireille ordinava senza troppe remore.

Gli abiti sporchi dovevano essere depositati direttamente nei cesti: quello blu era destinato ai vestiti bianchi, mentre quello rosso era stato scelto per i vestiti colorati. Appena Ousmane si sbagliava, Mireille glielo faceva immediatamente notare.

A casa di Mireille, che aveva ricevuto una rigida educazione, nessun piatto poteva uscire dal soggiorno o dalla cucina. La guerra agli scarafaggi ha le sue regole, pertanto mangiare del pane nella stanza da letto non era certo conveniente. La moglie, ritenendosi

---

5. Grande bacinella.

sua pari, rifiutava le sue idee e le sue decisioni quando non le riteneva opportune. Mireille non agiva da persona inferiore, poiché il suo modo di pensare era fondato sul concetto di uguaglianza. Onorava i suoi doveri ma sapeva anche quali erano i suoi diritti e le sue esigenze. Tutto ciò sicuramente non disturbava Ousmane. Tuttavia un uomo non disdegna di stare al comando e di avere l'ultima parola. Un uomo non rinuncia alle prerogative che gli vengono riconosciute...

Quando si trattava di giudicare la stanza da bagno o la biblioteca, il confronto favoriva certo Mireille. Nel suo bagno le ceramiche blu erano sempre splendenti e su una mensola si ergevano alcuni flaconi ricolmi di sali o di soluzioni liquide energizzanti da sciogliere nell'acqua tiepida della vasca. Asciugamani, grandi come pagne, e morbidi accappatoi erano sempre a disposizione, ripiegati sopra uno sgabello.

A casa di Ouleymatou, al contrario, c'era soltanto una stanza da bagno, sprovvista di scaldacqua e senza piastrelle, che veniva utilizzata dall'intera famiglia. Avendo lasciato la scuola molto presto, Ouleymatou non possedeva alcun libro. Così Ousmane aveva creato per lei, sopra una mensola, una specie di libreria, cercando di invogliarla alla lettura.

Mireille, arrivata dal suo paese carica di bauli pieni di libri e documenti, aveva invece destinato un'intera stanza alla loro collocazione. E Ousmane Guèye, sottraendole una di quelle opere, si deliziava con la sua lettura a casa della Negra.

Sulla collina, Ousmane continuava a fischiettare, accarezzato dolcemente dal vento che proveniva dal mare. «Ouleymatou!» Ammetteva tra sé che riavvicinandosi a lei, si era riavvicinato a sé stesso. Due metà di uno stesso seme di nuovo insieme... E così il seme poteva rinascere... Come poteva spiegare quanto Ouleymatou l'aveva aiutato nella sua "resurrezione"?

«Che cosa poteva fare la competenza matematica del caro amico Boly Mboup contro i miei fantasmi? Sono come certi dati talmente incomprensibili da non poter essere né trascritti né risolti attraverso delle semplici equazioni!»

Ousmane riviveva il loro incontro. Riviveva la tristezza nella voce, nei gesti di Boly con i quali manifestava la sua impotenza:

«La mia famiglia mi rimprovera di aver sposato una cattolica. D'altronde che altro potevo fare, visto che i genitori delle ragazze che amavo mi rifiutavano solo perché sono un *griot*! La maggior parte delle ragazze appartenenti alla mia stessa casta non sono emancipate. Sono destinate a vivere in cucina. Per quanto riguarda i lavori domestici, loro sono certo delle campionesse! Eppure ignorano l'importanza della famiglia. Lasciano marito e figli in una casa disordinata per recarsi sorridenti alle cerimonie che per loro sono una fonte di reddito. Ma tu, un *guer*, un puro *guer*! Qual è il motivo che ti ha spinto a sposare una *Toubab*, giacché non mancano certo le donne Negre alla tua altezza? Al momento opportuno io ti avevo messo in guardia: noi non possiamo adottare certi comportamenti senza lasciare il nostro paese, senza tradire le attese degli altri. Ogni nostra rinuncia e ogni nostra esitazione sono dei veri tradimenti. Sovente quando un Nero sposa una Bianca, la sua patria lo perde».

L'ultima frase di quel discorso dell'amico lo agitava nuovamente, e giustificava ancor più la sua ribellione. Così Ousmane consolidava la sua convinzione del non perdersi. Ammetteva che sarebbe stato meglio sposare una Negra analfabeta ed elevarla alla sua altezza, piuttosto che logorarsi con quel dilemma.

Allora chiamò Dio come suo testimone:

«Il mio incontro con la Bianca è dipeso solamente dal destino, poiché io desidero più che mai essere un Negro». La sua anima respingeva la benché minima intrusione. Come poteva intrecciare valori dal contenuto e dall'espressione così diversa, spesso addirittura opposti, perfino contraddittori, talvolta stridenti gli uni accanto agli altri? «Una miscela esplosiva!»

Ousmane ricominciava a fischiettare.

«Ouleymatou, un duplice simbolo nella mia vita!»

Simbolo della donna nera che lui doveva emancipare, simbolo dell'Africa della quale lui era uno dei "figli istruiti".

Nella sua mente Ouleymatou si confondeva con l'Africa, un'Africa da riorganizzare nelle sue peculiarità, un'Africa da promuovere! A casa della Negra lui era il profeta della "parola della verità", il messia dalle mani facoltose, colui che nutre l'anima e il corpo. E quei ruoli erano adatti a quel suo legame profondo.

«Mireille, temprata da secoli di civilizzazione, poteva certo cavarsela. Lei, con la sua volontà di ferro, il suo ardore combattivo. Lei, avvantaggiata da una ricchezza immensa.»

Ousmane si alzava in piedi:

«Arrendersi a causa della furia della Bianca che proclama la sua collera con la violenza? Arrendersi a causa della mia coscienza ogni giorno allarmata? Arrendersi a causa del codice universale dell'onore e della dignità? Impossibile!» Alla base della sua avventura sentimentale con la Negra non vi era soltanto un motivo carnale. Ciò che li univa profondamente andava al di là dell'infinita tenerezza provata nello stringere quelle amabili mani nere. Quel legame gli entrava nelle viscere: agitandolo nel profondo e turbando la sua anima… erigendolo a combattente e ad ambasciatore di un popolo… Un popolo imbastardito dalla storia, un popolo annientato e poi ricreato… Un popolo stretto nella morsa della paura e dell'umiliazione… Un popolo…! Ah, mi ero perso, giovane studente persuaso dalle letture e dagli slogan, ammaliato dalla novità di un canto che mi attirava a sé! Eppure mi sono liberato dalla trappola e ne sono uscito indenne!»

Durante i lavori domestici Ouleymatou, instancabile, dichiarava canticchiando:

«*Fi, Mireille doufi nané gneh*[6]. Qui Mireille non berrà la salsa».

6. Salsa, simbolo di privilegi, onore, benessere etc.

Ma Ousmane interpretò le sue parole come: «*Fi, Mireille warou fi nané gneh*. Qui Mireille non dovrà bere la salsa».

Ousmane era d'accordo nel provvedere all'allontanamento della Bianca:

«Isolarla nel suo mondo. Lasciarla marcire nello sconforto... Accettare senza reagire i suoi rimproveri... Prepararla alla fuga e ritrovare senza equivoci un ruolo degno dei miei desideri, assicurandomi così di poter agire in piena libertà...!»

Ousmane fischiettava. Gli ultimi scrupoli che avevano attanagliato la sua coscienza ora s'inabissavano come il sole, laggiù, di fronte a lui, in quel vermiglio orizzonte, striato di viola, nel profondo blu del mare. Un naviglio si allontanava.... «Verso quale porto? Quali anime, sottomesse a un destino implacabile, portava via con sé?... Le stesse anime inclini a scelte oggi ritenute decisive, rinnegate poi domani.»

Ousmane doveva passare all'appartamento per cambiarsi d'abito prima di raggiungere Ouleymatou. Le sue scarpe erano imbrattate di terra e fogliame. Dentro di sé cominciò a ridere pensando che avrebbe dovuto strofinarle su quel resistente zerbino messo dinanzi all'entrata, prima di accedere al civilizzato soggiorno. E Ousmane fischiettava.

«Abbasso ogni costrizione! Addio robot! Viva la natura!»

XXVIII

L'amicizia ha un codice di condotta più solido di quello dell'amore. In un cuore, l'amicizia può anche arrivare a prevaricare l'affetto generato dai legami di sangue, poiché un fratello e una sorella non sono per forza amici. L'amicizia sa cancellare le cicatrici inflitte dal tempo, mentre l'amore non potrà mai uscire indenne dalle traversie che lo insidiano.

Soukeyna, la maggiore delle due figlie di Yaye Kadhy, considerava Mireille come una sorella e un'amica. Nel conflitto Ousmane-Mireille, lei riconosceva i torti del fratello, giacché l'amicizia sa bene essere di parte. Soukeyna ammetteva con sé stessa:

«Mireille è certo dotata di buona volontà. Tuttavia una Bianca non può cambiare le proprie abitudini, mentre una Negra può farlo perché cresciuta in un ambiente del quale un giorno dovrà saper soddisfare le esigenze. A lei non sarà dovuta alcuna gloria per essersi adattata alla famiglia del marito. Ma Mireille! A lei vanno riconosciuti i meriti! I suoi sforzi avrebbero dovuto essere incoraggiati! Invece Yaye Kadhy, con disinvoltura, persevera nello schernire ogni suo tentativo di riconciliazione. Avrebbe voluto trasformarla in un oggetto al suo servizio». Tra Soukeyna e sua cognata si era instaurato un rapporto eccellente. Malgrado la disapprovazione di Yaye Kadhy, lei andava a trascorrere tutti i fine settimana nell'appartamento. Aiutava Mireille a preparare, nella giusta quantità, il riso con il pesce la cui porzione destinata a Ousmane, invece di essere apprezzata, rimaneva a raffreddarsi nella zuppiera per l'intera giornata. Nella stanza adibita a biblioteca, le due donne si ritrovavano a parlare assiduamente.

Dopo che Soukeyna venne a conoscenza del tradimento del fratello, le sue visite diventarono pressoché quotidiane. Indignata, cercava di risolvere la situazione, osando persino di scontrarsi con Yaye Kadhy:

«Con il tuo egoismo spingi Ousmane alla rovina e, allo stesso tempo, uccidi la figlia di qualcun'altra, dato che anche Mireille ha una madre. Io sono contraria al secondo matrimonio di mio fratello che giustifica soltanto i tuoi interessi. Non avrò alcun rapporto con quella seconda famiglia. Mireille ha tentato l'impossibile per accontentarti! Voleva addirittura sostituirti nelle incombenze in cucina, mentre tu le ridevi in faccia. Tu scoraggi ogni suo tentativo di collaborazione e la rifiuti senza neppure conoscerla. Perché ti comporti così? Lo fai perché è Bianca... Soltanto il colore della sua pelle può motivare il tuo odio. Non riesco a immaginare altre ragioni».

Yaye Kadhy guardò la figlia con sguardo di superiorità. La sfrontatezza di Soukeyna la sconcertava. Aveva sentito dire che la nuova generazione non rispettava più le gerarchie. Così, dicevano. Ma vivere in prima persona l'audacia della figlia, diventandone la vittima era tutt'altra cosa! Non avrebbe lasciato correre. Così la madre rimetteva l'insolente al suo posto, quel posto destinato ai figli che non devono intromettersi negli affari degli adulti:

«Chi ti ha chiesto un parere, ragazzina? E se io non accettassi Mireille perché ha la pelle chiara e non nera come la nostra? Vuoi sapere qual è la mia opinione: mi vergogno di suo figlio perché è meticcio. E ora vai pure a dirglielo! Tu disprezzi Ouleymatou per difendere una straniera. Ma sei l'unica a pensarla così. Vai pure a marcire con la tua Mireille! Tenetevi quel bambino stretto tra le braccia. Davvero oseresti portarlo in giro, tu che sei nera?»

Soukeyna ebbe il coraggio di replicare:

«Perché mai dovrei vergognarmi di portare in giro Gorgui? Lo faccio ogni giorno quando vado da Mireille».

Yaye Kadhy, interdetta da quelle parole, batté le mani unendole in segno di sgomento:

«E non senti su di te il peso degli sguardi curiosi della gente?»

Soukeyna ammise:

«Certamente, alcuni nullafacenti si fermano a guardarci, come quando scrutano una domestica con il bambino della sua padrona. Ma la gente non si scandalizza più per simili circostanze che oramai sono divenute una banalità quotidiana».

Soukeyna sbatté la porta e corse a casa dell'amica. Con coraggio Mireille viveva il suo calvario. Il sostegno affettuoso della cognata la aiutava a resistere. Era contenta delle sue visite, giacché grazie alle loro conversazioni riusciva a scacciare, anche se solo per pochi attimi, quel senso di oppressione che le ostruiva la gola.

Tuttavia Soukeyna manteneva il massimo riserbo sui pettegolezzi inerenti l'altra vita del fratello. E Mireille faceva fatica a parlare dei suoi tormenti. Il suo cuore soffriva profondamente ma la sua bocca non proferiva parola. Eppure Soukeyna conosceva la fonte dei mali che affliggevano l'amica: quella fonte aveva un volto e un nome.

A poco a poco, di fronte ai pianti continui, agli occhi cerchiati, al pallore del volto, ai capelli scompigliati oramai privi del loro abituale splendore, davanti all'amaro in bocca e alle devastazioni inferte dalla sofferenza, Soukeyna cominciò a provare l'irresistibile bisogno di soccorrerla. Sentiva un peso sul cuore e non poteva più perdonare l'infedele Ousmane. Cercava il modo di salvare Mireille, il modo per poterla sottrarre alle grinfie laceranti di quel male che la stava distruggendo.

Troppe volte avrebbe voluto denunciare l'infamia e il tradimento. Ma troppe volte l'incapacità di crocifiggere un essere innocente frenava le sue intenzioni. Poi una soluzione balenò nella sua mente. Scrutava tra i suoi pensieri, eludendo ogni eventuale scrupolo, allontanando ogni possibile esitazione. Ah! Bell'idea! Un modo ingegnoso per parlare a viso aperto!

«Oh! Presto! Presto! Bisogna mettere fine al matrimonio dell'usurpatrice e restituire a Mireille la bellezza e la gioia perduta!»

❖ ❖ ❖

Ma l'imprevisto sa distruggere i piani più geniali. Ousmane aveva basato la sua doppia vita sull'isolamento di Mireille. Aveva avvisato il suo amico Boly: «Mireille non saprà mai niente. Il suo mondo è lontano da ogni indiscrezione...»

La nuova famiglia di Ousmane tollerava le sue assenze. Ouleymatou, appagata più di quanto potesse sperare, non pretendeva nulla. Lei e la madre avevano potuto dimenticare il fetore di quei tombini che riversavano il putridume sulle strade. No... loro non desideravano altro. "Stavano bene", sistemate in una casa fatta di mattoni, senza alcuna sgradevole promiscuità, senza dispute quotidiane. Non dovevano più pensare a come economizzare per migliorare il misero menu dei pasti familiari. Protetta dalle confortanti coperte, la madre aveva dimenticato quei gelidi risvegli all'alba, per andare ad aprire il banco sul mercato.

Di cosa dovevano lamentarsi? Ouleymatou aveva due domestiche a sua disposizione: una si occupava di riordinare la casa, lavare e stirare i vestiti, l'altra invece era addetta alla cucina. Lei doveva pensare soltanto a farsi bella per quando riceveva il marito. E Yaye Kadhy difendeva quella convivenza. Manifestava la sua riconoscenza alla nuora per i regali sontuosi che andavano dai boubou da sera ai pagne trapuntati. A Gibraltar si susseguivano gli omaggi di grandi *boli*[1]: boli pieni di pollo, boli pieni di frutta, boli pieni di couscous, boli pieni di montone allo spiedo. Ogni occasione era valida per accontentare Yaye Kadhy e lei, orgogliosa, invitava le amiche per ostentare la gentilezza della nuora, condividendo poi il contenuto dei vari recipienti con il vicinato entusiasta.

Di cosa avrebbe dovuto lagnarsi, Ouleymatou Ngom? Ousmane passava a trovarla ogni giorno: tra una lezione e l'altra, a

1. Grandi recipienti solitamente usati per servire il cibo durante le cerimonie.

mezzogiorno, all'imbrunire e ogni notte. La porta della camera veniva chiusa a chiave e l'incenso inebriava con i suoi profumi. Una nuova gravidanza si stava rivelando.

Quanto a Mireille, lei restava imprigionata nella tela del ragno: un'angoscia che le divorava l'anima. Stringeva sempre più forte a sé il figlio, unica vita che la collegava alla realtà del mondo esterno. Ma il destino demolisce anche i piani meglio elaborati. E, nel caso in questione, si presentò sotto forma di lettera anonima depositata presso il liceo, nella cassetta personale di Mireille.

La missiva la informava: «Nella vita di tuo marito c'è una seconda moglie, senegalese. Se vuoi saperne di più, seguilo!»

Mireille lesse e rilesse quelle parole. Nonostante il disgusto provato, osservò meglio la lettera. La forma dei caratteri di quelle parole, dai tratti arrotondati, le ricordava una scrittura familiare. Scrutava nella sua mente per ricordare... D'un tratto il sospetto divenne certezza: era la scrittura di Soukeyna! Attraverso quel pezzo di carta, la sua piccola amica liberava la sua coscienza e correva in suo soccorso. La scelta del cassetto al liceo, frequentato da Soukeyna, era stata rivelatrice. Una duplice morsa comprimeva il cuore di Mireille: il comportamento, giudicato vile nel suo ambiente, e il contenuto di quella lettera. Senza forze, dovette trascinarsi sino al letto senza avere più la capacità di rimettersi in piedi. Ma quel suo malessere non impedì a Ousmane di continuare ad andare e venire da casa. Così Soukeyna, fedele e preoccupata, si precipitava ogni giorno al suo capezzale.

Per un'intera settimana, Mireille si dibatteva, accettando e rifiutando i consigli della lettera. Appena fu in grado di alzarsi, si rese conto che quella missiva aveva sconfitto ogni sua perplessità, facendo approdare la sua vita alle soglie di una nuova fase.

Alla fine Mireille riuscì a riprendersi. Il suo carattere ostina-

193

to l'aveva aiutata a domare quei turbamenti. Una sensazione di disagio si era insinuata nei suoi rapporti con Soukeyna, la quale implorava le sue attenzioni, per riuscire a chiarire i suoi intenti. Ma Mireille evitava ogni dialogo.

Rimasta sola, Mireille tentava di escogitare una strategia di guerra, leggendo e rileggendo la missiva e lasciando che l'amarezza s'impadronisse della sua anima.

Aveva bisogno di giustificare a sé stessa quei metodi di spionaggio che avrebbe messo in atto e che in realtà deplorava.

Era necessario procedere per gradi! Una doppia vita richiede maggiori spese. Doveva pertanto verificare i conti bancari! Nel conto aperto con il trasferimento dei suoi risparmi venivano versati gli stipendi della coppia. Era sufficiente un controllo veloce per calcolare l'entità del disastro finanziario. Le cifre la lasciavano senza parole: erano stati eseguiti alcuni prelievi di una consistenza incomprensibile e con una cadenza del tutto insensata. A quale scopo? Ousmane continuava a ricevere da lei denaro per le spese quotidiane. Non fumava e non beveva. Per il mantenimento della famiglia Guèye, ogni mese provvedeva lei stessa a consegnare a Djibril la somma prestabilita. Allora? L'enormità dei prelievi trasformava i dubbi in certezze.

Mireille si diresse verso la stazione dei taxi. Prese precisi accordi con il conducente della prima vettura. Poi salì sull'auto e gli rivelò l'indirizzo. Giunti a destinazione, Mireille scese. La macchina restò ferma: l'autista del taxi aveva avuto ordine di attendere Ousmane Guèye per poi seguirlo nei suoi spostamenti.

XXIX

Ousmane Guèye rientrò dal lavoro. Come al solito, a quell'ora, si lavò velocemente e uscì dal bagno asciugandosi il viso con i pantaloni del pigiama che poi abbandonava sul divano. E come al solito ripeté:

«Mangia pure. Io mangerò più tardi. Non starò via molto. Torno presto» e in un attimo si dileguò fuori da casa.

«Torno presto?» Quella sera Mireille era certa di non rivederlo almeno per diverse ore, prima della prossima uscita più o meno giustificata.

Mireille non alzò neppure gli occhi dal giornale. Sentiva il cuore battere all'impazzata. La sua soluzione la ripugnava, ma sentendosi oltraggiata, riteneva che in quelle circostanze oramai ogni azione fosse del tutto legittima. S'immaginava il taxi seguire la 504. Presto avrebbe saputo. Cinque minuti! Un quarto d'ora! Venti minuti! Mezzora! Un'ora! Alla fine qualcuno suonò il campanello. Mireille aprì la porta. Il volto del tassista, contattato la mattina stessa, le apparve:

«Conosco il luogo dove è sceso il Signore».

«Bene», disse Mireille. «A stasera, come convenuto. Lo seguiremo insieme».

Nella notte, il conducente del taxi seguiva la 504 nera che procedeva spedita, poi, nel buio, la luce del lampeggiante lasciò presagire una svolta dell'auto verso una direzione che conduceva Osumane dal suo amore.

Giunti all'arrivo, il taxi si fermò a una distanza adeguata dalla 504. Ousmane sorrideva.

Da quanto tempo Mireille non lo vedeva più sorridere?

Entrò in una casa attorniata di fiori. Passarono le ore, un'eternità per Mireille che si consumava dalla gelosia.

Poi Ousmane uscì, tenendo in braccio un piccolo bimbo com-

195

pletamente rasato: la copia perfetta di Gorgui. Dietro di lui, seguiva Ouleymatou, completamente truccata. Il suo ventre appariva ingrossato. Salì in auto a fianco di Ousmane che intanto aveva già sistemato il piccolo sul sedile posteriore e si era assicurato di aver chiuso bene le portiere.

Il motore cominciò a rombare e l'auto partì. Arrivati a Gibraltar, la coppia con il bambino scese della macchina sotto lo sguardo inorridito di Mireille. Ma lei non era certo una persona qualunque. Era cresciuta in una famiglia in cui l'educazione imponeva l'autocontrollo e dunque non poteva dare spettacolo.

La coppia poi riapparve in buona compagnia: Yaye Kadhy teneva in braccio il bimbo nero che le cingeva i fianchi con le sue gambine. Con la mano libera la donna faceva il solletico al piccolo che rideva, proprio come Gorgui, quando anche lui, nella stessa posizione, riceveva le identiche carezze.

«Il tradimento è dunque ramificato!» Mireille definì quel mondo come un marciume fondato sulla menzogna.

Quante volte Mireille si avvalse dei servigi, largamente remunerati, di quel taxista?... Le scene si susseguivano, divenendo sempre più chiarificatrici. La donna si cambiava frequentemente di abito e il piccolo ometto dal capo rasato era sempre con lei.

Una notte, per la strada la mano di Ousmane, priva di ogni decenza, aveva palpeggiato i glutei della donna. La Negra, invece di indignarsi, sorridendo aveva proteso il posteriore in segno di apprezzamento. Nei dintorni della casa si liberava nell'aria il persistente puzzo d'incenso e risuonavano i canti gioiosi dei diali. A testimonianza della grande cura che la ragazza concedeva a sé stessa, alcuni piccoli *pagne* bianchi - tipiche sottovesti indossate dalle Negre - volteggiavano appesi al fil di ferro, come a voler sfidare Mireille.

Nel quartiere, la madre di Ouleymatou si trascinava dietro un gruppo di oziose comari. Ogni cosa rispondeva agli interrogativi di Mireille sull'allontanamento del marito. Una forza potente attirava Ousmane e lo riportava nel suo ambiente. Allora si stupì. Si stupì di quell'entusiasmo che l'aveva spinta ad adattarsi, conducendola verso l'abnegazione. E il suo canticchiare di un tempo? Quei suoi canti si erano affievoliti. Il suo cuore e il suo corpo oramai appartenevano soltanto a Ousmane. E Ousmane al contrario non aveva voluto sacrificare nulla. Ancor meglio, si sbarazzava di lei, ogni giorno sempre un po' di più.

Mireille ripensò alla collera del padre: «Lo conosci "questo"?»

Allora lei ammetteva: «Ousmane è davvero "questo"».

A sue spese, Mireille aveva scoperto quanto poteva essere instabile il desiderio di un uomo: «Per un uomo è importante soltanto la donna che in quel momento riempie il suo cuore e sazia i suoi sensi carnali, alla quale concede le sue attenzioni e la passione dell'abile seduttore. Ma non appena il suo piacere è soddisfatto, può comprendere che quell'unica donna non vale quanto le pretendenti d'un tempo»…

«E se Ousmane non l'avesse fatto volontariamente?... E se invece fosse l'attaccamento assurdo, inesplicabile ad ammutolire quelli che paragonano la donna abbandonata alla nuova favorita?... Nulla di più razionale riesce a rispondere ai miei interrogativi se non l'insondabile legge dell'attrazione. Quella Negra incipriata non ha niente di straordinario!...»

Mireille si tormentava: «Il valore di un amore cambia in base alle persone… Le relazioni amorose non sono tutte uguali… La soluzione ai problemi di alcune storie non è risolutrice per altre… Il momento in cui un sentimento finisce, è impercettibile come quando lo stesso sboccia… Ciò che distrugge un'emozione non può avere una ragione, come ciò che la suscita… È difficile impedire a un cuore di precipitare nel baratro dell'indifferenza…»

Mireille scopriva a sue spese l'improvviso crescere del desiderio di un uomo. Si esauriva nel tentativo di affinare le sue armi di seduzione e di riconquista. Si consumava pettinandosi i capelli, incipriandosi le guance, curandosi le ciglia e le sopracciglia. Vaporizzava il suo corpo con profumi costosi, ma i piccoli pacchetti d'incenso di Ouleymatou, presi al mercato per la cifra irrisoria di venticinque franchi, annientavano qualunque suo sforzo.

Alcune persone riconoscevano alla sposa *Toubab* delle qualità positive:

«È una bella donna, intelligente, gentile, innamorata di suo marito». Ma quelle qualità non pesavano per niente sulla coscienza di Ousmane. E Mireille continuava a soffrire.

Giorno e notte conviveva con il suo dolore. Passava dal letto al bagno, dal bagno al liceo per le sue lezioni e da lì tornava alla sua cucina. Soltanto il piccolo riusciva a strapparle un sorriso, unico rifugio accogliente nella sua esistenza. Sotto la pelle i nervi si tendevano e un irritante formicolio s'impadroniva dei suoi piedi: Mireille si aggrappava alla sua volontà di ferro per non finire alla deriva.

L'immagine della coppia, braccata dal taxi, la perseguitava. Così Mireille lesinava le sue riserve di coraggio e di sopportazione. Con la fantasia abbandonava il suo corpo a giochi erotici che le consentivano di evadere dalla realtà, ma ciò che intravedeva in quel devastante vortice di piacere dei sensi, la mortificava. Inoltre nessuno si faceva più tanti scrupoli nell'esternare davanti a lei l'ardore della Negra. Colei che Mireille aveva spiato emanava il fetore di donna vissuta.

Ogni notte, ogni secondo, al liceo come al mercato, in ogni momento e in ogni luogo, sentiva la Negra incipriata sogghignare nella sua testa. Non poteva aprire gli occhi senza vedere davanti a sé l'immagine di Ousmane che accarezzava il carnoso posteriore della donna.

E Mireille dominava il suo male, riconoscendone la gravità

e valutandone la malvagità. Prima di aver saputo, prima di aver visto, credeva che il tradimento di Ousmane fosse solo momentaneo. Ma adesso...

Sognava di fuggire dalla freddezza che si era impadronita della sua vita coniugale per ritornare dai suoi genitori. Forse, il figliol prodigo avrebbe potuto essere perdonato.

Ma... Ma lei aveva un figlio che amava. Cercava su di lui i lineamenti paterni, gli stessi che aveva notato sul figlio dell'altra donna e che torturavano la sua mente. E con il pensiero viaggiava, passando dall'ottimismo all'amarezza.

«Mio padre accetterebbe in quel suo ambiente sostenuto, un piccolo Negro? Potrebbe mai dimenticare l'affronto inflitto alla sua dignità?»

«Oramai si è rassegnato», le aveva riferito Yvette in una sua missiva.

Mireille, senza il bambino, avrebbero potuto riaccoglierla a braccia aperte. Ma il bambino nero esisteva ed era una realtà imbarazzante. Lui era lì, con quella sua insaziabile curiosità, sempre alla ricerca di qualche bottone da staccare, qualche coperchio da rompere. Era lì, con la sua pelle color argilla bruciata, innocente e meraviglioso. Battendo i piedini a terra e fissando Mireille con i suoi occhietti vispi, le dimostrava di non voler indossare la maglia intonata ai suoi pantaloncini.

«Povero piccolo bambolotto!» e Mireille lo sollevò, mettendolo a sedere sulle sue ginocchia per vestirlo. Le piccole manine si aggrapparono ai suoi lunghi capelli attorcigliandoli.

«Eh sì, devo restare, devo farlo per lui».

La scelta era struggente poiché Mireille la riteneva umiliante.

«Non privare il figlio del padre è una questione delicata dato che quando ci si sposa il figlio non è ancora nato. Il figlio deve saldare il legame della coppia. Deve creare l'unione. Da solo non può riempire il cuore di una moglie né può soddisfare un uomo. È lui il trait d'union della famiglia? Sì!» Alla fine Mireille ammise:

«I figli sono più tristi quando vivono in una famiglia completamente disunita, piuttosto che se protetti in un ambiente sereno e privati della presenza continua di uno dei due genitori!»

Mireille era turbata: «La questione figlio non era per niente semplice», ma le donne calpestate sanno come affrontarla, mascherando la loro oramai debole volontà in quel grido di madre disperata. È per debolezza, per paura di assumersi delle responsabilità che le madri deluse restano attaccate ai mariti. L'abitudine di non pensare, di non decidere, di non vedere e di lasciarsi vivere le rende prigioniere. Il degrado incombe su di loro e la sofferenza le consuma, arrivando a fare ignorare loro persino il sapore della libertà».

Allora Mireille decise di sopravvivere.

Così le macerie della sua vita coniugale non riuscirono a seppellire il suo immenso orgoglio che, entusiasmato, rinvigoriva la sua ostinazione.

Messa in ginocchio, ora Mireille si rialzava con fierezza per rifiutare di finire in balia del disprezzo del suo ambiente d'origine, un ambiente che poteva tramutarsi in fiele sparso tra i saloni da tè, avidi di scandali, dove i commensali accordavano con ironia le loro maldicenze al tintinnio dei cucchiaini che si agitavano sul fondo delle tazzine!

A Mireille parve di sentire quel vociferare:

«La sai l'ultima? Mireille è rientrata dalla sua scappatella! Cacciata dal suo Negro!»

«L'uccellino ribelle, spiumato, è stato rispedito a casa con il piccolo nero racchiuso tra le sue ali!» Mireille presagiva soprattutto la rabbia vendicativa del padre... suo padre con le bretelle ancor più accorciate del solito a causa della sua magrezza... ora si rianimava e gioiva per la sua vittoria, ridicolizzando, senza alcuna pietà, l'intimo dolore della moglie!

«Ah! Ah! Tua figlia! Ripudiata! Come un qualsiasi volgare oggetto. Ah! Ah! Ecco cosa accade quanto si sceglie di tradire la dignità! Ah! Ah! Dicono che suo figlio sia stranamente bruciato! Il Negro ha preferito una Negra. Ah! Ah!»

Nel paese dell'egoismo programmato, si sarebbero uditi fiacchi pettegolezzi e grandi risate sulla sua fuga mancata! Nessun cenno di tolleranza o di compassione per lenire le sue ferite!... Allora, all'indifferenza del cuore che atterrisce e agli spasimi dell'anima che paralizzano, Mireille preferiva le fiamme dello smarrimento. Restare lì, con il vacillare quotidiano dei suoi valori, nell'umiliazione di avvilenti rinunce, certamente! Restare ancora lì, nell'indecenza di una plasmata docilità e una finta tranquillità! Ma lei vivrà e resterà a fianco del suo "Ousmane ammaliato e ingrato!", pur sempre abile nel ridestare la sua anima. Ma lei vivrà e si batterà, sostenuta da un ideale che non intendeva cedere il passo. Insieme, il suo amore e il suo orgoglio raccoglieranno le briciole di quella felicità perduta per trasformarle in speranza. Così, a quella lucida ricerca della sua ragione e a quell'invito alla partenza della sua coscienza, l'amore e l'orgoglio reagirono rifiutandosi di perdere la benché minima parte di quell'universo violato. Mireille, pietosamente, scelse di restare. Non trovava nessuna grandezza in quel suo atteggiamento ma non era più il tempo di fuggire o di essere indolenti: quella era l'unica scelta possibile per chi è innamorato... per chi tra le braccia stringe un figlio Negro... per chi, dietro di sé, ha lasciato soltanto terra bruciata.

«D'altronde l'infedeltà non è certo esclusiva dei Neri!»

XXX

Mireille non rideva più, non parlava più, non mangiava più e nemmeno dormiva più. Restava in attesa di ogni rientro de "l'infedele", ferma in quel soggiorno dipinto d'arancio che oramai non veniva quasi mai pulito. La sofferenza accompagnava lo scorrere della sua esistenza.

Una notte, per risvegliare la felicità perduta, Mireille tirò fuori dal nascondiglio le lettere scritte dal marito durante il loro lungo fidanzamento. Nonostante la tenerezza di quelle parole, in quale preciso momento il persistente dolore, non trovando più accoglienza in quel corpo devastato, pervase la sua mente offuscando ogni traccia di lucidità? In quale preciso momento la ferocità di quell'angoscia fece precipitare la sua ragione? Le vivide frasi d'amore sconvolsero il suo smarrimento. La menzogna in quelle parole la sfidava. Le promesse deliberatamente violate si trasformavano in orribili serpenti che la circondavano.

Ah! Lettere di un infido! Di uno sporco Negro! Come aveva potuto farsi ingannare dal loro contenuto? Al posto della felicità promessa le restava il gusto amaro delle lacrime versate. Privata dei piaceri carnali concessi ora alla Negra, il cui ventre rigonfio ostentava il suo compiacimento, Mireille, ferma davanti allo specchio, scrutava ogni possibile imperfezione sul suo corpo nudo che oramai ripugnava Ousmane. In quello specchio adesso Mirielle vedeva un'altra donna... Poi riprese le lettere. Presto, la colla! Esibire come trofei ciò che restava del suo sogno e delle sue illusioni, mostrando così al mondo intero che era stata amata.

Presto, la colla! Presto, la colla! Fu appesa in un angolo, la lettera in cui Ousmane giurava: «Amerò soltanto te per tutta la vita.»

Presto, la colla! Presto, la colla! Sotto la scrivania, pendeva un'altra missiva in cui lui gridava:

«Tu, mia bianca! Tu, mia bionda... quanto mi manchi!»

Presto, la colla! Presto, la colla! Mireille sogghignava convulsamente per trovare il posto più conveniente dove appendere la lettera con cui Ousmane ammetteva: «Senza di te, la mia vita non ha senso». Presto, la colla! Presto, la colla!

Andava e veniva per casa completamente nuda. I capelli sciolti ondeggiavano sulle spalle smagrite. Nell'altra stanza il figlio piangeva. Allora Mireille abbandonò il barattolo di colla e istintivamente lo raggiunse, cominciando a cantare la ninnananna che gli dedicava Yaye Kadhy, facendolo saltare sulle sue gambe, quelle rare volte che lo prendeva in braccio:

«*Gnouloule Khessoule! Gnouloule Khessoule!*»

Una delle sue allieve le aveva tradotto quell'espressione: Né nero! Né bianco! Un'ondata violenta di rancore la sommerse e dunque sentenziò:

«In questo mondo non c'è posto per il *Gnouloule Khessoule!* Un mondo di stronzi! Un mondo di mentitori! Tu, piccolo mio, lascerai questo mondo! *Gnouloule Khessoule!*»

Fece sciogliere decine di compresse in una tazza d'acqua e, approfittando delle grida del piccolo, gli fece scivolare giù per la gola l'intruglio pericoloso. Continuava a sogghignare imitando il tono di Yaye Kadhy Diop:

«*Gnouloule Khessoule! Gnouloule Khessoule!*»

Nel soggiorno Mireille vagava lasciando ciondolare il suo corpo. Le lettere pendevano ovunque prendendosi gioco, con il loro oscillare, delle sue speranze tradite. Alla loro vista, un'ondata di rancore violento travolgeva Mireille, arrivando ad annientare quel debole bagliore di lucidità rimasto aggrappato alla sua coscienza.

Allora Mireille si diresse verso la cucina e ne uscì con un coltello in mano, intenta ad affilarne la lama, poi urlò:

«*Gnouloule Khessoule! Gnouloule Khessoule!*»

Esausta, abbandonò l'arma che scivolò tra due cuscini e andò a risedersi sul divano. Nell'appartamento nessun rumore accompagnava più la folle perdita della ragione. Il piccolo si era assopito, caduto in un sonno oramai definitivo provocato dall'orribile bevanda. Le ore scorrevano e Ousmane Guèye lontano, s'inebriava degli ultimi abbracci complici di una notte d'amore, distaccandosi a fatica dal cuoricino di quel futuro bambino che sentiva battere dentro il ventre della sua Negra. Poi l'alba schiarì il cielo. Uno stridio di pneumatici! Una frenata! Lo sbattere di una portiera! Passi nel corridoio! Un giro di chiave! E Ousmane Guèye, ancora assonnato, venne accolto dalla nudità di quel corpo in delirio.

Mireille urlava:

«Sporco Negro! Mentitore! Infedele! Adultero! Preferisci farlo con la tua Negra, non è vero? Rispondi! Ti piace farlo con la tua Negra e l'odore d'incenso! Ami il tuo *gnoul*[1] più del *Gnouloule Khessoule!*»

Ousmane sbarrò gli occhi. Chi era il messaggero scellerato che aveva informato la moglie? Quale voce calunniosa aveva sussurrato all'orecchio della donna il suo tradimento? I suoi amici lo avevano avvisato, ma lui si era disinteressato dei loro consigli. Credeva di essere il più forte, offuscato dall'amore e dal desiderio. Adesso l'orrore del suo misfatto si contorceva davanti ai suoi occhi.

«Il *Gnouloule Khessoule* è morto!»

E Mireille spinse Ousmane verso la culla: tra le mani del padre, il corpo di Gorgui era ormai gelido.

Sconvolto Ousmane Guèye alzò gli occhi, devastato dal dolore. La verità, brutalmente, illuminava la sua mente: Mireille era impazzita. La fredda immobilità del figlio era eloquente! Un'opera della follia! Alzò di nuovo lo sguardo e intorno a lui vide le lettere ondeggiare nell'aria. Mireille riprendeva a urlare:

«Sporco Negro! Sporco Negro! Adultero! Infedele!»

La donna tremava e singhiozzava. L'intempestiva ragione di Ousmane d'un tratto si risvegliò per la paura. La certezza umana alla fine si aprì un varco in quella densità di ombre. Il nauseabon-

---

1. Nero.

do disgusto che smuoveva le sue viscere lo pervase: lui, pazzo da legare, aveva contaminato Mireille. Soltanto la follia poteva spiegare quel suo stordimento e quei suoi comportamenti. Al di là di certi limiti, la promessa è pari all'insensatezza se calpesta i luoghi in cui fioriscono la pietà e la carità. Di quale dogma intransigente lui stesso si era eletto paladino, nel paese in cui la brocca d'acqua[2] soleva passare di mano in mano e di bocca in bocca senza alcuna ripugnanza? E l'insegnamento di suo padre? Generosità di cuore, pietà e carità: "*Nit, nit modi garabam!*" L'uomo... l'uomo è la medicina di sé stesso! E Ousmane, lo ricordava? Inconsapevolmente, lui aveva plasmato una donna giovane e bella, intelligente e bramosa di tenerezza, strapiena d'amore e di qualità, trasformandola in una furia. E che furia! La sua furia lo insultava e urlava... Quale forza della mente umana può far rivivere l'intera esistenza in soli pochi attimi! Il suo viaggio di nozze in quell'hotel di montagna riscaldato dal grande, antico camino! Le sue prime notti con Mireille, quel piacere colorato di rosa: il rosa nella rotondità dei suoi seni tra il blu dei merletti che li cingevano, il rosa violaceo della sua camicia da notte e tutti quei tenui segni arrossati provocati dal gioco delle sue dita frementi sulla nudità di quella carne bianchissima! Il battere forte del suo cuore! I suoi sensi intrisi di una profonda felicità! Alla fine un'esasperante quotidianità gli aveva fatto dimenticare quei colori e quelle sensazioni... E Ouleymatou riapparve, sinfonia di un mistero rassicurante verso i suoi assillanti interrogativi, l'odore inebriante della farina di miglio sfuggita ai mortai della sua infanzia, il canari[3] con il suo equilibrio perfetto tra le sue mani da vasaio! Una vita intera che scorre in pochi secondi! La magnanimità di Djirbil Guèye! La malizia di Yaye Kadhy! Boly! Ali! Coumba! Marième! Gorgui! Gorgui morto! Il figlio di Ouleymatou e suoi occhi sorridenti!

2. Dal proverbio bambara: "*Il mondo è una brocca d'acqua, quando si è bevuto, la si passa ad altri perché bevano anche loro*".

3. Particolare vaso in terracotta dell'Africa occidentale.

205

Quale sarà il sesso del suo futuro figlio?

Tra i due cuscini, agli occhi di Mireille la lama del coltello scintillò come un fuoco fatuo. La donna se ne impadronì di nuovo e i secondi ricominciarono a scorrere ancora una volta al servizio di una follia che volge alla morte. L'istinto di conservazione non ebbe proprio il tempo di lasciar prevalere i disordini interiori di Ousmane. Mireille l'aveva attaccato. Due ferite profonde alla spalla e al braccio destro misero Ousmane in difficoltà, che si affannava disperatamente per riuscire a trovare il modo di disarmare la moglie. Come fare? I colpi si susseguivano. Il vigore della follia guidava il coltello. Ousmane barcollava cercando di raggiungere la porta lasciata aperta al suo arrivo. Raggiunto il pianerottolo, cominciò a urlare con tutte le sue forze:

«Geneviève! Guillaume!», poi crollò a terra.

Guillaume balzò in piedi. Rimasto impigliato tra le lenzuola, scrollò con forza Geneviève per svegliarla:

«Hai sentito? Proviene dalla casa de "la Bella e la Bestia". Te l'avevo detto. La Bella stava soffrendo. Speriamo bene…»

Sul pianerottolo, Mireille vagava, scompigliata e stravolta, sempre con il coltello in mano. Ousmane Guèye giaceva a terra. Senza neppure accorgersene, Mireille gli passava accanto con il suo deambulare confuso. Le ferite di Ousmane lasciavano trapelare il dolore di quel canto profondo, scarlatto, di speranze perdute. I due vicini allertarono i pompieri, l'ambulanza e la polizia, e restarono ad attendere i soccorsi. Stavano vivendo i momenti peggiori del loro soggiorno africano.

All'indomani di quella tragedia, un'auto della polizia inviata a Gibilterra andò a chiamare Djibril Guère, distogliendolo dalle sue preghiere dell'alba. Yaye Kadhy, intimorita, accompagnava il marito. Djibril frugava nella sua coscienza d'uomo virtuoso, alla ricerca del motivo di una simile convocazione.

«Per quale testimonianza? Per quale misfatto?» Cercava di

calmare Yaye Kadhy fingendosi ottimista, mentre il suo cuore batteva forte pensando a Ousmane al volante della sua auto, probabile artefice di una morte tremenda.

Un uomo dall'aspetto giovane e cortese fece accomodare Djibril Guèye nell'ufficio e si mise a sedere accanto a lui, lontano dalla sua abituale imponente postazione.

«È certo lei Djibirl Guèye, ex combattente e padre del professor Osumane Guèye!» E Djirbil con voce esitante, rispose: «Sì».

Allora il giovane commissario gli raccontò l'orrore. A mano a mano che le parole avanzavano, il corpo di Djibril s'indeboliva. L'uomo continuava a battere il pavimento con il suo bastone.

Alla fine di quell'incubo, Djirbil lodò Dio.

«*Acho dou en la illa ha illala. Acho dou en Mohamed Rossolouda*, Dio è Dio. E Mohamed è il suo profeta. Dio ha deciso così. Lui, Creatore degli uomini e delle cose. Creatore del corso degli eventi e del tempo.» Il commissario aggiunse:

«Ousmane è all'ospedale. I medici dicono che non è in pericolo di vita.»

Djibril Guèye ebbe la forza di preoccuparsi:

«E Mireille?»

«È stata bloccata dai pompieri senza difficoltà. Una lettera anonima trovata nella sua borsa chiarisce il dramma. Due Toubab, vicini di casa, hanno testimoniato.» Lo shock era duro. E Djibril sempre esitante chiedeva:

«E Mireille?»

«L'ambasciata francese, informata, ha preso in mano il caso», concluse il commissario. Ora Djibril Guèye doveva affrontare una battaglia ancor più dura: Yaye Kadhy lo attendeva nella stanza a fianco. Si alzò in piedi e si ricompose mascherando il suo volto dietro un'apparente serenità. Yaye Kadhy tremava. Qual era dunque l'atroce notizia? Gli occhi di Yaye Kadhy si dilatavano. Djbril avanzava a fatica, appesantito dal fardello di quel segreto, aggrappandosi più che mai al bastone con la mano destra. Si sedette a stento sulla panca della veranda riservata ai visitatori. In quel momento aveva dimenticato i riguardi che solitamente concedeva alla sua gamba malata quando assumeva quella posizione.

«*Allah Akbar! Allah Akbar! Dio è grande! Dio è grande!*»

Lottava per emergere dalle tenebre che lo stavano offuscando.

Lane-la? Lane-la?[4] Lo implorava Yaye Kadhy.

Lane-la? Lane-la? Rispondeva Djibril Guèye.

Un dialogo drammatico s'instaura difficilmente tra un padre che teme di essere privato della sua fierezza di vivere e una madre che sfodera il suo istinto materno come una leonessa partoriente.

Lane-la? Lane-la?

Distrutta, Yaye Kadhy cercava rifugio tra le braccia di Djibril. Penosi pianti convulsi smuovevano il petto del discepolo di Dio, ora soffocati, ora liberati.

Lane-la? Lane-la?

Uno dopo l'altro, Djirbil Guèye lasciò cadere i frammenti di un proverbio della saggezza popolare:

«*Kou wathie sa toundeu, tound'eu boo fèke mou tasse.* Quando si abbandona la propria montagna, ogni montagna sulla quale si sale, crollerà.» Chiuse gli occhi è mormorò:

«La Toubab divenuta folle ha cercato di uccidere Ousmane».

Lane-la? Lane-la? Recitava Yaye Kadhy.

Lane-la? Lane-la? La coppia malinconica intonava all'unisono quella litania. Poi altri adepti si unirono al tragico coro:

Lane-la? Lane-la?

Circondandoli: *Lane-la? Lane-la?*

Commiserandoli: *Lane-la? Lane-la?*

FINE

---

4. Grido d'angoscia per avere notizie di un evento tragico. Letteralmente: Che succede?